中國新聞史研究輯刊

四編

主編　方漢奇

副主編　王潤澤、程曼麗

第6冊

丁未《河南》雜誌一百一十年祭（上）

韓愛平 編著

花木蘭文化事業有限公司

國家圖書館出版品預行編目資料

丁未《河南》雜誌一百一十年祭（上）／韓愛平 編著 — 初版
— 新北市：花木蘭文化事業有限公司，2019〔民108〕
序2+ 目2+190面；19×26公分
（中國新聞史研究輯刊 四編；第6冊）
ISBN 978-986-485-815-6（精裝）
1. 期刊 2. 讀物研究
890.9208　　108011511

中國新聞史研究輯刊
四 編 第六冊　　ISBN：978-986-485-815-6

丁未《河南》雜誌一百一十年祭（上）

編　者　韓愛平
主　編　方漢奇
副主編　王潤澤、程曼麗
總編輯　杜潔祥
副總編輯　楊嘉樂
編　輯　許郁翎、王筑、張雅淋　美術編輯　陳逸婷
出　版　花木蘭文化事業有限公司
發行人　高小娟
聯絡地址　235 新北市中和區中安街七二號十三樓
電話：02-2923-1455／傳眞：02-2923-1452
網　址　http://www.huamulan.tw 信箱 hml810518@gmail.com
印　刷　普羅文化出版廣告事業
初　版　2019年9月
全書字數　302583字
定　價　四編13冊（精裝）新台幣26,000元

丁未《河南》雜誌一百一十年祭（上）

韓愛平 編著

作者簡介

韓愛平，河南省舞鋼市人。1978 年河南大學文學院畢業後留校擔任寫作課教師，2002 年轉任中國新聞傳播史教師。2004 年在中國人民大學做訪問學者 1 年，師從方漢奇教授。2005 年晉升教授，並擔任新聞學碩士研究生導師。現爲鄭州商學院新聞學學科帶頭人。主要從事中國新聞傳播史、深度報導採訪寫作的教學與研究工作。著作有《河南大學作家群》等，主編、參編《中國新聞傳播史新編》等教材多部，在《新聞與傳播研究》《中國出版》等核心期刊發表論文 30 多篇。

十幾年來，韓愛平利用地域、資源優勢，一直在研究《河南》雜誌。重點研究文章《〈河南〉雜誌與魯迅——兼論〈河南〉雜誌的時代意義及其影響》，系統而全面論述了《河南》雜誌與魯迅的關係。該文在《河南大學學報》發表後，曾被一些碩士學位論文引用。

提　　要

創刊於 1907 年的《河南》雜誌，是中國同盟會河南分會的機關刊物。創辦人及主要作者大都爲河南籍留日學生，也有外省籍作者，魯迅就是主要作者之一。《河南》熱情宣傳三民主義、鼓吹革命，對喚醒河南民眾、促進資產階級革命思想在河南乃至國內外的傳播都起到了巨大的推動作用，在中國近代報刊史上佔有很重要的地位。《丁未〈河南〉雜誌一百一十年祭》是在前人研究的基礎上，對《河南》雜誌全面而系統的研究。全書分爲上、中、下三編：上編是對《河南》雜誌的全面介紹。首先是雜誌創辦的背景、過程，雜誌的發行情況、在國內外產生的影響等等。其次是雜誌的辦刊宗旨、特色以及欄目設置等。第三是整理收錄了《河南》雜誌一至九期的全部目錄；最後是創辦者和主要作者小傳。中編整理收錄了《河南》雜誌的 9 篇重要論著，並逐一評析，試圖爲讀者閱讀原文指路導航。這些文章論點鮮明、論據詳實，尤其是感情充沛，字裏行間充滿著救亡圖存的憂患意識和強烈的家國情懷！下編是這些年來我們自己的研究文章。都是編者帶領學生一起研究的成果。既有學位論文，也有期刊論文、參會論文，有些篇章還未發表。這些文章，論題廣泛，論據充分，涉及到雜誌的許多方面，可以幫助讀者深入、全面地瞭解《河南》。

2018 年度河南省哲學社會科學規劃項目（一般項目）項目批准號：2018BWX008

序

方漢奇

看到《丁未〈河南〉雜誌一百一十年祭》的書稿，不禁眼睛一亮。這是韓愛平老師新聞專史研究的又一「打深井」之作，可喜可賀！

韓愛平老師是一位非常勤奮敬業的老師。她年近不惑才從新聞寫作教學改教中國新聞史，但是鑾有一股拼勁和探索精神。十幾年前，她到人大訪學，轉益多師，大量聽課、廣泛搜求、深入研究，收穫頗豐。在《新聞與傳播研究》上發表了長沙《大公報》與天津《大公報》比較研究的論文，很有新意。作爲她的指導老師，頗感欣慰。如今，十幾年過去，30 多萬字的《丁未〈河南〉雜誌一百一十年祭》，見證了她的刻苦勤奮、深入鑽研，沒有持之以恆、堅持不懈的努力，很難完成這樣的研究。

《河南》雜誌，是清末河南留日學生創辦的進步刊物，同盟會河南分會主辦。它以「牖啓民智，闡揚公理」爲宗旨，高舉思想文化批判大旗，熱情宣傳三民主義，以激發國民的愛國天良，爲振興河南、挽救國家危亡探索出切實可行之路。它發表的一系列旨在救亡圖存、觀點鮮明、文筆犀利的文章，在國內外引起巨大反響，受到愛國志士的大力支持。魯迅就是重要的撰稿人之一，發表了《摩羅詩力說》等六篇文章。刊物儘管僅僅刊發了九期，但在中國近代報刊史上具有一定的影響。它的許多政論、時評、譯述乃至小說、詩詞、圖畫等等，濃縮了那個時代的風雲際會，爲後人研究河南乃至全中國清末的政治社會生活、思想文化歷史留下了珍貴的文獻資料。同時，《河南》關注河南省情、民情，充分體現了留學生對現實的關懷和對國家民族的拳拳之心，是研究近代留日學生學術史、思想史的重要資料，具有很高的研究價值。但由於種種原因，《河南》雜誌在中國新聞傳播史上沒有得到它應有的地位。《丁未〈河南〉雜誌一百一十年祭》係全面、系統研究《河南》雜誌之作。該書不僅具體詳細地介紹了《河南》雜誌，而且整理、評析其重點論著，尤其是他們自己的研究文章，不僅有期刊論文，還有碩士論文、參會論文。他們充分利用地緣、資料優勢，對《河南》雜誌的研究紮實、深入、全面。比如對創辦人張鍾端、劉積學、劉青霞的研究，魯迅與《河南》雜誌研究，《〈河南〉雜誌的外省籍作者思想研究》，《河南》雜誌圖畫以及「文苑」欄目的研究等等，方方面面，用工之深，難能可貴。

《河南》雜誌的主要創辦人是河南辛亥革命領袖、辛亥烈士張鍾端和辛亥女傑、被譽爲「南秋北劉」與秋瑾齊名的劉青霞。一百一十年後，在河南大學任教幾十年的韓愛平教授，給辛亥革命先賢奉上《丁未〈河南〉雜誌一百一十年祭》，應該是當下河南人緬懷先烈、紀念前輩、慎終追遠的最好祭奠。該書不僅僅是中國新聞史研究的重要成果，同時也是瞭解中國近代史的輔助資料。讓歷史照亮今天與未來，讓革命前賢振興中華的激烈吶喊，溶新時代實現中國夢的歷史洪流，永遠激勵著我們不斷地前進！

是爲序。

目次

上冊

序　方漢奇

下　冊

上　編
《河南》雜誌簡介

《河南》讓河南走向時代前列

姚偉、孫燦

引子

信息爆炸，大爆炸！

清朝末年，走出國門的留學生擺脫了禁錮，新思想、新觀念如太平洋的波濤，洶湧而至。革命、立憲、保皇諸派的衝突和論戰，更是啓人心智。在人數最多的留日學生中，政治熱情空前高漲。

興奮之餘，他們抑制不住地要表達，要把自己的收穫、自己的思考傳遞回國內，喚醒更多的人。

於是各種報刊應運而生，大多以省域爲連接紐帶。前期主要有《浙江潮》、《江蘇》、《直說》、《晉話》等，「雖主義不甚相同，無非喚醒桑梓爲目的」。

1906 年，河南留學生也集資創辦了《豫報》，其《宗旨》自述：「本報以改良風俗、開通民智、提倡地方自治、喚起國民思想爲唯一目的……促黃河流域一部開化最早之民族，雄飛於世界。」但《豫報》編輯、發行人員十分複雜，革命黨、立憲派、保皇派均有，辦報理念有巨大的衝突，內部矛盾日趨尖銳。部分編輯力求不談政治、與世無爭，成爲革命派發表言論的掣肘。於是，革命派十分希望另辦新刊，「擺脫依賴性質，激發愛國天良，作酣夢之警鐘，爲文明之導線」，但另辦新刊，尤其要辦有大影響力的新刊，需要巨額經費，籌措這筆資金希望渺茫，令他們無比苦悶。

劉青霞的到來，以及她投身革命的轉變，使《河南》的問世成爲可能。1907 年 12 月，《河南》創刊，不難理解其第一期中對劉青霞表達的敬意和感謝：「炊而無米則巧婦束手，戰而乏餉則名將灰心，本報經劉女士出資鉅萬，既有實力……有一日千里之勢。」、「本社所有經費，均尉氏劉青霞女士所出，暫以兩萬元先行試辦，俟成效卓著時再增鉅資，以謀擴充。」

充裕的經費，使《河南》放開手腳約稿，放開手腳搞發行。於是《河南》以高質量的稿件、大力度的發行狂飆突起，「一日千里」，成爲重要的革命報刊。

如研究者所論，清末革命思想的輸入，以中國留日學生創辦的革命報刊影響爲大，與前期《浙江潮》等相比，《河南》、《四川》、《雲南》等後一時期的刊物對催發清末革命思潮的作用更大，影響更深。

其實在當時，《河南》就獲得高度讚譽。孫中山的機要秘書、後來以寫《革命逸史》聞名的馮自由認爲：「留學界以自省名義發行雜誌而大放異彩者，是報（即《河南》）實爲首屈一指。出版未久，即已風行海內外。」、「鴻文偉論，足與《民報》（中國同盟會機關報）相伯仲。」而《民報》創辦者鄒魯也盛讚《河南》：「《河南》雜誌持論最爲激烈，關於種族革命及政治革命，抉發透徹，內地銷行亦廣，每期售至萬份以上。河南知識界革命思想愈益開發，殆等於南方著省矣。」

誠如洛陽師院副院長張寶明教授所言：「《河南》讓河南站在了時代前列。」

革命鋒芒直指清政府

《河南》編輯兼發行人署名爲「武人」，實際上張鍾端爲總經理、劉積學爲總編輯，主要人員有余誠、潘印佛、曾昭文、陳伯昂、李錦公等。其發刊簡章中說：「本報爲河南留東同人所組織，對於河南有密切之關係，故直名曰《河南》。」並強調「本報以牖啓民智，闡揚公理爲宗旨」，冀望喚起國人，尤其是地處中原的河南同胞的覺醒。

《河南》內容豐富，體例多樣，形式活潑，既有思想性、學術性，又有通俗性、大眾性。該刊共有十五個欄目，而其「論著」類每期均佔大部分篇幅，是該雜誌的主體和鋒芒所在。

《河南》第一期發表了張鍾端（署名鴻飛）的《平民的國家》，該文批判「誤解國家爲君主私有物」、「誤解國家爲官吏佔有物」等觀點，旗幟鮮明地宣告：「故吾一言以斷之曰：今之國家非君主的國家、政府的國家，乃爲平民之國家。」

《河南》刊登的政論文章，今天看來，其觀點不無偏頗，但犀利豪邁之氣，仍粲然可觀。一些作者在分析中國深陷民族危機的原因時，都認爲是由於清朝專制統治所致。「病已」在《政黨政治及於中國之影響》中說，「吾國吾民之所以致今日破碎迍邅顚連無告者，實此惡劣政府有以致之」。署名「不白」的作者更明確指出：「考厥禍首亂源，不得不痛恨太息猶生存於 20 世紀之野蠻政府也！」痛斥清政府「自庚子、甲午之後，蔑外之手段變爲媚外之手段，將十八行省之路權、礦權、郵政權、森林航海諸權，直接間接掬而送之列強之手」，中國的大好河山，被其「暗送之英法，即明送之日俄德。試一披支那顏色圖，莽莽大陸，容有一片乾淨土也」！話到激憤難抑時，他尖銳地指出：清政府即「爲斷送土地財產之政府也」，「吾敢肯定之曰：中國政府非同胞之政府，乃列強假設之政府也！」

既然清政府已成爲列強統治中國的工具，要挽救民族危亡，實現國家獨立富強，就必須群策群力，推倒清政府。「處此列強環伺之日，非改革政體斷難生存」，「欲建新秩序，必先破壞舊秩序，苟欲達其目的，則萬非脫離此專制君主腐敗政府，以掃其庭犁其穴沒有第二條路可走」。「惡劣之政府一日弗除，則強固之國家終難實現」！

除抨擊清朝專制統治、爲反清革命的爆發作輿論準備外，《河南》對於思想啓蒙也不遺餘力。「《河南》的思想宣傳，可以說在某種程度上是上承戊戌維新啓蒙思潮、下接新文化思想啓蒙運動。」廈門大學研究者黃順力、李衛華在《中州風雲——〈河南〉的輿論宣傳及其影響》中如是說。

啓蒙　發新文化運動先聲

辛亥革命前，革命思潮激蕩，但許多有識之士對國民啓蒙問題仍相當關注，這些可貴的思想，在《河南》得以充分的展現。

許壽裳強調國民的覺悟與理想對於建設現代化國家的重要意義，認爲「社會之動變必應於思想之動變；國民而懷有一大理想焉，其國未有不發一大運動者也」。魯迅和周作人在《河南》上的文章，則強調「尊個性而張精神」、「掊物質而張靈性」，強調人的「內曜」、「心聲」和「國民精神」。很明顯，《河南》雜誌所宣傳的人的啓蒙，同後來新文化運動初期將喚醒民眾覺悟作爲頭等大事有著思想上的聯繫。

五四新文化運動倡導之思想解放，《河南》已肇其端。《河南》的一些文章，主張尊崇民主與科學精神，主張建立平民國家，實行地方自治，追求民主政治，爭取國民權利，要求結社自由、新聞自由和言論自由，並提出要爲爭取民主自由而鬥爭，「不自由毋寧死」。魯迅在《河南》第五期上發表的《科學史教篇》一文，主張用「科學」滌蕩愚昧，培養「靈性明，個性張」的新國民。這些思想特徵，不能不讓人聯想到新文化運動倡導的民主與科學精神。

如黃順力、李衛華兩位先生所論，以個性解放爲基調的五四精神，在《河南》也已有所顯現。魯迅 1908 年在《河南》第七期上發表《文化偏至論》，提出「首在立人，人立而後凡事舉；若其道術，乃必尊個性而張精神」，以及「自覺至，個性張」的思想。著名文學評論家舒蕪曾認爲：「魯迅的《文化偏至論》、《摩羅詩力說》等乃是中國近代啓蒙思想的最高峰，不僅非當時的權威梁啓超、嚴復所可及，也超越了後來五四時期的主將陳獨秀、胡適。」《河南》在近代啓蒙思想史上的地位，由此可見。

發現魯迅，不能不說是《河南》的一大貢獻。

學者張絳曾撰文介紹，1907 年，27 歲的魯迅正在東京，他原本打算與許壽裳等人創辦文藝刊物《新生》，由於經費困難，未能實現。不久《河南》創刊，通過周作人與魯迅取得聯繫，於是魯迅、周作人、許壽裳等都成爲《河南》的撰稿人。魯迅以「令飛」、「迅行」等筆名，先後發表《人間之歷史》、《摩羅詩力說》、《科學史教篇》、《文化偏至論》、《裴彖飛詩論》、《破惡聲論》等文章，集中展現了他早期主要思想成果。

張寶明認爲，魯迅對《河南》很重要，《河南》對魯迅同樣也很重要。魯迅後來在《墳・題記》中談道：「因爲那編輯先生有一種怪脾氣，文章要長，愈長，稿費便愈多。」正是《河南》的約稿，使魯迅更多地讀書、思考、積累，並用文字把自己的思想系統地整理出來。「前期的這些作品，奠定了魯迅作爲啓蒙文學家的方向。」張教授說：「這段經歷，是他成爲魯迅的一個重要理由。」

《河南》僅出版了十期，其犀利的革命言論，爲清政府所難容，日本警察廳受清廷駐日使館請求，勒令其停辦。張鍾端也因此被停止官費，劉青霞得知後，當即匯款，助他完成學業。

儘管如此，在辛亥革命前夕創刊的《河南》，仍對清末民主革命興起與河南社會變遷，產生了深刻的影響。馮自由曾高度評價革命宣傳之重要：「中華民國之創造，歸功於辛亥前革命黨之實行及宣傳之二大工作。而文字宣傳之工作，尤較軍事實行之工作爲有力而普遍。蔣觀雲（智由）詩云，『文字收功日，全球革命潮！』誠至言也。」20 世紀初期的河南，風氣閉塞，民眾思想落後於形勢。《河南》的問世，極大改變了這種局面，如時人所論，對河南思想的啓蒙與革命思想的開發，「此雜誌之力多焉」，「河南之革命思想，自是激蕩，且由言論時期，進至實行階段」。

此文發表於 2011 年 9 月 22 日《大河報》第 A46 版：百年辛亥·厚重河南署名：首席記者 姚偉　實習生 孫燦　姚偉現爲中原工學院副教授

發刊之旨趣

朱　宣

今何時乎？幢幢華裔，將即於奴；寂寂江山，日變其色。人億其身，身億其手。遑遑焉奔走於拯民救國之途，猶恐不能返其魂而延其命。乃復蹲居海外，歌哭天涯，擲有用之光陰，耗無限之心血，而從事於報章。得勿欲以數紙文章，抵禦列強耶？曰：否！不然，爲全國計，數年來發行報章，無慮百種，都凡千餘冊，崇論宏議，爲國民指示方針殆已確定，則此報盡可休刊。爲河南計，則此報萬不可不出，當此危機一髮之際，尤不可不速出。故吾於此報初脫版時爲一言之明白，宣誓曰：吾黨之《河南》雜誌，**爲吾河南同胞確定進行之方針也**。於此又附一言以告我全國同胞，曰：《河南》**雜誌所進行之方針**，吾黨以爲**無論何省均最適用者也**。顧吾黨所畫之策亦平平無奇，非有破天荒之高見，大抵皆吾同胞所飫聞，今已厭棄之者。吾知我未言而我之心殆早爲同胞所度而得矣。雖然我輩猶強聒不捨者，非欲我同胞之第聞之知之已也，欲我同胞之**協同實行**之也。我同胞其振、睡意去，充耳平心以垂聽今日我國最大問題，有過於中國存亡者耶？或存或亡，內察諸自國外，窺諸列強，其問題不已解決，而且夕趨於亡之。一方面耶，屬國之亡也，吾猶哀之，韓國是也；甌脫地之亡也，吾猶哀之，臺灣是也。今則吾國內不問何省，省不問何地，一草一木，一沙一礁，非皆已於他國之最近協商時，而默於意中，互相認許耶？各省志士，茹辛含苦，揞救殘局，夜闌不能寢，日晡未及食已，誓以此大好頭顱，與美麗河山俱碎矣！其有效，中國之福也；無效，寧戰而死，誓不奴而生！是何也？人之所以爲人，有生理上之人格，有法律上之人格，二者全則爲人，無法律上之人格則爲奴。奴也者，半人之謂也。以我四萬萬之同胞，腦量不減於人，強力不弱於人，文化不後於人，乃由人而降爲奴，是稍有人血人性者所不甘，而謂我志士而忍受之耶？以此原因，睹外患之迫於燃眉，遂不能不赴湯蹈火、摩頂斷脰以謀於將死未死之時。反而觀我河南之父老兄弟，則其現象爲何如乎？茲就統計上大量的觀察及別類的觀察列述如下：

爲大量的觀察，則其凝其盲，非如戊戌庚子以前也。筆之於書，吐之於舌，非如試帖制義之腐朽也。大官小官，大紳小紳，多知批覽報章，非如往時之僅讀搢紳也。吾喜矣，則誠堪喜；吾羞矣，則誠堪羞。雖然天下百般之進化，率由外界刺激，從而爲生存上發達上之競爭，競爭愈烈，進化愈速。河南地居中央，夙無外警，其開化之遲鈍，理有固然，何能怪我父老兄弟。第時至今日，局勢忽變，而猶持此冷靜之態度冀享太平之庸福，吾恐我父老兄弟將終於不見外警而已，死期之到頭矣。何也？中國者，一體也。其胸部、腹部、頭部、足部殆無一不於痛癢未覺時，已屬有專主，一旦以無厚入有間剖而分之，直謋然委地耳。奏刀者已批其窾而導其隙，而身受者猶若未睹到我割我之人，含靈賦性之中，無有若此頑石者。而我可親可愛之父老兄弟今竟若此，是誠吾所不能爲我父老兄弟解者也。吾由是進窺其一般之心理，乃知所以至此者，其總因蓋在於眼光窄隘，作計不遠，不以中國視中國，而以十八省視中國也。是以沿邊口岸之失，他省路礦之失，以及諸種利權之失，皆秦越相視，漠然無所動於中。叩其用心，豈不以外患侵入尚在沿邊，近則千百里，遠則數千里，大河南北，固猶烽煙未起，水波不興乎？中國昔時視邊患如癬疥，不至侵入腹地，未有惹起全國注目者，必待剝床及身，然後舉手足而捍其痛苦，奈何居今日而猶染此歷史上之污辱，習傳而不掃去之耶？是必自幸其居中國腹部，他省雖亡，河南不至同歸於盡也，我父老兄弟亦太喜作頑劣之惡夢矣！不見夫波蘭乎！波蘭，當十八世紀初，一自主之國也，一千七百七十三年，哇沙會議告終，遂召第一次瓜分，完全領域日蹙百里矣。一千七百九十三年，第二次之瓜分又至，大波蘭、小波蘭，幾盡喪失，然猶有內部彈丸之地。至一千七百九十五年，第三次瓜分之期也，舊以波蘭名者，尺寸山河，盡屬俄、普、澳。三國之權利下，並哇沙（波蘭之首府）亦不殘留，而波蘭遂永成歷史上之名詞矣。中國今日沿海口岸，早爲列強所攫取，內部亦多劃入勢力範圍之圈者，豈僅波蘭第一次瓜分而已，並其第二次亦早行於中國矣。昔也，各國互相猜忌，其在中國有如連雞；今也，各國互相協商，其視中國久非全牛。第三次瓜分之勢焰，又日夜咄咄逼人，如潮汐之乘風四漲，有進而無休矣！就令吾河南因居中國內部，他省雖分割而此猶得暫脫於虎口，或如印度之西哥、越南之老撾，欲生不生，求死不死，釜底遊魂，顧亦何樂，不過多延數日殘喘耳。覆巢之下，寧有完卵！列強何厚於河南而不取而實諸橐？何愛於河南之人而不收而圈爲奴？中國之亡也，必並河南而亡；列強之瓜分也，必並河南而瓜分之！此則吾不忍言而又不忍不言者也！且我父老兄弟果其終身不見外警，不知列強之如何行其侵略，其作此無意識之彼此觀，而逍遙若處局外，吾猶不忍深責也。今則延長之鐵道，既橫貫於黃淮之交；堅美之礦產，復掘發於丹沁之湄，風霆馳驟之聲、頑夢驚醒之時，應亦士集庶走而爭相告語，臥薪嚐膽而齊謀挽回矣！乃環顧百十州縣中，若此者曾無一人，是殆有麻木不仁之病，刺之不痛耶！此又吾所不能爲吾河南父老兄弟解者也。大量上之概觀，既若此矣，及就別類的觀察，以研究其內容，乃始知其一般心理發而爲此鄙倍者，其原因蓋別有在此，乃其思想表現之結果也。

內容果何如乎？勢若潰瘍，形同散沙，無智無愚，尚皆彷徨於歧路之側，紕焉相背而馳。二千餘萬人，幾若二千餘萬途，其居全省最大多數者，則所謂無懷氏之民、葛天氏之民也。於其覺胠胠其行，吃吃其口，步不出百里閈，目未睹城市，高曾相衍三世，有爲善之譽；親鄰相過廿年，無交誶之聲。所知所行孕兒育女、養生送死之外，非摘蔬於秋畦，則荷鋤於春郊，仰而視天蒼蒼之色而已，俯而畫地摶摶之土而已。彼之何以生、何以死、何以爲人，猶且未曉，又安問夫國家？彼現在之託身爲何地，猶且未曉，又安問夫英、法、俄、德、日本等國？夢夢一生已耳。是則吾河南父老兄弟之最可矜憐者也，屬於此者每萬人中必有五千。次則惑於神道，篤於禨祥之流，遇奇特之狀貌，謂爲天之所相處；旱潦之日月，訝爲神之所罰；其視歷代更朝易姓，皆以爲天命所鍾，符有必至；而帝王將相，又皆彼蒼特爲一世之治亂降生者。朝朝暮暮，手執易林，一言一動，輒詢龜圖，若而人者，殆祖淳風而父一行也。忽舉橫目，睹時事之阽危，碧眼黃髮之徒瞏瞏而至其側，則駭愕不已，轉而訴之於其素所信仰，以爲此「洋人洋人」，必無天眷也。於時而叩以今日華洋，何以翻覆至此。則又以爲治亂不恒，物周必反，今雖弱也，以中國之大，終必有濟時之豪傑，應運而生，會見彼有滅亡之時矣。是詛咒之之術也，虞人之強而咒之使弱，其愚不可及矣。屬於此者萬人而千。次則居易以俟素位而行之流，平居淡於勢利，不慕容華，爰靜爰清，守德之隅，外觀則事皆棘手，內問則胸無成見。於是守不在其位不謀其政之箴凜，知止不辱、知足不殆之戒。父詔其子，兄儆其弟，以爲才愚不齊，各如其貌，世途之險，逾於孟門。吾輩一平民耳，但守先人之茅屋數椽，獲全天倫之樂，斯足矣。位卑且不可言高，況無位者乎？若而人也，使詰以興亡有責之言，則又以爲聖賢豪傑，何代蔑有；兵刑禮樂，自有專職。天下原不待我而理我，又無政治上改設之權，人生但學牛醫兒，何必效範孔輩，主持清議，自沾奇禍，爲此則現政府所謂「安分守己的好百姓」者也。屬於此者，萬人而千。又有守甕之子，擷菽之輩，活動僅及肉體，言論從無毀譽，而累於習俗，困於舊學，有爲奴之性，無自營之風，賊可認以爲父，夷堪戴以爲君。言及時事，則不假深思，輒以列代相嬗，各有廢興，我無迕於新朝，則百姓之地位，必可不失。何論爲英、爲法、爲德、爲俄、爲日本，至則服從耳，此今世所稱爲「順民」者也。豈知今日亡國，大異疇昔，比及其時，而啖飯之地，必爲人所據；而育兒之室，必爲人所保，雖欲爲順民而不可得耶。顧雖告以此言，彼則嗷然狂而不信也。屬於此者，萬人而千。又有裘馬公子，糞穢土豪，朝橫枕於酒肆，暮劇談於歌樓，口發不擇之音，目作懾人之態，移時輒忘，有不自解其前之所言爲何謂者，徒於稠人廣眾中取快一時耳。忽聞青年之士，時務之談，輒驚以爲奇，而從而學其聲，輕佻支離，誇於廛市、鄉曲之地，矜矜焉。故示其交遊之廣、聲氣之靈，以博無知愚民之群推交譽焉。究之道聽途說，言既不中於首尾有律呂，行又轉淪夫混沌。文明進步，不惟無益；鄉民開化，轉足受沮，更何望救國眞詮，爲彼所通解乎？屬於此者較前差少，萬人之中約有一百。時局既遷，學問一新，則有深鄉學究、近市書癡，性命策論，神聖程朱，忽吾徒之去門，輒受餐之無所，於是視一切新政，皆於己有所不便而，起而與之爲仇。謂夫古者設科取士，亦有眞才，何必學堂。吾聞用夏變夷，未聞下喬入幽，以彼素竊聲聞，言輒援古，每易動庸庸之耳，於是後生小子，雖有踸踔跂踶之才，而因其父兄之爲彼所惑，縛束加甚，蓬勃之志，崢嶸之象，日就萎黃，而卒歸於棄材。今日吾河南風氣之閉塞，半皆此腐敗之口誤之也。顧彼既惡新政如蛇蠍，宜其去而之他，不與爲緣矣。乃教習之，任彼猶希圖也，勸學之董，彼猶鑽營也。一旦獲充其選，則又以己之矛、陷己之盾，而反其前論矣。屬於此者，萬人而百。政界雖黑，取才屢變，則有懷金之夫、趨勢之徒，繫情青紫，醉心紅藍，胸懷叵測之計，口吐圓滑之詞，欲上下而皆達，謀左右之俱宜，對於新派則剽竊數個之新鮮名詞，以爲應酬之具，對於舊派則痛罵。一般之激烈青年，以爲遠禍之資，既懼名之爲人唾，復慮利之不我歸。於是乃出此一身二面之術，眞可謂煞費苦心矣。顧彼非徒自苦也，彼有目的物而冀其達，乃不惜由苦以求樂。熱心志士，往往爲其口說所惑，一見輒以爲可膺重任而，從而頂戴之、而推舉之。及既膺重任矣，乃始知其全幅精神所注重者，不在救國，而在於做官，於是又從而排去之，然已中毒矣。屬於此者不僅官場中人，學者亦憂爲之。萬人之中亦約一百。膺半通之職，必習磕頭；獲五斗之米，定由折腰。於是高尚之士，不堪其辱，視官場爲畏途，避公事若浼己，非遠師元亮則尙友計。然亦有熱度過高，急於進行，而既牽於官，復沮於民，灰喪之極，轉成無情。於是居通都而絕過從，樹莓以忘憂，履山岩以寄，嘯傲攏酒以爲樂。是二者致雖不同，其爲厭世則一也。夫推求其厭世之原因，誠有言之傷心者。顧國家，身之所由附麗者也，國亡則身何由存？厭世者，非不素知此義，而竟忍心置此可愛可戀之中國，一往而不顧，則亦未免太自恝矣！他省之人，睹時事之危棘，不堪收拾，**輒蹈海以殉國**。而河南志士，無可知如何，乃抽身以待斃，是其不同之點也。屬於此者，居其少數，萬人之中僅可十人。新智之人，腦必由少年，時事之著手，乃在壯歲，此在常時有然。乃有一般學者，巧於畏禍，拙於慮遠，埋首校舍，斷絕公私，言禁時政之論，坐視同胞之溺，以爲求學辦事，二者不可同時兼進。志大才疏，必不能改造新國於二十世紀之初。其言誠爲近理，吾亦不能謂不學無術之人，可以建設新國家也。特中國今日在存亡呼吸之間，合全力拯之，猶恐不能以振起，乃欲新智識之養成而後從事，就令學如牛頓，終亦何用！且即其有用，亦激江水救涸鮒之類也！況其初志，本不在於致用，而僅爲他日賺取美官記也。操是心也以往，吾恐其不及爲中國之官，而將爲英、法、俄、德等國之官矣。屬於此者，萬人而十。復有所謂最文明、最熱心者一輩，而性行似綿，眼光如豆，獨立之氣不足，奴隸之性未斬，急於染指國事，而未嫻其方。以爲一事之作，必有影響，坐而待時，不如起而執行。於是朝請設學，暮控贓吏，極其奔走號呼，所得之益，乃皆由屈膝作揖而來。甫及一年，小大之官，各有更調，前所建設者，未見秋收而已廢；今所希望者，方及春獲而未作。迎新送舊，有如胥吏；建設破壞，則在新官，以不可一世之志士豪傑，乃甘爲其水母，而且詡詡自以爲有手段焉。吾誠不堪其羞矣！且所得之益，果能日進無已，猶可說也。乃往往插身事中，十有餘年，而進步仍不能以盈寸，愚而無識，抑又可憐矣。屬於此者，萬人而十。

綜上所列，河南現今社會一般心理之熔成之發見的原因，已可概見矣。前四者，醉生夢死，不知世界者也；中三者於中等、下等兩社會，頗有勢力，然時眞時假，非李非桃，雖皇頡不能錫以名也；後三者則眞吾河南所謂新派中人，眾望所歸，文明事業仗以發生者。然視其所以，觀其所由，亦無以異於前七者焉。是何耶？蓋其表面雖似文明，其內部之受病，與前七者則一，**厥病維何？不知國家爲何物是也**。不知國家爲何物，**因而所謂國民者亦不知，即其自身而疑爲他人**；不知國家爲何物，**因而一生之方針亦不由此中選定而向於別途**，故其心理發見與國家無絲毫之關係焉。今一聞外患孔棘，若燎原之火，不可撲滅。**前四者則駭愕欲死，中三者則冀幸偷生，後三者明知絕無生理而安坐待死**。以茲種種原因，參伍錯綜，**遂結成一來日大難之悲觀而表現於外者，一則冀邊省爲我捍目前之劇患，一則僥倖己身或不隨邊省同趨於亡**。故徒爲大量的觀察，不爲別類的觀察，仍莫知其所以仰賴邊省不求自立之卑劣思想，從何而生也。佛曰：「我能知人死生。」由此現象以推求河南之將來，爲死乎？爲生乎？不待佛之智而可決知矣。雖然我河南之思想界末流所以至此者，非父老兄弟之罪，**實我國現行之惡劣政治有以驅之也**。專制之國，最利者民人有依賴性，最不利者民人有自立性。民人習慣於專制政體之下，自立性日見消滅，依賴性日漸見滋長。我河南之所以有此怪現象者，**其根源亦直由此也**。應乎此時，吾爲我父老兄弟所示進行之方針，乃可以言矣。**方針非他，即今人所恒言政治革命是矣！**

昔之言政治革命者，皆欲藉以脫奴隸之圈，今吾之言此，非僅在脫去奴隸已也，實欲藉以救亡。吾意我同胞中智者，一聞此言，必蹶然起曰：「立憲也！開國會也！」是欲我輩起而要求之耳。應之曰：「不然。」茲所謂求死之途，未入生門也！夫我同胞非醉非醒，誰使之不能自振若此乎？現今之政府也。我完全之金甌，東南無陷，西北無缺，誰使之漸被蠶食於列強乎？現今之政府也。此非故加之罪，可考成案而知。十餘年來，列強之對中國由強力而變爲柔道，其表現於交涉之案中者，亦同時由劫奪而變爲要索；政府之對列強，由排外而變爲媚外，其表現於交涉之案中者，亦同時由獻納而變爲贈送。列強之所以不即實行瓜分，由於均勢問題之未解決，相顧而莫敢先發，非有恤於中國也。設一旦**此問題得解決，有某國者欲收取河南入其範圍，則現政府能抗拒而不予之乎？必無此能力矣！**吾言及此，吾知同胞中必有人曰：「此不可專屬望於政府，國民與有責焉。」則試反而觀政府對於國民之現狀，權則集之，自治則不實行；財則斂之，教育則不普興。中外各官，日夜皇皇，熟之於慮而施之於行，足以震駭耳目者，非某中堂致嚴拿革命黨之電於某督，則某督行迅剿革命黨之文於某府。大小旁迕，南北交飛，故最近皖案一起，浙獄繼興，儒硎累累，縈亭慘慘，春生積憂之蟲，夜泣稱冤之鬼。志士絕跡，鉤連下逮於鄉曲；密間四布，殺機直儥於海外。數月以來，幾於風聲竹影，皆疑為革命黨矣。

睹此情形，非惟國民不敢置信於政府，政府早不敢置信於國民矣。非我國民之失其信用於政府也，政府自失其信用於國民。而因以疑國民之必不信之，故百廢不遑具舉，而偵探之，學堂必先議立，密察之局所必先議立。此政府一日不倒，我國民之在中國，即無日不如蝮蛇遍地儳焉，將被其毒螫也。以言乎外交則如彼，以言乎內治又如此。我父老兄弟乎，昧焉者既不曉世事；其明者，乃日望如此之政府為我立憲也，為我開國會也，是直欲自速其亡而已。法律者，以國民之合成意力為其本質者也，由國民之合成意力制造憲法，則憲法為有效鎔鑄國會，則國會為有能；不然，則憲法者條文耳。國會者，詞訟說合耳，絕對的無效力者也。其實行與否，全視政府之自由力與兵力、財力合一與否。今中國之政府，其自由力與兵力、財力非完全合一者耶，既完全有此三力，則對外雖不足，而對內仍有餘。我國民無論要求之得不得，其必仍飲奴隸之卮，帶奴隸之冠，無救於亡國，可決知也。且我國民亦何事多此要求矣，即不要求，彼亦將為汝立憲，為汝開國會，何也？正式之專制，不適用於廿世紀久矣。於是託權位為生命者，改其手段，而醇出一種變相之專制，必假立憲與國會之名。其術始可以籠人，而施行無所窒礙。現世之俄羅斯，殆先我而行矣。我卑劣之政府，非此之步趨而誰從哉？

蓋專制之國，即以政府為國家。彼所亟欲發達者，乃己身自由，而非國民之自由。己身自由之範圍日張，則國民自由之範圍，不待減削而自蹙。故專制國之國民非國民也，奴隸也。今政府所名為一切要政而急欲見諸實行者，仔細究其內容，何一不有此意寓乎其間，殆如七色光線一一相映像矣。其所以必為此彌縫者，乃應乎今之時勢，不得不然。外以冀支梧列強，而為魚目之混；內以冀戢滅革命之動機，使天下之人皆閉其目、塞其耳，而告以文采之觀已布、鐘鼓之聲已奏，今後無復再生其他奢望也，是誑騙之術也！是以前之專制伎倆為未工，而又從而金其章而玉其相也。若冀其即由此誠心為我行正當之立憲，開正當之國會，則馬角可生、羝羊可乳，彼惡劣之政府，斷不出此。若然，則政府者，國民之公敵也。天下有政府與國民爲公敵而尚可對外乎？利喙長距之俄羅斯，猶且未能，而況國競上屢戰屢北之中國。乃我同胞中智者，一聞政府之言立憲、言預備，則欣然而喜、而賀、而迎，見政府中有持論反對者，則艴然而怒、而詈、而咒，非癡非狂，是有心疾而已矣。若曰慰情聊勝於無，則亦已矣，吾無言矣！使欲恃此以救國，則吾腕可斷，此言吾決不信。且我國民之長號急呼，以要求立憲及國會爲徼幟，讀讀若抱龍蛇之珠者，豈徒博得空言無實立憲國大國民之名譽耶？抑即謂此可以救將亡之國而從而爲之也？如以爲僅此區區即可以救將亡之國也，則曷觀土耳基及波斯（土耳基早立憲，波斯於昨年八月十日，發布憲法，十月七日，召集第一期國會在於德蘭之府中），二國非皆已行立憲開國會之國耶。胡爲不能因此振奮作國勢，而且日朘月削以鄰於垂死。然此猶未亡之國也，更考之已亡之國。夫波蘭非所謂立憲之國耶，一千七百九十一年前，國會已開數次，至同年五月三日，發布新憲法，敕有曰：「我國孱弱至於此極，率由立法不善，今欲鞏固基礎，挽回衰運，必自確定完全之憲法始。」嗚呼！是敕也。眞足代表吾國之熱心仰望政府立憲者流矣。顧徒以有法無人掌握行政之實權者，盲行妄施，不與其在下之黨，同心壹智，未及五年，社屋國墟矣，而綁之發敕者遂作聖彼得堡之安樂公矣（波蘭於 1775 年，已有憲法，特此憲法係由俄強定，故於 1791 年與普國結同盟，廢棄舊憲法，而發布新憲法。此憲法綱領有六，頗予人民以自由，大臣黜陟之權，亦由國會多數決議。雖非最完善者，然大致亦粗有可觀，卒不能救波蘭之亡，何耶？非憲法之無靈，亦行駛之者不得其人致然耳）。由此觀之，憲法之立否，國會之開否，與今日救國之道雖未嘗無關係，而不於其未立、未開之時先建設一新政府以執行之，則雖謂與救國之道絕無關係焉！可也。何則無當於亡故也。

夫立國之要素有三：一土地、一國民、一統治權。今我國之政府，對於列強，分贈以利權，毫無所惜。對於國內，殘殺其志士，惟恐不盡。利權喪則土地綰通之機關絕，志士盡則國民鄉導之指針失！雖有土地是死物而已，雖有人民，是頑奴而已。於是土地與國民，於政治上兩失其資格，而國家之資格，亦在若隱若現之際矣。今我國之墮落於此點也，非國民之罪而政府之罪也。讞冀定矣，乃猶望其行立憲開國會，是以我國招波蘭第二次之瓜分未足，而必欲由現政府之手，演出其第三次瓜分而後快也。嗚呼！是豈忠於國者哉！須思中國者非政府諸人之所專有，國民各個人俱其分子之一，政府特其執行者耳。政府之建設，非由於政府實由於國民。**政府之不良，國民應有改造之責，明知其外不適於國競、內不合於人道，而乃坐視其亡我之國，不起而改弦更張之，是即我國民之自亡之也！**且文明者購之以血！各國先例，未有不由國民之浴血數次，而始漸達於強盛之點者，以故其正當之憲法及國會，亦無不由國民之浴血數次而始能成立者。法蘭西最劇烈，美利堅亦有脫離母國之戰，日本極和平，且有覆幕之舉。西南之役，即號稱無血之憲法，如英國亦由三度革命而後大定俄羅斯。今雖未發布眞正之憲法乎（俄於 1550 年，實已開國會，至 1698 年停絕，亞歷山大二世，憲法案已成，未發布而被刺死。遲至昨年五月九日，始發布俄國基礎法，於聖彼得堡首府召集國會，今已解散者數次矣），而其農民之暴發、軍隊之內變，波蘭、芬蘭等之唱議自治，前仆後繼、云委波屬，已成爲司空見慣之舉動。今乃欲以長揖屈膝之技，博取文明國民絞腦漿、擲頭顱所賺得之物，是欲以豚蹄易篝車也，豎求之中世、近世，横索之東洋、西洋，俱無此例，只成爲滑稽可笑之事而已矣。曷若合群力、集眾矢，齊向於由已改造之途，目的物極單純，著手點極直捷，**僅從新建設一責任之政府，而其根本已奠定，將來一切文明事業皆可由此中乙乙發生**。而國步既新，劫灰重燃，泱漭無垠之大陸上，野花琄妍，均帶獨立之氣；荒谷吸吐，皆饒自由之風，向之野心勃勃，思嘗一臠於中國者。今則睹**如火如荼之民氣，日漲日牢之實力**，必駭然自齚其舌、急斂其鋒，變其侵略之政策而折轉於他方，豈第將亡未亡之國，可藉此易危爲安。而瓜分之禍既消於無形，國交之情自見其日密，即東亞和平亦可因我國之振興而維持於永久。故曰：爲我國民求一生路也。吾於此又附一言以告我全國同胞曰：吾茲所言，**豈第救亡自強之道也。自強其國，較他人之保全其國，容易萬倍！是非第二人之責，我全國國民之責也。**嗟！我河南父老兄弟乎，勿視爲隔岸之火也，勿拘於舊學之說也，勿惑於柔滑學者之口也。**爲死爲生，即在今日；爲奴爲主，即在今日！**人貴自造其位置，我自以爲湯武，斯湯武矣；自以爲華拿，斯華拿矣。反乎此，以波蘭自待則亦波蘭人也，猶太自待亦猶太人也，於彼於此，安可不早自擇定乎！須知列強若瓜分中國，必並河南而瓜分之；**政府若斷送中國必並河南而斷送之**。回首過去已成空花，遙望前途危若朝露，哀哀二千餘萬可親可愛之同胞，忠實純良，無一人會涉於賣國之行徑者，罪不應亡也。居我國文化之中心又非如澳土蠻比，即以天演論亦不應亡也！徒以惡劣政府之威嚇之愚弄之誆騙，言論不敢自由，財產不敢自主，性命不敢自保！

式微！式微！墮落！墮落！前所列十派中人，**無論何派，其現在之程度，非惟弗比於世界文明國民，視他省同胞亦瞠乎後焉**！一二年間，時移事變，吾恐雖欲爲波蘭猶太而不可得（波蘭猶太雖亡國，然在俄國中者，屢次雜入革命中軍謀光復波蘭尤急），黑奴紅夷將及我之身，猺洞蠻穴將爲我之居，於此時而忍無可忍、愬無愬，或有如朝鮮志士嗷嗷焉而哭於海牙之會，以求列強之一者憐者乎？是我所不忍設想者矣！

嗚呼！風景不殊，春秋頻易。解纜南浮，無在非傷心之地；側身西望，何處是歸根之鄉。生不自知其爲生，死不自知其爲死也！我父老兄弟尚能憐而聽之，**見諸實行**，豈啻河南，中國之幸也！本報所欲言者，**專注重此點**。至於河南舊有之歷史、地理，亦時行闡發，非徒重人保守之念，實以感發其本有之愛國心云。

此文載第一期

《河南》簡章

第一章　定名及宗旨

第一條　本報爲河南留東同人所組織，對於河南有密切之關係，故直名曰《河南》。

第二條　本報以牖啓民智、闡揚公理爲宗旨。

第二章　體例及辦法

第三條　本報體例，分門編纂，次序如左：

一、圖畫及諷刺畫；二、社說；三、政治；四、地理；五、歷史；六、教育；七、軍事；八、實業；九、時評；十、譯叢；十一、小說；十二、文苑；十三、新聞；十四、來函；十五、雜俎。

第四條　如有特別事項，在前所規定之範圍外者，可臨時登錄。

第五條　本報設經理二人，編輯、翻譯、會計、書記、庶務、監察各一人，均自盡義務，不別享權利。

第六條　本報爲消息靈通起見，內地特設調查員四人、訪事員若干人。

第七條　河南省城內設總派處一所，不惟擴充本報銷路，其東京所出著名雜誌，均約代派，以期交換智識。

第八條　本社內設翻譯一部，其東西洋所出之最新科學及時事等書，均擇要漢譯，陸續出版，以餉學界（其詳細辦法有專章）。

第九條　本報月出一冊，至少登足一百二十頁，定於陽曆每月朔日發行，絕不愆期。

第十條　凡代售本報至十份以上者九折，三十份以上者八折，郵費在外。報資按期匯付，三期未清，即行停寄、結算。

第三章　撰述員及經費

第十一條　報稿除社員擔任按期出版外，其本省及他省諸君子，有與本報宗旨相同者，均可自由投稿。

第十二條　同志惠稿，一經本報登錄，即以本期報奉酬；若能按期投稿，即以撰述員相待，每期另有特別酬金。

第十三條　本社所有經費，均尉氏劉青霞女士所出，暫以二萬元先行試辦，俟成效卓著時再增鉅資，以謀擴充。

第十四條　無論海內外，有熱心志士，願表同情，慨捐本社十元以上者，奉酬本報全年，五十元以上者五年，百元以上者永遠奉酬，並將姓氏登錄報端，以表高誼。

附　則

第一條　本報編輯所附設於河南編譯部，在日本東京牛込區西五軒町五十二番地，通信者請徑投彼處。

第二條　本報發行至一年後，有臨時增刊一冊；設事關緊要，則即時付刊，以快先睹。

載《河南》一、二、三期

本報十大特色

世界上神聖不可侵犯者莫如軍人、學生，吾國同胞中，凡有軍人、學生定購本報，必於規定價目之中特減一成，以彰優待。特色一機關不靈則時事莫詳，本社於通都大邑、要埠、名鎮均訂有**訪事時相函告**，復**特派調查員數人遍行遊歷**，**加意採訪**，冀以發潛闡幽，毫無遺憾。特色二

學非專家所見，終屬隔膜；言苟不文，行之烏能致遠。本報於所定門類，均延請**科學精深識見正大之名士**、**通儒**，按期擔任撰述。特色三

炊而無米，則巧婦束手；戰而乏餉，則名將灰心。本報經**劉女士出資鉅萬**，既有實力以盾其後，庶幾乎改良進步，駸駸焉有一日千里之勢。特色四

天下最足使人油然動其**興觀群怨**之感者，其**滑稽**之**繪**事乎？本報每期必就社會腐敗狀態、宦場魑魅情形、時局危機景況、列強經營跡象，**繪成十數幅插入報端**，庶觸於目者有所動於心。特色五

風雲變化瞬息萬狀，今之**外交**亦多類是。英、法、日、俄四國之協約成，而吾國危亡之勢迫。本報每期必於**最近中外交涉事實詳爲譯論**，**以供有心人之研究**。特色六

豫省地濱大河，文明發達最早，歷史所產人物又最多，其餘韻流風猶有存者，本報每期必採錄軼事，摹仿故蹟，極力發揮，**表章以存國粹**。特色七

路礦者，吾人之**生命財產**，而各國野心侵略之**第一目的物**也。本報於**礦地路線調查詳明**，**繪圖立說**，**指陳利害**，庶皆知**集股自辦利權**，不至**外溢**。特色八

愛國之人自愛其鄉里始，本報於**豫省全國**及各府縣分圖均以次登出，並將山水、土產、人物事蹟明確標識，彩色燦爛，形式活潑，則指顧之間珍貴保守之念或自生乎。特色九

一譽而人知勸，**一毀而人皆懲**，此清議之責也。本報持論之際，是非必關其大，好惡一採諸公，決不以個人喜怒謬加褒貶，亦不以瑣屑事故浪費筆墨。特色十

載《河南》一、二、三期

《河南》一～九期目錄

第一期

圖畫

太昊伏羲氏　岳鄂王

歷史畫　其一　其二　其三

發刊之旨趣……朱宣

論著

平民的國家……鴻飛

論民氣爲建立軍國國家之要素……虞石

二十世紀之黃河……悲谷

論豫省近世民生之疾苦

譯述

人間之歷史……令飛

印度古代之風俗及法典……認回

時評

日法日俄協約關於中國之存亡……醒夢

小說

芝布利鬼宅談……英國 軋姆著　蓼城 吳肅譯

巾幗魂傳奇

文苑

第二期

寶豐縣演說會之成立
汝州某某學堂教習之劣跡
記寶豐招股事
滑邑士民之公敵

雜俎

雞肋錄

第三期

圖畫

其一　潼關　其二　田光自刎報太子丹　其三　美國獨立戰爭

論著

預備立憲者之矛盾……明民
論二程學派與豫省學風之關係
春秋列國國際法與近世國際法異同論……起東
摩羅詩力說……令飛

傳記

羅斯福傳……述遷

譯述

歐米列國之現狀與民治……象先

文苑

雜詩若干首

時事小言

十餘則

小說

偵探小說　芝布利鬼宅談……英國　軋姆著　蓼城　吳肅譯

雜俎

某先生贊
快人快語……述遷

來稿

第四期

第五期

第六期

第七期

第八期

第九期

《河南》雜誌創辦者、主要作者小傳

張鍾端小傳

曹辰波

張鍾端（1879～1911）字毓厚，號鴻飛。河南省許昌縣長村張人。河南辛亥革命領袖，中國民主革命家。

張鍾端自幼非常聰穎，才識卓絕，13 歲時以第一名的成績考中秀才，轟動鄉里。1905 年，他由河南大學堂官費赴日留學，初入宏文學院學習普通科，後入中央大學專攻法律，同年參加了孫中山創立的同盟會，積極從事推翻清政府、建立共和的革命活動。

1907 年，張鍾端同河南留日學生創辦《河南》雜誌，出任總經理。《河南》雜誌團結省內外作家，發表了一大批有影響力的文章，對腐朽的清政府給予無情的揭露，旗幟鮮明地宣傳革命思想，影響巨大，被稱爲首屈一指的留學生刊物。作爲總經理的張鍾端，不僅爲雜誌的出版發行做了大量工作，而且身體力行。在我們看到的 9 期《河南》雜誌上，張鍾端撰寫了《平民的國家》、《對於要求開設國會者之感喟》、《勸告亟行地方自治理由書》、《蝶夢園詩話》、《土耳其立憲說》、《東西思想之差異及其融合》等 6 篇文章，集中體現了張鍾端救亡圖存的革命精神以及《河南》雜誌「牖啓民智、闡揚公理」的鮮明的辦刊宗旨。

留學期間，張鍾端與年輕漂亮的女護士千裝倫子相識、相愛並喜結連理。1911 年夏，在千裝倫子已懷孕 8 個月時，他受同盟會總部派遣，毅然回國參加武昌起義。武昌起義當天，1911 年 10 月 10 日，千裝倫子產下雙胞胎兒子。張鍾端爲孩子起名張夢梅、張兆梅。

武昌起義後，各省紛紛響應，河南卻遲遲沒有動靜。張鍾端主動請纓回河南發動革命。他到達開封後，立刻設立秘密機關，得劉青霞資助購買武器彈藥，組織法政學堂學生和河南革命志士爲骨幹，聯絡「仁義會」等組織成立革命軍，準備發動河南起義。他被推舉爲起義軍總司令。革命軍計劃在 1911 年 12 月 23 日宣布河南起義。12 月 22 日夜，張鍾端和部分起義骨幹在省優級師範大學堂做起義前的最後部署，但因奸細告密，遭清軍圍捕，起義失敗。

由於當時南北已經實現停戰議和，清政府不便公然殘害革命黨人。因此，他們指派酷吏連夜逼供。面對敵人的威逼酷刑，張鍾端鐵骨錚錚、毫無懼色、慷慨陳詞。在審訊者訊問「同黨」時，他自豪地宣稱：「除滿奴漢奸外，皆是同黨。」12 月 24 日早晨 6 時，他和劉風樓等 11 人慘遭殺害。刑場上，張鍾端視死如歸，大義凜然地高呼：「革命萬歲！」、「共和萬歲！」他雖中彈數十，體無完膚，但仍凜然高歌，後英勇殉難。行刑過程，慘絕人寰，目不忍視，耳不忍聞！更令人髮指的是不許收屍。十一烈士的屍首被暴城外多日，後由同盟會員沈竹白等冒死殮葬於開封南關官坊義地。1932 年，劉峙主豫時，得省府秘書長齊眞如之助（辛亥革命河南起義時齊爲河南優級師範學生，擔任起義軍運輸隊勞軍隊員），1934 年十一烈士遺骨遷葬開封南關紀念塔東側，定名爲「辛亥革命十一烈士墓」，並將原來的紀念塔更名爲「辛亥革命紀念塔」。解放後，烈士墓爲開封市文物保護單位。由於烈士墓地處交通乾道之側，周圍又建起了許多建築物，觀瞻、憑弔均十分不便。1981 年開封市人民政府再次將十一烈士墓遷至禹王臺公園內，並修建了陵園，定名爲「辛亥革命紀念園」，將原刻有題詞的石碑鑲嵌於園墓周圍，尤其是將龍亭公園的孫中山全身塑像遷來安放在陵墓之前，中間再配上刻有孫中山名句之照壁，整個陵園莊嚴肅穆，前來瞻仰憑弔祭奠者絡繹不絕。

張鍾端犧牲後，同盟會將他的妻子和兩個孩子接回許昌。千裝倫子不久返回日本。張夢梅、張兆梅由祖母撫養，在同盟會的關愛下順利成長，後來考入河南大學，並先後加入了中國共產黨。新中國成立後，弟兄兩人分別在開封、許昌工作、生活。

作者爲鄭州財稅金融職業學院講師

劉積學小傳

曹辰波

劉積學（1880～1960），號群士（自傳中又號群式），河南省新蔡縣人，中國民主革命家。

1903年，劉積學中癸卯科舉人。1904年至1905年就讀於河南武備學堂。1906年2月赴日本留學。初入宏文學校補習日語，後入小石川區實科學校理化專修班學習，畢業後考入東京法政大學專門部政治科。同年加入中國同盟會。

劉積學加入同盟會後，在曾昭文引薦下，與孫中山過從甚密。他敬佩孫中山的爲人，信奉他的三民主義革命主張，認爲中國不革命不能強，不推翻滿清政府不能強，不廢除封建專制、不實現民主共和不能強。他在日本一邊發奮學習，一邊積極從事革命活動。繼曾昭文後，劉積學擔任同盟會河南支部長，並通過創辦報刊雜誌，進行資產階級革命思想的宣傳。1906年11月，河南留日同學曾以同鄉會名義集資創辦了《豫報》雜誌，主持人有革命派，亦有改良派。劉積學是發起人、組織者和股東之一。劉積學在《豫報》上發表了不少鼓動革命的文章，但《豫報》亦有一些不利於革命的文章。同盟會支部派曾昭文、劉積學調查後，決定創辦新的刊物。1907年12月，《河南》雜誌創刊，劉積學被公推爲總編輯，張鍾端任總經理。在此期間，劉積學曾在東京同盟會出版的《天討》專號上發表了《河南留日學生討滿清政府檄》，影響巨大。不久，劉積學受同盟會河南支部派遣返回開封，傳達同盟會總部決策，籌劃響應武昌起義。

1911年10月，武昌起義傳檄河南，河南諸革命同志分4路聯絡舉義，劉積學任新鄭、密縣、葉縣、南陽一路聯絡工作，計劃在南陽起義。後赴上海向上海軍政都督陳其美、黃興請援，在上海與劉基炎、陳伯昂組織了河南北伐軍。因南北議和，停止軍事行動。

1912年中華民國成立後，劉積學當選北京臨時參議院議員。同年8月25日，中國同盟會改組爲國民黨，該黨隨即在中國各省組織支部，河南支部以曾昭文爲支部長，杜潛和劉積學各爲該支部籌到了數萬元的經費。1914年7月，孫中山在日本組織中華革命黨，劉積學首先加入該黨。1917年7月，孫中山在廣州召開非常國會，劉積學遂赴廣州參加非常國會，直至1921年。

1922年，劉積學任河南自治籌備處處長。1926年，任河南省政務廳廳長。1928年，劉積學隨北伐軍到達湖北漢口，任河南宣撫使。1929年至1939年，因是老同盟會員，又和胡漢民有深交，劉積學獲任國民政府立法院立法委員。1939 年至 1949 年，劉積學任河南省臨時參議會、河南省參議會議長。

劉積學任議長的 10 年間，對國民黨黨政軍要人的種種暴行非常不滿，尤其目睹蔣介石消極抗日、積極反共的事實，對蔣幻想破滅，從一個國共之間的騎牆派，開始向共產黨靠攏，營救和保護過一些進步人士和共產黨員。1945 年 12 月《中國時報》在開封創刊，劉積學應聘兼任董事長。1948 年初，報社收到國際新聞社從香港寄來的英文版《目前形勢和我們的任務》一書，劉積學讀過譯文後，即向該報社長、中共黨員郭海長表示：如有必要，願爲效力，決意投奔共產黨。

1948 年 5 月，中國共產黨決定策動華中剿總副總司令兼第五綏靖區司令官張軫舉行起義。劉積學受委託同張軫聯絡，在促成張軫起義的過程中發揮了重要作用。1948 年 12 月下旬，白崇禧召集了湖北、河南、安徽、湖南、江西五省的議長在漢口舉行會議，要五省議長聯名發電，請蔣介石暫回奉化，由李宗仁代行總統職。劉積學對此堅決反對，聲稱「蔣介石爲內戰的罪魁禍首，必迫使其下野」，遂拒不在白崇禧的電稿上簽字。12 月 31 日，劉積學在信陽單獨發出了迫使蔣介石下野的通電，即「亥世電」，轟動一時。1949 年 4 月，中國人民解放軍向江南進軍，在信陽的國民黨軍政機關人員紛紛南逃，劉積學率參議會獨留信陽，並張貼標語，派代表出城歡迎。解放軍進城後，即將所有文卷檔案全部交出。

1949 年 9 月，劉積學被選爲民革代表出席中國人民政治協商會議第一屆全體會議，參與政協共同綱領的制定，並參加了中華人民共和國開國大典。此後，先後擔任中南軍政委員會委員、河南省政府委員、省政協副主席、省政治學校校長、省文史館副館長、國民黨革命委員會河南省籌備委員會召集人、省民革副主委等職。河南土地改革伊始，他在《河南日報》發表長文積極擁護。他多次寫信、撰稿，向在臺灣的親朋故友宣傳中國共產黨的政策，曉以民族大義。1957 年，劉積學被錯劃爲右派分子。1960 年 11 月 12 日，劉積學在開封病逝。1978 年，他的右派問題獲得平反。

劉積學生前著有《廣韻詮紐》、《荀子教學方法》、《老子要義詮釋》、《程伊川實踐哲學論》等。《豫報》、《河南》、《國是報》、《自由報》等報刊亦多刊其文，但大都散軼。

作者爲鄭州財稅金融職業學院講師

陳伯昂小傳

曹辰波

陳伯昂（1880～1964），原名慶明，字伯昂，河南省延津縣城內北街人，中國近代民主革命家。幼年家貧，八歲入私塾，聰穎過人，好學不倦。1898年，入開封普育堂義塾續讀。1900年參加科考，當年入邑庠，次年補增生，又次年補廩生。後留義塾任教讀。1905 年考入河南武備學堂，次年即與部分同學應選赴日本留學。當陳伯昂一行抵日時，正在日本從事革命活動的孫中山即派同盟會員張繼、鄒魯、曾昭文等前往橫濱碼頭迎接。後由曾昭文引領，去築士路八幡町孫中山處，受到了孫先生的親切接待。同年，經曾昭文介紹，陳伯昂、劉積學、杜潛等 16 人加入同盟會，並建立了同盟會河南支部，陳伯昂負責與國內聯絡。他們籌募資金創辦支部機關刊物《河南》雜誌，以擴大宣傳陣地，加強與改良派的論戰實力。陳伯昂任編輯，曾以「悲谷」爲筆名發表過《二十世紀之黃河》、《創辦小輪船通告書》等文章，並製插圖多幅。

1911 年 4 月，陳伯昂回國，參加了舉世聞名的「廣州起義」。10 月 10 日，「武昌起義」爆發，陳伯昂等留日學生奉孫中山電令，赴上海參加攻打製造局（高長廟兵工廠），獲得成功。爲穩定局勢，陳伯昂參加了組織都督府和編練滬軍、北伐軍等工作，先在都督府軍政處任職，後入北伐軍任參謀。

武昌起義後，清廷起用袁世凱率北洋軍南下，圖謀反攻武漢。爲阻撓清軍南下，孫中山在上海命陳伯昂北上聯絡反清組織「在園會」，求其協助破壞京漢線黃河鐵橋及其他重要橋樑、涵洞，並組織小股部隊擾亂清軍後路。當時「在園會」有會員近 10 萬人，遍布京漢、隴海、道清各路沿線。陳伯昂受命後，攜帶孫中山先生密函、贈品和大量爆破器材，兼程北行，在新鄉拜會了「在園會」總領王虎臣，共同商討炸橋及編組部隊計劃。正欲舉事，忽接孫中山密電，言南北議和成功，雙方停止軍事行動，伯昂旋即結束各項手續，回南京覆命。

1912 年 8 月，同盟會改組爲國民黨，同盟會員轉爲國民黨員。陳伯昂奉孫中山先生函示，到北京鐵獅子胡同找黃興領五萬經費，籌建國民黨河南支部，並創辦機關報《民立報》。陳伯昂領款後，又到天津訂購了印刷機、鉛字等。同年 10 月，國民黨河南支部宣告成立，開封《民立報》也於翌年出版發行，陳伯昂任總編輯。報社編輯、採訪員十餘人，職工四五十人，報紙日發行量二至三千份，最多達七千份。其時，袁世凱殺害革命志士宋教仁，罷免蘇、皖、贛三省督軍，叛變民國跡象已露。《民立報》針對袁世凱媚外、禍國、殘害革命志士、陰謀稱帝之行徑，明諷暗刺，無情揭露，深爲其爪牙豫督張振芳（袁之表弟）所忌恨。張振芳先派人與陳伯昂談判，勸其對袁之「攻擊」不可「過於顯露」，否則恐有「不測」，悔之莫及。越日，又派人送去五百元錢，作爲補助報社津貼。陳伯昂不爲其威脅利誘所動，斷然拒絕。同時，爲削弱袁之軍事實力，陳伯昂與其他同事密謀「重大舉動」，於 1913 年 7 月 1 日，派人炸毀了開封火藥庫。數日後，報社被查封，五人遭逮捕，陳伯昂被通緝。他化名王殿元，潛至天津販賣水果達三個月之久。

1915 年，袁世凱自以爲復辟帝制條件成熟，爲收買人心，大赦天下，取消通緝令。陳伯昂到北京參謀本部任調查員。然其反袁除賊之志未滅，又與袁仲德、趙鑄鼎密議，在新華門側埋炸彈以炸死袁世凱。不幸，行動時被識破，袁仲德當場被捕，責任自己承攬。伯昂、鑄鼎幸免於難。

1916 年，陳伯昂調北京測繪局任審查。1917 年，又轉保定軍校任地形教官二年。1919 年，政局動盪，以後的十幾年裏，伯昂雖有早期投身革命資歷、文理兼備之才學，竟無用武之地。除 1925 年督豫之胡景翼曾委以河南測量局長之重任外，其餘皆委以教官、參謀、營長等軍職，有時甚至是臨時統計員、工會文書、河堤包工頭等工作。1931 年到南京任軍官團地形教官。1933 年，轉任測量總局總務科長。1937 年，出任河南測量局長，領導測繪河南全省五萬分之一地圖。「七七事變」後，該局改屬中央領導，易名總局第二測量隊，奉命遷駐南陽，測繪豫、鄂、陝邊界圖。年底，全省五萬分之一地圖計 442 幅全部完成。1938 年，當日軍逼近南陽時，陳伯昂率隊遷駐內鄉縣馬山口。1940 年，測量隊奉命併入總局第四測量隊（駐山西）。

1942 年，陳伯昂辦清全部移交手續後，辭退公職，以經營藥材、土產維持生計。1946 年，遷居鄧縣。1948 年，偕妻遷上海。

新中國建立後，陳伯昂遷回開封，先後在四明營造廠、商丘市建國公司、開封群力營造廠、市測量隊等單位任工程師。1955 年退休，1964 年 7 月 16 日病逝於開封，享年 84 歲。

作者爲鄭州財稅金融職業學院講師

劉青霞小傳

韓　文

在辛亥革命波瀾壯闊的歷史上，有兩位女性聲望極高，一位是秋瑾，另一位就是劉青霞。「南秋北劉，女性雙星」、「南秋瑾，北青霞」的美譽，在當時傳遍大江南北。

劉青霞（1877～1923），河南安陽縣蔣村人。原姓馬，清末兩廣巡撫馬丕瑤之女，18 歲時嫁與尉氏縣富豪劉耀德，改名劉青霞，也稱劉馬氏或者劉馬青霞。劉青霞是辛亥革命女志士，同盟會成員，近代著名女活動家、教育家、政治家。

劉青霞 25 歲時丈夫病亡，劉氏族人為爭財產而與劉青霞進行無休止的爭訟。在不斷的家庭紛爭中，她意識到與其讓萬貫家財被劉氏人蠶食揮霍，不如拿出錢財為百姓做一些善事。於是，劉青霞懷著對國家的忠誠、熱愛以及兼濟天下的情懷，建義學、義莊，開辦平民工廠，修橋鋪路、賑災濟貧。她的義舉得到了清廷光緒帝的褒獎，被封為「一品誥命夫人」，又被贈予「樂善好施」的匾額。

1905 年劉青霞隨兄馬吉樟赴日考察，這次考察，在劉青霞的一生中有著重要的意義。在日本，劉青霞接觸了孫中山及同盟會人士，接受民主革命思想薰陶，秘密加入了同盟會。當劉青霞瞭解到豫籍留日學生籌辦的《河南》，因缺乏經費無法付梓，便慷慨捐資 2 萬元，使該雜誌得以順利出版。她還捐資並參與編輯《中國新女界》月刊，宣傳婦女解放。

回國後，劉青霞已是一位衝破封建樊籬、胸懷天下的社會活動家。她非常重視教育，主張教育興國，尤為重視女性教育。1908 年劉青霞斥資在河南尉氏縣創辦中州第一所女校「華英女校」，為中國的民主革命培養了一批人才。後又捐地 2 公頃，興辦蠶桑學校。劉青霞熱心辦學，為各界人士所欽佩。同時她還捐鉅款資助河南和北京的許多學校。除了興辦學務，劉青霞還捐資修橋鋪路，開辦「孤貧院」、「平民工廠」等。

劉青霞嚮往自由民主、支持革命，捐鉅款資助同盟會河南支部在開封開設「大河書社」，並以此作為《河南》雜誌在國內的總代辦處，其所有盈利都作為開展革命活動的經費。適逢《自由報》的創辦，劉青霞再次捐出白銀 3000 兩，資助報社。她在為《自由報》撰寫的祝詞中直抒胸臆：「自由好，中夏少萌芽。嶽色河聲飛筆底，洛陽紙貴泄春華，開遍自由花。自由好，妖霧慘夷門。手撥摩天旗影蕩，腰懸橫河劍光騰，奪轉自由魂。自由好，過渡帳迷津。揭破九幽超變相，羅膽萬佛見天眞，崇拜自由神。自由好，五嶽獨稱嵩。燕趙健兒身手鋭，犬羊部落羽毛空，撞破自由鐘。」

同盟會員張鍾端武昌起義後返回河南，策動起義，劉青霞積極參與，爲起義提供白銀 1600 兩，還設法予以掩護並捐資購買槍支彈藥。

劉青霞的義舉受到社會各界的廣泛讚譽。民國初年舉辦愛國捐，她被推舉爲河南國民捐事物所總理。她積極參加京津地區婦女要求參政的運動，享有很高的聲望，並被選爲北京女子參政同盟會會長、被聘爲北京女子法政學校校長、北京女子學務維持會會長等。

由於張鍾端策劃的河南起義失敗，遭到清政府瘋狂鎮壓，劉氏族人趁人之危，聯名告發劉青霞私通革命黨人，使劉青霞兩次入獄。經過兩位兄長的奔走斡旋，劉青霞被營救出來。劉青霞出獄後，仍然嚮往革命。她曾兩次到上海拜見孫中山，表示要拿個人全部財產報效國家，作爲修建鐵路之資費。但因種種原因，錢未能捐出。孫中山仍感念俠女義舉，題贈「天下爲公」和「巾幗英雄」以讚譽。魯迅也曾題詞給她，讚譽她「才貌雙絕」。

由於軍閥割據南北分裂，劉青霞革命理想破滅，加上劉氏族人爲爭奪財產的無休止糾纏，1922 年，馮玉祥第一次督豫時，劉青霞毅然捐出全部家產，移作政府辦學之用。馮玉祥認爲，「與其族人爭訟，不如收歸公有」，在尉氏植千畝松林，昭其精神。

1923 年，劉青霞因長期生活在家庭紛爭之下，爲社會、爲革命奔走操勞，積勞成疾，在安陽馬氏莊園病逝，享年 46 歲。

劉青霞生活的 19 世紀末 20 世紀初，正值中國社會急劇變革。社會轉型、改革思潮的激蕩，促使劉青霞由被動變主動，融入到時代當中。她興辦教育、捐資民生、參與革命，是中國近代史上爲數不多的一位愛國革命女性，也是一位無愧於時代的政治家。

作者爲河南大學新聞與傳播學院 2015 級碩士研究生

魯迅小傳

莫　凡

魯迅（1881～1936），原名周樟壽，後改名周樹人，字豫才，浙江紹興人，中國近代著名的文學家、思想家與革命家，「橫眉冷對千夫指，俯首甘爲孺子牛」是其詩作中的名句，也是他一生的寫照。

魯迅 1881 年 9 月 25 日誕生在一個沒落的官宦家庭。成年之前，祖父的因事下獄及父親的亡故，使年輕的魯迅嘗盡家道中落的悲涼，作爲家中長子逐漸開始承擔起家裏的重任。1898 年，十八歲的魯迅開始了赴外求學之路，他於南京考入江南水師學堂，並在這裡接受到資產階級維新思想以及英國生物學家赫胥黎的「進化論」。1902 年，魯迅被選派到日本留學，先在東京弘文學院學習日文，後入仙臺醫學專門學校學習醫學。在此期間，魯迅接觸到早期留日的革命者如章太炎、陶成章、秋瑾、徐錫麟等人，並加入了光復會。

當時中國正遭受著帝國主義的侵略，其嚴重的民族危機使得國內民主革命浪潮高漲，而魯迅在日本醫學課堂上一次觀看電影的經歷，徹底改變了其從醫道路。該影片有這樣一個情節：一個替俄軍當偵探的中國人，被日本兵抓住並砍頭示眾，而圍觀的諸多中國人卻無動於衷，這深深刺激了他。魯迅感到學醫雖能夠改變身體體質使之強壯，但當下的國人更需改變的卻是思想，思想的覺悟才是振奮國家的根本，並認爲能夠改變思想的惟有文學。於是，魯迅放棄了醫學學業，轉行從事文學創作。他和許壽裳等人準備創辦《新生》雜誌，但由於缺乏資金，未能實現。後來，留學生刊物《河南》創刊，他把爲《新生》準備的文章轉投《河南》。現在看到的 9 期《河南》，其中有 7 期刊登了魯迅的論著及譯作。它們是：《人間之歷史》、《摩羅詩力說》、《科學史教篇》、《文化偏至論》、《裴彖飛詩論》（匈牙利賴息作）《破惡聲論》，這些文章不僅是《河南》中救亡圖存、思想啓蒙的重要論著，也是研究魯迅早期思想珍貴的原始資料。

1909 年，魯迅在日本出版了與其弟周作人合譯的《域外小說集》後，結束留日生活回國。他先在杭州浙江兩級師範學校作教員，後又返故鄉紹興中學堂任教。1912 年，南京臨時政府成立之後，魯迅應蔡元培邀請到教育部任職，後來又隨教育部遷往北京，升任教育部僉事。不久之後，袁世凱篡奪辛亥革命的果實，國內形勢越來越壞，魯迅內心十分苦悶，並在此期間開始研究佛學思想、金石拓本、碑帖造像等。

1918 年，他首次以「魯迅」爲筆名，在陳獨秀主編的《新青年》雜誌上發表第一篇白話小說《狂人日記》，深刻揭露中國封建社會人吃人的本質，成爲中國現代文學的奠基之作。次年，五四愛國運動在北京爆發，魯迅站到鬥爭的最前沿，先後寫出了包括《阿 Q 正傳》在內的十多篇小說，反映了從辛亥革命到五四前後中國社會的廣闊畫面，激勵了千百萬青年。1920 年後，魯迅先後在北京大學、北京女子師範大學任教授，同時研究古典文學，把講稿整理成《中國小說史略》出版。在此時期，他寫就很多富有戰鬥性的雜感與論文，發表在《新青年》上，同時從事翻譯工作，支持青年的文藝創作活動，成爲進步青年的良師益友。

五四運動後，革命的中心逐漸轉移到南方，魯迅感到北方文化界的寂寞與荒涼。1926 年 8 月，魯迅支持學生愛國運動，被反動當局通緝，離開北京到廈門大學任教。因不滿廈門大學的現狀，又於 1927 年 1 月前往當時革命的中心廣州，赴廣州中山大學教書。然而，不久之後蔣介石在上海發動了「四．一二」反革命政變，廣州的國民黨反動派，也大肆捕殺共產黨人和革命群眾，魯迅身處白色恐怖中堅持文學戰鬥，思想更爲成熟，使他從過去信奉的「進化論」，轉變成「階級論」。

1927 年 10 月，魯迅到上海，和許廣平結婚，並開始了他一生中最光輝的戰鬥歷程。爲了團結革命文學陣營，1930 年 3 月 2 日，魯迅與其他革命文藝工作者，在上海成立了中國左翼作家聯盟。他率領左翼文化工作者，以報刊爲重要陣地，以文學爲武器，反對國民黨的文化「圍剿」，成爲左翼文化運動的主帥。1931 年，魯迅與宋慶齡、蔡元培等發起組織中國民權保障同盟，爲保衛人民的權利，反對國民黨反動派濫捕無辜而進行頑強鬥爭。從 1931 年到 1934 年，魯迅同瞿秋白同志在交往中建立了深厚的友誼，他冒著生命危險掩護這位著名的共產黨領導人，並與瞿秋白同志共同撰寫了許多戰鬥雜文。1935 年 10 月，當工農紅軍經過二萬五千里長征到達陝北時，魯迅受到極大鼓舞，秘密發去電報祝賀。爲了適應鬥爭的需要，他把雜文作爲投向敵人的匕首和投槍，不斷變換筆名，用迂迴的戰術和敵人進行鬥爭。在鬥爭中他越戰越勇，直到生命的最後一息。1936 年 10 月 19 日魯迅因病在上海與世長辭。

魯迅的一生，對我國近現代文化事業作出了卓越的貢獻。他曾領導與支持「未名社」、「朝花社」等進步文學團體；主編了《國民新報副刊》（乙種）《莽原》、《奔流》、《萌芽》、《譯文》等文藝刊物；大力翻譯外國進步文藝作品；研究推介國內外著名的繪畫、木刻；搜集、整理中國大量古典文學，批判地繼承祖國文化遺產，編著出《中國小說史略》、《漢文學史綱要》；整理了《嵇康集》、輯錄了《會稽郡故事雜集》、《古小說鉤沉》、《唐宋傳奇集》、《小說舊聞鈔》等。新中國成立之後，魯迅的遺著分別編入《魯迅全集》、《魯迅譯文集》、《魯迅書信集》、《魯迅日記》等共二十多卷。

魯迅爲祖國和人民留下了寶貴而豐富的精神遺產，不愧爲偉大的民族魂。

作者爲河南大學新聞與傳播學院副教授

周作人小傳

王　爽

周作人（1885～1967），浙江紹興人。中國現代著名散文家、文學理論家、評論家、詩人、翻譯家、思想家，中國民俗學開拓人，新文化運動的傑出代表。原名櫆壽（後改爲奎綬），字星杓，又名啓明、啓孟、起孟，筆名遐壽、仲密、豈明，號知堂、藥堂、獨應等。他是新文化運動中《新青年》的重要同人作者，曾任「新潮社」主任編輯。「五四」運動之後，與鄭振鐸、沈雁冰等人發起成立「文學研究會」；並與魯迅、林語堂、孫伏園等創辦《語絲》週刊，任主編和主要撰稿人。還曾經擔任北平世界語學會會長。

1903 年入江南水師學堂學習海軍管理，畢業後考取官費留學日本。1906 年到達日本後先補習日語，後攻讀海軍技術，最後攻學外國語。和哥哥辦文學雜誌《新生》未成，在哥哥影響下，爲《河南》雜誌供稿。先後發表了論文《論文章之意義暨其使命因及中國近時論文之失》、《哀弦篇》、小說《莊中》、《寂寞》等，是《河南》雜誌的主要作者之一。辛亥革命後回國，曾任浙江省視學、省立第 4 中學教員。1917 年到北京大學任教，歷任北京大學、燕京大學、中法大學、孔德學院教授。1924 年任北京大學東方文學系主任。抗戰期間，北京大學南遷，他受北大校長委託留在北平，不久爲了保全北大財產而降日本。1939 年任北大文學院院長。1941 年出任僞華北政務會教育督辦。抗戰勝利後被國民黨政府逮捕，被判處有期徒刑 10 年。1949 年出獄，定居北京，1967 年病故。

他在日本留學期間曾學習世界語，本世紀初即通過世界語翻譯東歐文學作品向國人介紹。一生著作頗豐，共有集子 50 餘種，如《知堂文集》、《周作人書信》、《知堂回憶錄》、《藥堂雜文》等。文學專著有：《新文學的源流》、《歐洲文學史》等。譯作有：《現代日本小說集》、《烏克蘭民間故事集》、《陀螺》、《黃薔薇》、《現代小說譯叢》等。日本留學期間，周作人課餘和哥哥翻譯出版了著名的《域外小說集》一、二部分，這兩部譯作以東歐弱小民族文學爲主，也包括王爾德等名家名作。同時，周氏兄弟、許壽裳、錢玄同等人曾從國學大師章太炎學《說文解字》，並相互結下友誼。另外周作人在日本還曾學習俄文、梵文等。

周作人還廣泛參與社會活動，1919 年起任中華民國教育部國語統一籌備會會員，與馬裕藻、朱希祖、錢玄同、劉復、胡適 5 位北大教員兼國語會會員在會上聯名提出《請頒行新式標點符號議案》，經大會通過後頒行全國。

1925 年，在女師大風潮中，周作人支持進步學生，與魯迅、馬裕藻、沈尹默、沈兼士、錢玄同等人連署發表《對於北京女子師範大學風潮宣言》，並擔任女師大校務維持會會員。

周作人從 1952 年 8 月起出任北京人民文學出版社編制外特約譯者，每月預支稿費 200 元人民幣，按月交稿。這段期間，他翻譯日本古典文學和古希臘文學作品多部，同時應邀校訂別人的譯稿（《今昔物語集》、《源氏物語》等），日本現代文學譯作有：《石川啄木詩歌集》等。另外還有研究、回憶魯迅的著作有：《魯迅的故事》、《魯迅的青少年時代》、《魯迅小說裏的人物》等，並在報刊發表散文隨筆，後輯成《木片集》。

作者爲河南大學新聞與傳播學院 2015 屆碩士研究生

許壽裳小傳

王　爽

許壽裳（1883～1948），字季茀，號上遂，浙江紹興人，中國近代著名學者、傳記作家。早年就讀紹郡中西學堂和杭州求是書院。歷任北京大學、北京高等師範學校、成都華西大學、西北聯大等校教授。1946 年臺灣行政長官陳儀邀請許壽裳主持臺灣省編譯館，不久編譯館裁撤後併入教育廳管轄，轉往臺灣大學任教，常批評國民黨派所主導的法西斯教育改革。1948 年 2 月 18

日，於臺大宿舍被害身亡。

許壽裳，曾就讀於紹郡中西學堂和杭州求是書院。清光緒二十八年（1902），以官費赴日留學，入弘文學院補習日文，與魯迅相識，結成摯友。曾編輯《浙江潮》，後轉入東京高等師範讀書。他的文言論文《興國精神之史曜》連載於 1908 年《河南》雜誌 4、7 兩期，歷舉歐洲各國復興祖國的史實，以證明精神力量在歷史進程中的推動作用，並據此提出了改造國民精神的迫切任務。1908 年，與魯迅一起加入革命團體光復會。次年四月回國，任浙江兩級師範學堂教務長。

全國臺聯會長汪毅夫認爲，許壽裳有兩項重大貢獻。一方面，他和魯迅先生等人作爲當時讀音統一會會員，一起確立了注音符號的使用原則，奠定了臺灣國語運動的規矩，很多臺灣同胞正是靠著注音符號學習和掌握了國語。另一方面，他還親自編寫了《怎樣學習國語和國文》一書，並在國語運動中力推從「臺語復原」到「學習國語」的正確方向，爲臺灣光復初期國語運動作出了重要貢獻。

所著有《章炳麟傳》，是中國最早的一部章太炎評傳。還著有《魯迅年譜》、《亡友魯迅印象記》、《我所認識的魯迅》、《俞樾傳》、《中國文字學》、《李越縵〈秋夢記〉本文考》，以及《傳記研究》、《怎樣學習國語與語文》、《考試制度述要》等。

許壽裳一生當中主要從事的是教育工作。辛亥革命之後，許先生受教育總長蔡元培之託，草擬了《中華民國教育宗旨》和《新教育意見》，以部令頒行全國。在教育部和江西省教育廳任職期間，他爲發展普通教育、社會教育做了很多篳路藍縷的艱苦創業工作。此後，他執教於北京大學、北高師、女高師、北平大學女子文理學院、中山大學、西北臨時大學、西北聯合大學法商學院、華西大學、中山大學師範學院、廣益學會華大文學院、臺灣大學，主講教育學、心理學、文字學、西洋史、中國史學名著、大學國文、中國小說史等多門課程，盡瘁育才，桃李盈門。學生們將他喻爲進步與自由的燈塔，使在暗夜海上行駛的船舶得到指引，不致被呑沒於風濤。蔡元培先生仿法國學制籌建大學院並擔任院長時，許壽裳先後任大學院秘書、參事、秘書長，是蔡元培的主要助手。

許壽裳之所以在教育界贏得崇高威望，除了其道純德厚之外，還由於他學識淵博。他博通經史，雅擅詩文，又通曉日、英、德多種外語，廣泛吸收了西方進步文化的滋養，甚至連生活方式也相當歐化。他的書法融匯各家，別出新意，在書壇獨樹一幟。他在文藝創作方面成果不多，但在學術研究領域卻有特殊造詣。他的學術論文《〈敦煌秘籍留眞新編〉序》、《李慈銘〈秋夢〉樂府本事考》等，旁徵博引，持論穩妥，極見學術功力。

在許壽裳的學術成果中，最具價值的是傳記文學研究和寫作。他認爲成功的傳記文學描寫入神，鉅細畢現，能產生如見其人、如聞其聲的藝術效果，可以幫助讀者瞭解時代和人物的相互影響，讀者的人格也因此得到陶冶。1945 年 5 月，他的《章炳麟》一書由重慶勝利出版社印行，全面評介了太炎先生的生平和學術成就，堪稱最早的一部章太炎評傳。他撰寫的《亡友魯迅印象記》和《我所認識的魯迅》這兩部回憶錄，時間跨度長，內容翔實，範圍廣博，感情深摯，文筆淳厚，在魯迅同時代人的同類型著作中首屈一指，是魯迅研究者和愛好者的入門書。

許壽裳在 1946 年 6 月 25 日應臺灣省行政長官陳儀之約，隻身孤篋從上海飛抵臺北，目的是籌設省立編譯館。許壽裳主持編譯館的首要任務，就是弘揚中華民族文化，肅清日本殖民文化的遺毒。他爲編譯館確定了兩項宗旨，一是普及國語、國文和中國史地方面的知識，二是發揚臺灣文化的優勢，以開創我國學術研究的新局面。爲此，編譯館設立了學校教材組、社會讀物組、名著編譯組、臺灣研究組。編寫中心小學教材，許壽裳強調要有進化觀念、互助精神、大眾立場，宣傳民主觀念、愛國意識，反對復古倒退。遺憾的是，由於「二二八事件」，編譯館突然被撤消，大部分教材成了一堆廢紙，許壽裳的心血付諸東流。

作者爲河南大學新聞與傳播學院 2015 屆碩士研究生

蘇曼殊小傳

李彩鳳

蘇曼殊（1884～1918），原名戩，字子谷，小名三郎，更名玄瑛，號曼殊，另號燕子山僧、南國行人等。廣東珠海市瀝溪村人，文學家，能詩文，善繪畫，通梵文。

蘇曼殊生於日本橫濱，父親是廣東茶商，母親是日本人，曾入日本橫濱大學預科、振武學校學習。光緒二十八年（1902），在日本東京加入留日學生組織的革命團體青年會。次年加入拒俄義勇隊。同年歸國，任教於蘇州吳中公學。

1903 年，在廣東惠州削髮爲僧，法名博經，旋至上海，結交革命志士，在《民國日報》上撰寫小品。光緒三十年，南遊暹羅、錫蘭，學習梵文。1906 年夏，革命黨人、著名漢學家劉光漢邀其至蕪湖皖江中學、安徽公學執教，與在日時舊友陳獨秀相遇，是年與陳東渡日本省親未遇。歸國後，仍執教於蕪湖，並與清代書法家鄧石如之曾孫教育家鄧繩侯相識，結下筆墨之誼，離蕪後常有詩畫往來。

1907 年，在日本與幸德秋水等組織亞洲和親會，公開提出「反抗帝國主義」。同年和魯迅等人籌辦文學雜誌《新生》，未成。受魯迅影響，他爲《新生》準備的插圖都轉投《河南》。其寫意畫介紹中原風景名勝，以名山大川的秀美激發人民的愛國意識。比如第二期的《洛陽白馬寺》、第三期的《潼關》、第五期的《嵩山雪月》等，熱情讚美祖國的大好河山，表達了遊子們雖然身在異鄉卻心繫祖國的憂國憂民情懷，也鼓勵著仁人志士爲救亡圖存奮勇向前。

1909 年，蘇曼殊再度南遊，任教於爪哇中華學堂。辛亥革命後歸國，參加上海《太平洋報》工作。1913 年，發表《反袁宣言》，歷數袁世凱竊國的罪惡。他的情緒起伏不定，時僧時俗，時而壯懷激烈，時而放浪不羈，有著獨特的生活經歷和思想性格。

1918 年 5 月 2 日，蘇曼殊在上海病逝，年僅 34 歲。南懷瑾《中國佛教發展史略》:「在民國初年以迄現在，由章太炎先生與『南社』詩人們烘托，擅長鴛鴦蝴蝶派的文字，以寫作言情小說如《斷鴻零雁記》等而出名，行跡放浪於形骸之外，意志沉湎於情慾之間的蘇曼殊，實際並非眞正的出家人。他以不拘形跡的個性，在廣州一個僧寺裏，偶然拿到一張死去的和尚的度牒，便變名爲僧。從此出入於文人名士之林，名噪一時，誠爲異數。好事者又冠以大師之名，使人淄素不辨，世人就誤以爲僧，群舉與太虛、弘一等法師相提並論，實爲民國以來僧史上的畸人。雖然，曼殊亦性情中人也。」

蘇曼殊一生「身世飄零，佯狂玩世，嗜酒暴食」，柳亞子曾將其著作搜集匯成《曼殊全集》5 卷。

作者爲河南大學民生學院講師

周仲良小傳

鄭笑楠

周仲良（1885～1951），名培梓，字仲亮，貴州黎平縣人氏，家住城關忠誠巷一號。

1900 年考入貴州師範學堂，1902 年考入雲南高等學堂，1905 年自費留學日本宏文學院，1909 年在日本加入孫中山組織的中國同盟會，是辛亥革命時期貴州籍革命黨人。宏文學院畢業後，周仲良被派遣回國從事反清活動，曾任中國同盟會貴州分會代會長，經黃克強先生介紹到廣西與劉古香、劉崛、劉玉山、蘇無涯、封務滋等人聯繫，來往於香港、梧州、大潢江、金田村、瑤山等地運送軍火，後被清政府偵緝，只能隱名回原籍。輾轉奔波中流亡日本，入早稻田大學專修政治經濟學。

1908 年，周仲良以「明民」的筆名在《河南》第三期（1908 年 2 月刊）發表文章《預備立憲者之矛盾》云：「國民普通之自由，彼不能於立憲時代保護之，乃反於立憲時代剝奪之。國民政治之權利，彼不能於立憲時代促進之，乃反於立憲時代限制。非喪心病狂奚爲？」。又在《河南》第五期（1908 年 6 月刊）發表《中國變法之回顧》云：「因故政府之余吾民不欲其智，而欲其愚；不欲其明，而欲其闇；不欲其強，而欲其弱；不欲其剛，而欲其柔。然後彼可高臥於九重，儼然肆於吾民之上，而坐收指揮奠定之功，脫使吾國能長此終古絕客閉關，亦未使不可。永享升平，維持專政。」

1912 年，袁世凱竊取中華民國臨時大總統，企圖推翻共和，復辟帝制。周仲良受同盟會派遣回國參加倒袁活動失敗後，隻身避居杭州海潮寺爲僧三年。1916 年袁世凱死後，周仲良回家幽居，當聞悉孫中山在廣州成立大元帥府時，即投奔廣州，被孫中山任命爲元帥府秘書（1919 年～1920 年）。1921 年追隨孫中山北伐，任大元帥行營機要秘書。1923 年任大本營秘書，1925 年任國民政府秘書，1927 年兼任國民革命軍第十軍黨代表，1929 年起兼任國民政府文官處印鑄局局長。1945 年 8 月抗日戰爭勝利後任南京總統府第五局（即印鑄局）局長至南京政府崩潰爲止。在此期間，曾當選南京特別市第六區第三屆監察委員、黎平縣國大代表，被奉委爲國民黨黨史資料編纂委員會名譽編纂。

據周仲良嫡孫周澤安回憶，周仲良晚年篤信佛教，一心向善，曾任中國佛教會副會長。1951 年卒於貴陽。

作者爲鄭州商學院文學與新聞傳播學院助教

陶成章小傳

徐明月

陶成章（1978～1912），字煥卿，號陶耳山人，筆名起東，浙江紹興陶堰人，是辛亥革命時期的著名革命活動家，光復會的領袖之一。

陶成章自幼聰穎。6 歲入學，讀書過目成誦，博通經史。由於受到當時進步思想的薰陶，16 歲的陶成章便走上了民主革命的道路。1900 年，義和團掀起洶湧澎湃的反帝愛國怒潮，陶成章欲謀殺西太后，並親赴奉天（今瀋陽），遊歷內蒙古東西盟，察看地形，開始爲日後實行革命之計。

1902 年夏，由蔡元培出資，陶成章去日本學習陸軍，希望由此進入軍界，進行武裝鬥爭。爲了發動革命，陶成章 1903 年毅然返國，傾注全力，聯絡浙江會黨，發展革命組織。1904 年冬，他與蔡元培、龔未生同組革命組織光復會，在浙江、上海、日本、南洋群島等地發展組織，成爲光復會的實際領導人。

從 1904 年 2 月開始至 1905 年 9 月，前後經一年半時間，他四次深入浙江內地，乃至廣大的農村，進行許多實際工作，而且利用會黨聚集的場所，進行宣傳演說，鼓動會黨群眾的革命熱情，同時也採取容易被農民群眾所接受的民間戲班形式，遊行遠近村落間，多演宋明亡國的故事，藉此向農民群眾宣傳國家淪亡的痛苦。爲了響應黃興等領導的「長沙起義」，他親赴金華、蘭溪等地，招呼會黨，布置暴動，這次起義雖然沒有成功，但他並不氣餒。1905 年 9 月，他又與徐錫麟創辦大通學堂，加緊培養革命力量，使大通學堂成爲浙江革命的搖籃和策源地。

1907 年 1 月，陶成章在日本加入中國同盟會，任同盟會駐日分會長，並任《民報》發行人和總編輯，發表《桑澥遺徵》等激烈的革命文章。他與魯迅、章太炎關係非常親密。他常到魯迅寓所，談論革命大計，還在魯迅處存放許多革命文件，並介紹魯迅加入光復會。

期間，陶成章以「起東」爲筆名在《河南》雜誌上發表了《春秋列國國際法與近世國際法異同論》一文。他在文中特別強調解決國際爭端時「口舌」的重要性。「口舌」是指利用外交手段解決國際爭端的一種方法，是和平的手段之一。陶成章認爲，20 世紀初的中國國力是薄弱的，單憑武力是敵不過歐美日等列強的，要想在國際競爭中佔據一席之地，就必須傚仿春秋各霸主解決爭端的手段。同爲《河南》雜誌的作者魯迅，雖然與陶成章的革命理想和主張是一致的，但在實際行動中，周氏兄弟卻是消極的。他們更願意通過文藝拯救國家和社會，尤其是周作人，而陶成章願意爲革命付出一切，甚至是生命。

1908 年，陶成章「著單衣，坐四等艙，代煤工勞動抵船值，到達爪哇」，動員華僑參加革命。接著，他赴新加坡任《中興日報》記者，在報上發表《痛陳中國不得不革命的理由》，駁斥了保皇派反對革命的謬論。在任仰光《光華日報》主筆期間，更將自著的《浙案紀略》連續刊載，以浙江革命黨人爲民主革命英勇鬥爭的光榮史蹟，來鼓舞海外華僑的革命熱情。《浙案紀略》一書，不僅對當時的革命宣傳起積極作用，而且爲我們留下了一部研究浙江辛亥革命的珍貴史料。

1911 年 2 月，黃花崗起義前夕，光復會會員李燮和電召陶成章迅速回國以謀響應，陶成章得訊立即返國。但當他回到上海時，聞廣州起義已失敗，不禁痛哭流涕。不久，陶成章奮起重整旗鼓與尹銳志、尹維峻在上海創建「銳峻學社」，作爲光復會總部的機關，繼續不懈地奔走江浙之間，號召革命黨人圖謀再舉。1911 年 7 月，爲了支持即將爆發的武裝起義，再度去南洋各地募集鉅款，以爲應援。武昌起義後，陶成章於 11 月初從南洋歸國。當時，上海和杭州都已先後光復，陶成章回到杭州，被委任爲總參謀。他極力主張北伐，直搗清政府巢穴。

南京的攻克，爲臨時政府的成立創造了條件，陶成章設籌餉局於上海的同時，成立光復軍總司令部，積極準備進行北伐。但是陶成章的革命活動，遭到陳其美等的嫉恨。尤其是陶成章破衣敝屣爲國奔走、不辭勞苦，從未貪圖安逸享樂。他深惡痛絕那些上賭館、逛妓院等勾當。當他看到同盟會主要領導人之一的陳其美有這些癖好後，便多有微詞。這讓陳其美產生記恨。1912 年 1 月，陳其美指使蔣介石、王竹卿將陶成章暗殺於上海廣慈醫院，年僅 34 歲。

陶成章遇難後，孫中山悲憤至極，連續發出許多急電，責令上海都督陳其美緝拿兇手。同時嚴肅而沉痛地指出：「陶君抱革命宗旨十餘年，奔走運動不遺餘力，光復之際，陶君實有巨功，猝遭慘禍，可爲我民國前途痛悼。」

1916 年 8 月，孫中山先生來到紹興東湖「陶社」致祭陶成章，撰寫「氣壯河山」給予很高評價，又寫輓聯「煥卿先生千古」表示哀悼。章太炎在陶成章死後，憤怒到極點，立即致電孫中山要求緝凶嚴辦，同時指出，陶成章對辛亥革命的巨大貢獻，譽爲「國之瑰寶」。魯迅先生更稱頌：「陶成章是個眞正的革命實行家。」

作者爲鄭州商學院文學與新聞傳播學院助教

吳肅小傳

翟曉瑞

吳肅（1871～1923），字一魯，河南固始人。13歲以備額生到大梁書院（又名麗澤書院）就讀。1901 年東渡日本，就讀於日本東京帝國大學農學專業，成爲河南省首批公費留學生。1905年獲得學士學位。後又留學德國柏林大學，獲林學碩士學位。

吳肅進步愛國，參與了留日學生刊物《河南》的編寫工作。《河南》的主要欄目有圖畫、論著、時評、小說、文苑、譯述等，每期《河南》均設小說欄目，題材以偵探小說、冒險小說、短篇小說爲主，礙於篇幅的限制，形式爲連載。1907年12月起，吳肅擔任《河南》小說欄目的主要譯者。他翻譯的偵探小說《芝布利鬼宅談》（英國軋姆著），連載於《河南》的第一、三、六、七期，是《河南》刊載的唯一一部偵探小說。偵探小說在《河南》的刊載，一方面呼應了清末外國小說翻譯的「小說革命」，響應了翻譯偵探小說的熱潮，豐富了雜誌欄目，吸引了廣大讀者；另一方面，偵探小說中涉及的國外風土人情和主人公精神世界，起到了開民智、立民德的作用，彰顯了《河南》「牖啓民智，闡揚公理」的宗旨。吳肅主張河南應以農業的發展爲振興經濟的根本大計，呼籲把農業專門教育放在優先發展的地位，並爲改革農業教學、建成農業教學體系做出了許多努力。1912年，吳肅回到中國。

1913 年，擔任河南公立農業專門學校（現河南農業大學）校長。同年 8月，河南公立農業專門學校面向全省招生，錄取甲種實業學校及部分中學畢業生80人，開設農、林兩專業，定學制爲3年。吳肅在認眞吸取歐、美和日本等國經驗的基礎上，改革教學和考試制度，建立適合學校實際情況的新制度。在課程設置方面，他結合河南實際，農學專業以蠶桑、小麥、棉花新品種及病蟲害防治爲主；林學專業以植物保護、果林、果樹嫁接新技術爲主。爲了解決生源的質量問題，他主動關心省立開封甲種農業學校及各地乙種實業學校的教學；他建議河南省蠶桑總局在各地設立蠶桑分局，加強對各地實業的領導，增加實業學校的資金投入。經過一系列的嘗試和努力，初步建立了「乙種實業學校——甲種實業學校——農業專門學校」這一連貫的河南農林教育辦學體系。1915 年，河南農業專門學校招收甲種實業學校畢業生 120 名，並增設蠶桑專業，使學校規模擴大爲農、林、蠶桑 3 個專業，在校學生 200 人，學校的辦學規模和質量居於當時全國各省同類學校前列。

1917 年，吳肅就任河南省林業專員，率先開創近代河南林政。他大膽任用河南公立農業專門學校的畢業生，加強省蠶桑總局及開封、洛陽、沁陽、信陽等蠶桑分局的建設，並親自到實業學校指導教學。吳肅的努力，不僅大大增加了河南林政業的力量，還拓寬了畢業生的就業門路。1918 年，吳肅擔任河南留學歐美預備學校（今河南大學前身）教授，身兼德語、英語兩科教學。1922 年，任河南林場處處長，後任河南省實業廳廳長。

1923 年，因對軍閥政府的黑暗統治和無端迫害強烈不滿，吳肅自殺，享年 52 歲。根據其遺願，吳肅的夫人將他終生積存的數百種外文書籍悉數捐贈給中州大學（今河南大學）圖書館。

作者爲鄭州商學院文學與新聞傳播學院助教

中　編
《河南》雜誌重點「論著」及評析

平民的國家

鴻　飛

中國開國之古，爲環球各國所未有。平原磅礴、厄塞交通，其勢盡趨於統一，而無國際對待之情狀。雖期間有列國、戰國、三國、南北朝及五代、南宋諸競爭，亦不過暫爲分裂，不旋踵而底於合併。其餘則四海一家，中國一人突然立於亞東之天地而無與爲抗。環其外者，雖有東西南北諸蠻族，然其文物、其戶口、其幅員，皆不足以與中國爲抵抗。故其間雖時有衝突，皆不轉瞬而悉歸同化。至其外者，若葱嶺以西之波斯、印度、希臘、羅馬諸文明國，漢唐間雖偶有交通，又皆未嘗直接、未嘗聞知，故中國自視其國即爲世界，以致數千年最古老之老大帝國，於歷史上竟無國際之名詞，以自表現。而其人民，亦遂有世界觀念，而無國家觀念。夢夢焉僻處於地球之東北角而自大自尊，以故中國歷史，僅有平民與平民之競爭，而無國家與國家之競爭。固地理使然，而亦時會使然也。

自近數十年以來，經西洋各種科學之發明：横海之輪船，乘長風、破巨浪，越萬里而飛來；輳險之汽車，邁廣原、度層巒，乘九軌以戾止。若英、若法、若德、若俄，以及美、澳、意、比，與夫最後開明之日本，遂乃利用此精神，以發皇其殖民政策，以擴充其勢力範圍，以張大其兼併主義，既於歐、美、非、澳諸州，無絲隙之事圖，乃群集於我支那大陸，以肆行其手段。於是緬甸滅矣，安南亡矣，琉球、臺灣、朝鮮，更相繼而淪喪矣。然此皆既往而不可收拾者：更有長江一線，蓋屬英人；雲廣半壁，全歸法領；其他山東之屬於德；福建南滿之隸於日；蒙古、新疆、北滿伏馴於俄羅斯肘腋之下。欲領則領，欲佔則佔，疲弱如土耳其，且思染一指以爲快。雖庚子變後，有保全領土之宣言，乃復益以開放門戶機會均等之約章，蓋欲盡吸其財產，亡國於無形，使我領土、人民消滅於不知不覺間而後已。然前此尚有群雄角立，勢不相下之勢：甲收一利，則乙起而干涉；丙奪一利，則丁從而阻礙。中國之所以苟延於旦夕間者，實賴有茲原因以爲留難。近則日法協商，英俄協商，日俄以仇讎之國，亦破其忌疑而協約，相合相同，群以謀我，各從其任意之方向進行，不事干涉、不相阻滯。吾恐十數年間，民窮財盡、生計艱難，縱使各國不瓜分我土地，而我憔悴顛連、宛轉哀吟於道路間。四百兆之人民雖眾，勢必至靡有孑遺而後已，而況乎俄、法之野心，日猶思兼併其土地以遂其大欲。亡國之急，人人所盡知！此其機至危、其情至慘，因不待予之繁言，亦有知者所共喻矣。故時至今日，而中國之形勢，又變平民與平民之競爭爲國家與國家之競爭。時會使然，亦無足怪也。雖然，國家之競爭無實以平民之競爭爲起點也，何也？蓋自瑪爾梭士之著《人口論》謂：「人類繁殖其增加之率，常與食物之增加不能相當，食物之增加，算術級數也，由二而四而八而十六，人口之增加，幾何級數也？由二而四、而十六、而三十三，苟無術以預防之，則人滿之患，必不能免。而戰爭、病疫、自殺之風將日盛。」此論一出，而全歐之耳目皆爲之一動，於是各國人民見其本國生計之爲難，乃群竭其智力、才力，以謀擴充經濟之途於海外。而國家亦如孳生繁衍之人族，斷難使之各得其所，亦遂因其勢而導之殖民之政略，遂爲維持人民之第一要義。蓋非此不足以生活，無生活即不能以保人民也。

中國之物產繁盛，天然美富，爲世界萬國所未有。故各國咸奮其力，以環集於此。自吾通商以後，各國採取我之低價原料出口，而更製爲器物，以轉售於我，其吸收吾財以去者，已不知其幾萬億兆也。自《馬關條約》以後，更進而及於工業，各國利益均霑，皆得於內地設製造廠，取吾低價之原料，用吾低價之工人，即廠而製造之。而更以之售於吾，不費轉運之資、不增出入之稅，其收吸吾財以去者，又不知其幾萬億兆也。乃至甲午庚子以後，更進而及於礦業、農業，得尺則尺、得寸則寸，無省不佔、無孔不入。而於鐵道、航路等，有關於經濟之交通事業，亦爭之無所不至。過此以往，而我人民之一切知識，皆未發達，則其經濟之能力，自亦不能與之爲抗。彼方投其雄大之資本，以大振興其工商業，其人民之移居吾國者，亦源源而不絕。則數年間，中國各地盡爲各國人之住所，而各國人又皆爲資本家，而中國人皆被其所勞動。於此之時，我人民雖欲脫離其關係，然其生活問題，萬不能不仰給於他人。彼乃擁鞭笞推鑿，以迫切於其後，使我不能不聽其趨使。至此則亡種之禍，可以預決。此所謂平民經濟的競爭，亦即平民生活的競爭是也。然此猶就其和平之處分言也，若武力之處分，則更有難言者。

蓋自達爾文「物競天擇，優勝劣敗」之理出，謂天下惟有強權，更無平權。權也者，由人自求之、自得之，非天賦也。於是全歐之人民，各務爲自強、自優以取勝。一人如是，人人如是，而國家亦遂不能不如是。苟能自強、自優，則雖翦滅劣者、弱者，而不能謂爲無道。何也？天演之公例則然也。我雖不翦滅之，而彼弱者、劣者，終亦不能自存。以故力爭侵略之事，前者視爲蠻暴之舉動，今則以爲文明之常規，而弱肉強食之風，遂變爲天經地義之公德。於是若非、若澳、若美，其土人之生存者，日見減少。蓋白人以其強力，今日而投以水火，明日而加以刀鉞，無非欲其消滅乾淨，以自殖其種族。而中國之人民，乃猶夢然不知，習慣於疲懦而不爲怪，不圖自振、不言競爭，其必與非、澳、美洲諸土人，同歸滅亡。如庚子之役，俄羅斯趨北滿之民於黑龍江者，是其前例，不待言矣。其他如檀香之火，亦慘狀而不堪言，下此者欲入美洲作工而不能，欲入非洲開礦而有礙，種種諸策，無非欲殺盡我全國之人民而後甘心。若我猶不自振，一有釁端，則各國擁其兵力，以屠毒我生靈，殲絕我種類，即求如「揚州十日」、「嘉定三屠」，尚有封刀之期，亦不可得！東蕩西除，而神州以內，勢必至無漢、滿、蒙、回、藏之種族而後止。此又平民強權的競爭，又所謂生存的競爭是也！由是觀之，則**平民競爭之原因，即爲國家競爭之原因；以平民有生死貴賤之結果，故國家有興旺強弱之結果；平民實居實質的位置，而國家實居抽象的位置。故今日之競爭，謂爲國際的競爭，固可謂爲平民的競爭亦無不可。**

何以言之？蓋中國素所謂之「亡國」者，僅國家與國家之興亡，而非平民與平民之興亡。不惟無關乎興亡，且於平民無絲毫之影響。受其禍者惟對待之國，對待國代表之人而已，於平民固無與也。故秦滅六國，惟六國消滅，而六國之平民仍自若也，何也？爲六國之民亦平民，爲秦國之民亦平民，其人格固未喪失，而未受特別之待遇故也。三國亡於晉，惟三國破壞，而三國之平民，猶若是也，何也？爲三國之民固平民，爲晉國之民亦平民，其權利仍猶存在，而無他法以圈制之也。故中國之人民，亦遂視亡國爲無關輕重，受歷史影響者大，而未審查現今之情勢也。試觀地球上，現今既亡之國：若安南之人民，轉徙有禁、言論有禁、書報有禁，除納身稅外更無一權利之可言；若印度、緬甸，其待遇雖較安南爲優，然臨患則居前，享利則未有餘；

若琉球、臺灣亦莫不皆終爲奴、爲隸、爲馬牛，聽其刲割烹爨而無計，其種族之喪亡，蓋可以立待。其他若猶太種族之漂泊、非洲土人之淪沒、美洲紅人之凋殘幾盡，皆既往之事，而可勿論者也。

審如是今日之競爭，即爲平民生存的競爭，則吾輩所當求亦自立者，亦當以平民的競爭爲標準。雖然以言平民的競爭，則有國際的平民及國內的平民之類。今茲所論及，則惟就國際的平民言。而國內的平民，則付諸其後。蓋所謂國際平民者，乃漢、滿、蒙、回、藏，一般之人民，無貴無賤，而同爲平民也。如世界各亡國則不能以平民視之。我中國雖弱而尚未至亡國，則平民之資格仍未喪失，固宜嚴爲保存者。至於國內的平民則漢、滿、蒙、回、藏，實有異常不平之觀，殆與泰西之喀私德埃士機德者相類，則平民之位置已無可言，故宜急爲改造者。惟是今日人民之危亡，國際的爲急，而國內的爲緩，雖國際的平民之保存，萬不能不由改造國內的平民收其功。然必人人先具有國家思想之精神，以自振自作，極力對外，而後國家之根本於以固，而後平民至資格可以存，則國內的平民改造亦有效，然後知爲國內平民之競爭。而於國際平民競爭，付之不知則是爲亂之階，適足以得喪失其平民之結果，勢之所趨，有必然矣。蓋吾爲此言，吾非欲吾人民可以爲國內之奴隸，而不可以爲國際之奴隸，惟專事於外部而無事內部也。吾實欲吾人民以至大之精神，脫離國內奴隸之籍，而與各國平民之籍以爭衡也。故辦事之手續雖當，自國內的平民爲達其目的之原因而用意之主義則當，自國際的平民以收其功效之結果，此所謂平民的國家主義而非平民的個人主義也。如第知爭國內的平民而不計國際的平民，則是欲保護個人而不保護國家，吾恐國家亡而個人亦必不保，是蓋非保護平民之策而喪失平民之策也。

故今日之言：平民主義當先言，平民的國家主義而後言，平民的個人主義斯爲完全、斯爲無弊。蓋國家雖爲各個人所成立，然個人必賴國家保護而後可以特立。若失國家之存在，則失其個人之存在。如西人之來中國也，皆個人，非國家也。而鴉片事起，則所以得償銀、得五港，而以香港爲管轄之區，裁判聽其自理。若其無國家，則個人之力，亦無如何也？次如天津、膠州，皆以平民的競爭而起國際的交涉，以獲大利。下此則通一航、開一港，設一工廠、投資本，攬鐵道、礦山諸利權。雖皆個人之競爭，然無一不持國家之力。是則西人之所以能爲平民者，惟以依賴國家爲護符，則吾人之所以保我平民者，即當以維持國家爲要務。有國家之權利，即可爲世界之平民；

無國家之權利，即喪失其爲世界平民之具。平民人格固與國家人格一而二、二而一者也！故二十世紀之大勢，其趨向皆浸淫於伯倫「知理之國家」主體說。前此之民主主體、君主主體，諸學說乃一掃而空。而國家主權之聲勢，因茲炎炎而不可遏抑。此亦時會使然，而非人力所能強制者也！

由是言之，國家之安危，既如此其重，其關係於平民，又如此其切。而現在國家消滅之現象，其危機殆已間不容髮，則不可不維持國家之存在，與不可不擴張國家之權利，一保護此平民之資格者，固不待言而知之矣。唯是維持國家者，其責任將誰屬乎？關於此問題，是不可不辨明也。而中國之現狀及一般學者之論說，其誤解者有二，茲特辨之：

（一）**誤解國家爲君主私有物**。遂一保全此國家者，惟君主可能，而其餘則無責任、且無能力也，某報勸告開明專制即屬此類。此其爲說，蓋浸潤五千年來舊有之學說，其巨謬有非一二言之所能匡正者。夫此意之由來，則以君主據有統治權，則君主即國家。如昔之羅馬、近之俄國及我國，正如路易十四所謂「朕即國家」者，皆斯言之現象也。然考其實質，則君主之意思，實非能行國家之意思。君主之一體，實非能代國權之主體，君主雖爲最高人格，而實非國家人格。何也？蓋此說之根據，以君主專制故也。惟其專制，則主權萬能，以君主之力，則無事不能舉。然求之實際，政體果爲君主專制，而其力乃反爲薄弱。正亞里士多德所謂「專制政體，最不能完全行使其力」者是也。故謂專制政體，以道德服人、才智服人，而貴族政體與共和政體，以力量服人，猶可說也。若謂專制之獨夫，眞有制服億兆之能力，以擔當國家之危亡，此出於君主萬能，如神、如天之謬想，而成爲不可名狀、不能實現之事實矣！故吾常謂專制之君主，惟能行驕淫無道之意志而不能行高遠有道之意志，即所謂能行昏聵專制而不能行開明專制是也。蓋昏聵專制者，逞一己之欲而取其適意者以爲之羅天下之財以供一人之玩好，不必假他人之力，而可以一人之意向，完全行使之，故曰衍文能也。若開明專制者，則無一事不借助於人，而後可以理天下之務。既借助於人，雖復欲行其個人之意志，則其勢必有所不能。故專制之國，其政權仍躲在政府或政府以外之權臣，而君主之權反因而遞減。此即，英君在位亦然，而昏庸之君主臨朝爲尤甚。今試以現勢觀之，中國之危亡，曾有不能以須臾待。而所謂居九重臨萬里者，乃方擲無量金錢於萬歲山中。銷閒歲月，不知世界有破亡國事，樂吾所獨樂，爲吾所自爲。外交弗知也，內政弗計也，惟取其爲吾消遣地步者，則位置也。

近聞袁、張入閣，各報傳說欲實行立憲，故調封疆親信重大之臣以商度之。後查其底裏，乃爲欲行廢立，恐其效劉坤一不奉詔之故智。而故召之來京，故憲政之設施，略未言及，處堂燕雀，曾不知大履之將傾，翺翔自得，夫亦何怪其然也？雖然，彼實僅能行此等無意識之事件，而開明之政治，彼匪特不欲行、不知行、亦且不能行。何也？稍有大事，交部會議，甲以此弊爲言，乙以彼害見告，反覆曲折，卒至無爲而後止。間亦有雷厲風行，強之使不得不辦者，如庚子以來，所謂學堂，在聖諭已不啻三令九申，促其急辦，此亦所謂切要之圖。而君主雖未必見到，然亦虛演故事，而僞諭亦迫之再四矣。今試問各省所設之學堂，能遵諭照辦乎？則現象具在，皆有以知其未能也。其辦之稍有效者，匪其督撫具有開明之識，則其鄉紳素有通達之智，而後收其效果，無少隔閡。然此等特別行爲，雖無勅旨，亦不能阻其進行之志。下此者，固陋成性，縱日以電詢，月以詔問，而其敷衍了事，與前此之腐敗行爲，仍無少異。故近日學堂，惟以舊有書院，換一學堂招牌，而內容悉仍其舊。且教前有考試時，書聲盈耳者，尤不能及，滿地皆然，可以爲證。此亦足知君主能力之大小矣。

且不特現在爲然也，即中國素號爲專制老大帝國者，考其歷史，君主有一能完全行使其意力者乎！除創業之君主外，可斷言其無權勢之可言。如秦之丞相，威權所及，過於人主。漢初仍之，後更傾其權於大司馬。魏晉以來，皆屬中書。後以中書令爲貴官，常不親奏事，多使中書舍人入奏，遂居權要。唐初猶然，中葉以後，宦者操國柄，設爲樞密使之職，生殺予奪，皆從所出，外部諸權，悉歸藩鎮。宋金以樞密使專掌兵務，與宰相分職，當時謂之兩府。元時軍國重事，皆屬中書省。明太祖誅胡惟庸後，廢中書省，而設六部，事權漸歸宸斷，然一日萬機登記撰錄，不能不設官以掌其事。永樂中漸復中書省之舊，其後天子與閣臣不常見，有所論則命內監先寫事目，付閣撰文，而宮內之秉筆太監，其權遂在內閣之上。清初行政，即至票本使大學士，在御前擬票。康熙中有南書房擬旨之制，事機仍屬內閣。雍正以來，本章歸內閣，機務及用兵則軍機大臣承旨，其權勢直盛至今。由是言之，則通古今中國之君主，殆無一能攬統治權者。一人之力，豈足以及於億兆京垓之人？事勢如斯，莫能強也。而近世一二無識者流，乃反有所謂勸告開明專制之政見，其亦無識之甚，而可發以噱者也。姑勿論現在之君主，非漢文帝、宋仁宗之英明，即令有之，亦斷不能以一人而肩此國際競爭之重任；雖有拿破崙，亦不能趨野蠻生蕃，而與大陸諸國以爲戰；雖有華盛頓，亦不能率紅人、黑奴而與英吉利以相爭。故近世各國視君主爲無關輕重之物，而定無責任者，蓋亦此也。就法理言之，國家爲統治權利之主體，而君主實司其機關之一人，亦與平民之人格無以異，同立於國家統治之下。故君主之死亡，與國民起而除獨夫以立新主，皆不過司機關者之易人，非惟於國家無所動搖，亦於平民無所防害，即於機關上亦無所影響。此一般學者所承認，而確不可易者，更就各國之現勢論之：美國之大統領，憲法之改正，既無裁可權，通常之法，亦無發案權及裁可權，唯有停止的不認可權而已。召集議會之權，亦僅限於例外。至其解散權，則絕對無有焉；法國亦然。憲法改正屬於議會，大統領雖有召集議會之權，然不待召集，每年定日，自能集會。法律裁可，亦無其權。唯有要求再議之權，是皆與全國之公民無以異，不過於形式上略優而已。然此猶曰大統領，雖爲國家之元首，而非君主之權力所可比也。英吉利，亦君主國也，其法律乃以國會之名，即以君主及上下兩院所組織之國會之名而發布者，非僅以君主之名也；至若德意志、日本，君權雖優，然一則最高機關之下而有與之相併爲直接機關之議會，以參與立法權，則非經議會議決，不得制定法律也。二則君主國務之行爲，必需國務大臣之副署，始得生法律上之效力。三則裁判所有獨立地位，不立於君主指揮命令之下，凡此者，皆於君主有限制，而非獨任其專斷也。如是，可以知君主之責任，乃與一般平民之責任同其大小。對於負荷國家之權力，蓋未有足表異於平民者，凡我同胞，盍亦自審之哉！

（二）**誤解國家爲官吏的佔有物**。因以保全國家者，惟官吏之責。而下此則未，當局即無權力也（某報主張要求政府立憲即屬此類）。此說之開始，即以不在其位、不謀其政二語爲衣缽。無論政府之不可恃，無所用其依賴，即使可恃，則自視其身，卑下已甚，其爲有志者所不齒，亦不容疑。況今之中國政府，不惟不可恃，且足以敗國事者，又何心而必事其依賴，此吾甚不解者也。今試入中國官場，聽其高談、審其意味，其無心血喪良知，眞有令人見而痛哭者，律以涼血動物，猶不足以方其噩噩求厭口腹之狀。某得一優差，則競相誇耀；某放以苦缺，則代爲殷憂。告以亡國，則曰非干我事；告以滅種，則曰無可如何。以不擔肩爲特長，以不作事爲取巧。瞳瞳焉，惟望紅頂花翎之加諸我身，他事非所聞，他事亦非所計。惟有妨礙其陞官發財之目的者，則嗷然一動，過此已往，又不復爲來日計矣。推此輩之心，似歉國家設官，各有職事之制度，尚不便於己。若設官不爲辦事起見，但薄得俸薪養廉，花衣頂戴，而彼乃大樂，乃心願矣。其偷惰無恥，至於此極！二十行省中，其官吏之如此者，殆居十之八九。無怪全國之景象，黑暗無比倫矣。間亦有一二自命為通時局者，拾得無數新名詞，縱談時局，妄議朝政，復用三數似通非通之幕府，鋪張揚厲。且洋洋矜已能以革新見長，如近日當道之以半開明者，皆為此道中人物。然使其一意求新，亦無所議，乃一言立憲，則反對之聲，充斥盈廷。匪曰人民程度未到，即曰政治機關未敷設，並能引東西歷史以為證據。問其居心，蓋以實行立憲，為有防害其野蠻之自由。蓋若大權在握，任我所欲為以自快，其藏身甚巧，其措辭甚周，其中懷實不堪問，必欲待此輩變法而付以保存國家之任，曾不若奉贈於英、俄、法、德、美、日本，從速之為愈。非吾固為危言，實有必至如此之結果。事勢所趨，有斷然矣。然此等情狀，亦不特中國今日惟然也，在歐洲百五十年前，亦實如是。設官者為自己之利，往而任官者，亦為自己之利，變國家與機關的關係為私人的關係。任官者惟知有君主，惟知有一己，不知有國，亦不知有人民也。故君主於官吏，無異契約行為，但契約之種類繁多，比較言之，則君主出資以傭官吏，官吏亦以得君主之金而獻其勞力，則有雇傭契約之性質。官位可以賣得，出金多者得高官，出金少者得微官，復有買賣之性質。包辦釐稅者，論收入之總額，不問其徵收之法與比較之盈絀，又有請負契約之性質。官無定位，以納金於其長官之多寡，定往官之地及在官之年，更有賃貸約之性質。原此諸意，故其政治亦晦盲否塞而不堪問，而居達官高位者，雖明知新政之當行，以有防害於一身遂不惜出死力以為抗，必待人民大革命後，而始為改脫。故十八世紀末年之大亂，皆由於此。而因以喪國亡種者，已不知其幾許國家。迄今苟以此事詢諸西人，必有大怪而詫異者，以其改革已久，人民皆未睹此等怪現象也。而中國方行之若素，恬不為怪。惟抱其利己主義，為惟一之方法，以此輩心腸，立於國家機關之上，以當此現世競爭劇烈之世界，較之盲人騎瞎馬，其危險殆尤過甚，欲國不亡，其可得哉？雖然，此輩之居心，固亦視亡國為無關係輕重，而亦何容責者。英來則從英，俄來則從俄，如聯軍之入京，京師大僚爭繫各國歡心，以求為開國元勳之階進者，舉朝皆是。而後此之事更可知矣！曠觀各國滅亡之慘、其人民荼毒之苦，殆不可以名言。而其無恥官吏，且助其為害，保其固有之位，若安南、緬甸、印度、朝鮮等國，幾至無一官吏而非奸細，故受其實禍者，厥惟平民。而彼輩仍立於關係之外，如元時之劉秉忠、清初之洪承疇悉皆此類。且因此而更享優先之利權，言念及此，眞可爲痛憤者！雖然，亦無怪其然也。世界各國，無責任之人民，即無責任之政府。以政府之人皆自平民來，豈有爲平民而不負責任之人、至爲官吏而負責任之人？況乎官吏者，乃國家之雇傭也，而代表國家之意識者，即爲一般之平民，則謂官吏爲平民之雇傭，亦無不可。故西人稱官吏爲國民之公僕，亦爲確當不移之名號。惟此負一國主人翁之人民，亦必有所以完全行使其主人之資格，而後傭工不至於放棄其職務。苟主動者不自行其監督之實，而欲被動者之奉命惟謹，抑亦不可得之事矣。準是而言，則官吏者，乃奉令承教之人，而非有完全行使其意之人格者。故就行政言，則外交、軍事、司法、財政、內務五大部，凡各文明國，皆人民定有一定之成文，爲官吏者，不能不奉行，稍越其範圍，則群越而攻之，揮之使去矣。中國外部不辦外部之事，商部不辦商部之事，惟坐食於京華，逍遙歲月。推其原因，亦由監督者只君主一人，而彼可以敷衍了事。若人民知所自處，強之以不得不行，則彼縱頑劣，亦必知所懼矣。此皆關乎人民如何，而非關乎官吏能力之如何也。而乃由要求政府立憲者，蓋皆誤認官吏足以擔國家責任之人，試反覆思之，可以廢然返矣。

合二者而觀之，其不足以當國家之責任也明矣。故吾一言以斷之曰：「**今之國家，非君主的國家、政府的國家，乃爲平民的國家。**」此其理由試詳言之。

國家者，亦宇宙間之一物也。其形式之現象，即所謂有形之要素，土地、人民是也；其精神之現象，即所謂無形之要素，統治權是也。故國家無形式，則其精神無所依據；國家無精神，則其形式亦將瓦解。然則欲求維持國家之根據，必自精神與形式觀之；欲求其精神之強弱、形式之良朽，必自其活動之主體觀之。夫所謂互動之主體者，即心理的主體也。國家者，自各個人心理構造而成者也。故人民爲國家之形式，而具形式者，人人有國家思想，即由各個人之心理，構成國家之心理，則統治權必固。統治權既固，則國家之精神亦固，而國家自無喪亡之憂。是維持國家者，乃全國人人之心理，而非一二人之權力可知矣。故國家之心理，即集合一般平民之心理；則國家之人格，即爲集合人格。特集合人格者，非僅由形式而合成，亦非僅由精神而合成：僅有形式，則蠻族生番皆形式也，而何以散漫無歸，不能成國家也；僅有精神，則浩魄英靈亦精神也，而何以渺茫無憑，不能成國家也。惟以平民之形式，貫亦國家之精神，集合而成，乃完全矣。故一國之心理，君主一人故不能憑；寡數官吏，亦不足據。惟多數人民之心理，以達其國家惟一之目的。斯國家治，斯平民安矣！

況乎國家雖爲統一的全體，而其構成之分子，則爲個人。個人皆有自由活動之心理，其自由者有出於自然共同，非強勉也。國家即以其自然之心理爲心理，故國家組織之變更，非任自然而發生，實有自然必至之關係，迫之使不得不然者。而國家之狀態，亦遂不能不因平民自然發動之意思，而累生變遷之像。是則國家之意思，不能離各個人而有意思。惟各個人之意思，不能自爲統一，必賴國家而後能統一之。然此統一之意思，雖爲國家之意思，然實各個人之意思，如是，則爲平民的國家者，亦可以深信無疑矣。

故現今萬國，其國勢之盛衰，恒以平民的權利爲標準。英吉利民權發達極鞏固，爲世界各國之冠，故其國力普照全球，而無與爲抗；其次莫如美，而特立西半球，不惟本國而人不敢侮，即南美諸國，亦皆託其護祐；其次則如德、如法，如澳、意等各強國，亦莫不因民權之盛而國權始強。惟俄羅斯民權無可言，然尚有地方自治，以伸其意，特不能大展民力，故一遇日本，則兵即摧敗。由是言之，則平民之能力係重於國家也。如此，故吾以爲平民權利之盛衰，即關於國家之盛衰。而特定爲平民的國家者，蓋亦此也。惟吾之所謂平民的國家者，非如盧梭所謂「平民爲主體」，而認人民爲有主權也。蓋集合多數人以成國家，則其最上之主權，既非一人之所得私，亦非數人所得據，必以奉之最無上團體之國家。然國家者，固不能自爲活動，而必依賴其下之全國人民，自不能不以主權而委付全國人民以運用之。則主權者，國家之所有主權之形所發於外者，則一般人民之指導也。惟是人民既受國家之囑託，則即與國家爲共同利害關係，欲期無負於國家以自保其身者，亦惟有以愛己之心擴充而爲愛國之心，保國而後身可保也。若僅保身而不保國，是特自棄其身焉，得爲保身者哉？緣此之故，而世界各國人民苟非欲拋棄其人格，蓋無一不愛國者。他國且不論，即以日本言之，以區區之三島，一躍而爲六大強國之一，虎視鷹瞵之強俄曾不足以攖其鋒，而皮相者惟見其陸海軍將帥之得其人，而不知其舉國一心，皆視國家存亡爲一身之關係。試觀日露戰爭時，其兵士之奮勇者姑勿論，而其未從軍之傭工輩，亦多有以其賃銀而充軍實，其他如命婦減消耗品以及理髮費，以給征人者，指不勝屈。而微賤單寒之小使下女，且皆有所報效。此其精神如何？感情如何？吾聞之見之，未嘗不崇之尊之，而感歎不已者。雖然，以勢理推之，亦無甚足異也。何也？使其戰敗，則三島必難自存，而招俄軍之荼毒殘殺，又不知若何情狀；若其勝也，則日光之旗縱橫地上，而享無量之光榮。一敗一勝，皆繫於平民之自身，此固有迫於情勢之不得不能者。國家之興亡，即一己之興亡，而並無他人以代之也。然吾因是感之，而益歎我中國人心之夢夢，莫可救藥也！其爲日本婦孺能解之義，而中國以名士自命者，乃懵焉不知！其視國家，不啻如越人視秦人之肥瘠，而漠然無喜戚於其心。且自視其身，若立於第三者之位置，嘻笑怒罵，軒輊人才，某爲誤國，某爲敗事，兢兢道之。若有碻當不移之概，試轉而詢其報負，則以未得權勢爲辭，其心似明，其口似辯，而其無愛國心。則既達於極點，殆亦與彼所謂誤國敗事者，無甚大矣。不過一立於前而放任，一立於後而放棄也。而一二之束身自好者，又乃絕口不談時政。以爲一身甚微，何足與國家事，其望於君主，不啻若帝天；其對於政府，不啻若神明，而自視且不啻與螻蟻相類。問其何以如斯，則又以一身原無關乎國家之輕重，其志可恥，其情可憐！而其痿痺不仁，又已至於無醫治之地。嗚呼！中國之士，號稱爲開通者，既已如斯，而下者又何足論。無怪國勢之危亡，至於如斯，而未有底止，則來日更可知矣。吾推其致此之由，是蓋不知平民爲何意義，平民與國家，爲何關涉，以故放棄至此，而莫之怪。

故吾今爲**推翻故常起見，特標「愛國」**二字，以期**勿負此平民之實**。更標此「責任心」三字以實行**平民愛國之志**。蓋愛國者，非愛國以空言，而愛以實行也。如前所言諸類，口中亦未常不言愛國者，然其責任，恒以之責諸人，而己則無時不立於無責任之地位。此即責任心之所以不起，而放任心之所以來襲。斯國家之事，皆成放棄。中國今日之現象，乃此實質放倒之故也。殊不知「愛國」二字，非徒以口舌爭長，乃一般平民應當實行之責任，而又非君主的責任及政府的責任也。蓋國家之名詞，時印於平民之胸頭，國家之體質常壓於平民之肩上更無推卸之人，更無逃避之處。孟子曰：「舜何人也？予何人也？有爲者亦若是。」又曰：「待文王而後興者，凡民也；若夫豪傑之士，雖無文王猶興。」後此若范文正謂：「先天下之憂而憂，後天下之樂而樂。」顧亭林謂：「天下興亡，匹夫之賤，與有責焉。」斯皆我先民以國家爲己任，而不依賴君主及政府之詞也。故予以爲苟有眞正愛國心者，則其愛國之心必甚，而其責任心亦必強。何也？人生終不能自外於一國而別於國亡以後，求生存之法。則扶危而使之安、救亡而使之存，亦不過爲我自身圖保存立、增進幸福，何得容其謙遜，亦何容其顧慮！而乃足進趦趄、口言囁嚅、終日皇皇，徘徊於不足輕重之蛙名蠅利，以視神舟陸沉、銷鎔種族於盡淨，固不爲人顧，寧不爲己顧乎？故予之**所謂責任心者，乃所以自保而非第以保國家也**。

惟予之所言，而必以保國爲先務者，以保國家即足保一身，而非保一身即足保國家也！若徒爲一身計而不爲國家計，則中國已大有人，而四百兆中十居八九，固嘗自負其責任心者，又不待予之大聲疾呼爲也！試觀中國一般社會之狀況，鄉黨自好者，以勿談國事爲長。何也？畏其爲累身之具而獲禍也，至一己之爵祿，則趨膻若蟻；一身之利益，則爭食如犬。而更自造一種魔道德，外以不管事爲宗旨，以飾其醜，以美其名。至其甚者，且持外國之威力，凌虐小民，恐懼官吏。若內河之小輪，原多中國人民所自辦，皆建外國旗以橫行。洋行中有爲中人所設者，又恒託外國之名義，下此而入天主、耶穌、各教會，冀以欺侮凡民者，又不知其幾千萬也。能富彼者，彼即爲之；能尊彼者，彼即投之。來歷不問也，同類不惜也，而失國體者，更亦不計爲何關係，且安以爲常焉。若是者，其受病皆由不知愛國一念之所致。嗚乎！一人如是已可危矣，眾人如是更何論也！吾恐積久而全國如是，則樹順民旗進萬歲傘者，將不須庚子大亂時而亦爲之不恥也。人心至此，尚可言耶！然吾爲此論，吾亦非欲將我全國人民所懷抱之爲我主義，消滅淨盡。吾實欲我全國人民，擴充此主義，鞏固此主義，求如何而後能眞爲我、求如何而眞能保我之資格，使其永不墮落！則捨愛國之心外，更無他道！捨愛國之責任心外，又豈有他實行之方法也！如是，則我平民之趨向，亦惟有持此愛國之責任心以爲進行之意旨可也。雖然一言愛國，一言責任，則必至有干涉一切政權之行爲，而君主官吏，擁重權大兵，亦必持極端壓制主義。而我平民與達其維持國家之目的，勢必不能償。則暴動手段，亦情勢所難免者。於是老成自命者流，不知國家主義，一經見此，必引爲大戒，群起而嘩呼曰：是不守秩序者，是不守秩序者。嗚呼！其爲此言，蓋不知所謂眞秩序者！全國治理綱舉目張，人人之生命財產皆得安全而無危險，有和親康樂之風而無恣睢悖戾之象，一切外侮無以用其干涉，斯乃謂之眞秩序。故吾之所謂秩序乃新秩序，而非舊秩序。因是而必破壞舊秩序，乃可以建設新秩序。苟欲達其目的，則萬非脫離此專制君主、腐敗政府，以掃其廷而犁其穴，又豈有第二之方法！爲下手之方針，若君主如故、政府如故，而平民亦如故，一切靜守，不事力爭，以無動爲大戒，以自立爲狂行，自以爲能守秩序。則中國近數十年來，外患頻陵，因循不變，今日割一地，明日喪一城，其他喪失一切之權利，皆非所謂守此等之秩序者乎？而何以危亡之機，即於此中肇其端也。安南人民最稱能守舊秩序者，奉法唯謹，不輕暴動，亡國二十年，而八股考試之風較前尤甚。惟殺戮之慘，日有所聞；錮制之苦，口不能述，而人口之數不知較前減少幾許，此亦可為高抬貴手者。果其守秩序而欲如此乎！吾竊料我中國君主、政府或願為此，而我平民必不願聞，此予可能代表者也。

蓋吾國處此二十世紀之大戰場，迫於潮流所不能不至者。一切舊習俗、舊制度，破壞亦破壞，不破亦破壞。不急起而改造之，以圖一勞永逸之快樂焉。乃以苟且偷閒，優游湖山，朝事興亡等諸流水，以此為守秩序，吾恐英來矣，法來矣，日、俄、德、美亦相繼而爭至矣。雖欲守此秩序，而亦不可得！刀鋸歟？斧鉞歟？奴隸牛馬歟？皆今日舊秩序之兌換品。而日人所謂輕氣球，乃為支那人新發見之新大陸者，若可挾此秩序而往彼處守之，亦未始非計之得也。嗟嗟！歐風美雨捲地飛來，生死關頭，只爭一間！與其奄忽一息待命於鼎，何若颺標萬里際會乎風雲；與其因因循循受他人之摧殘以為生，何若轟轟烈烈我自摧殘之為愈；與其飽現在之愉樂而受他日之苦惱，何若拼現在苦惱而收他日之愉樂；與其作鼠子避穴而成動物，上為無足重輕之物，何若學鯤鵬圖南而作逍遙遊以大展扶搖之志！若蒼蒼者，既無我籲帝呼？天之實質泱泱者，又皆彼張牙試爪之情狀。我不自勵，人亦何樂而不鯨吞之！我不自亡，人亦何術而能蠶食之！一死無再厲之辜，百劫皆應享之福。拼吾熱血，試吾靈腕，揮吾短刀，馳吾匹馬，以發洩其胸中不平氣！與群魔轉戰乎中原，馳驅乎萬里，以期勿負此身為國家一偉大平民，豈非吾輩所應有之事耶！豈非吾輩所應為之事耶！（未完）

著者附識：

予固主張平民主義者，此篇發端之論以國家為前提，即本近世伯倫知理之學說「國家為貴，民其次之，君為輕」之意義。蓋必有國家思想對外觀念，而後改造內部，方為有效。若徒言平民主義不以國家為先，則只擾亂國家，亦烏從而達其平民之目的。故此論於平民的實質意義，如民族「組織」及「政治」等重要問題尚未論及。似於「平民」二字不甚愜恰，國民、人民均可易之，於此疑問對於此篇亦本無完全之解答。惟因後此之所論，皆當以此篇為起點而又全屬平民的理由，故萬不能不標「平民」二字，以明吾宗旨。此後所著欲盡其發揮者，亦以此為標準而不逸出於常規之外，凡我同志尚希諒之。

此文載第一期，作者張鍾端，雖標「未完」，但沒有後續。

一份救亡圖存的愛國召喚書
——評《平民的國家》

曹辰波

> 登高峰而四顧：京漢鐵路攫於俄，直貫乎吾豫腹心；懷慶礦產攘於英，早據夫吾豫吭背。各國垂涎而冀分杯羹者，復聯袂而來，集視線於中心點。生命財產之源將盡於一網，牛馬奴隸之辱，誰鑒夫前車？

這是《河南》雜誌創刊前在《豫報》等留學生雜誌上刊發的廣告裏的一段話。透過這段話，我們看到的是西方列強踐踏下，中華民族滿目瘡痍、生靈塗炭的慘景。在這樣背景下誕生的《河南》雜誌，一創刊便投入到「牖啓民智，闡揚公理」的宣傳中。總經理張鍾端所著《平民的國家》是創刊號發刊詞後的首篇論著。作爲創刊號的重點文章，該文不遺餘力地爲救亡圖存吶喊，充分體現了《河南》雜誌的辦刊宗旨。

《平民的國家》是張鍾端在《河南》雜誌刊發的六篇論著的核心，也是他革命思想的精髓。在這篇文章中，張鍾端首先從平民的競爭談起：「今日之競爭，謂爲國際的競爭，可謂爲平民的競爭。」而中西方平民的態度是截然不同的：中國歷史悠久、疆土遼闊、物產豐富，致使中國平民「自視其國爲世界」，而無國際觀念，更意識不到國際間的競爭；而紛紛崛起的歐洲資本主義國家國土面積狹小、人口眾多、資源匱乏，嚴重阻礙其資本主義市場的進一步發展，再加上受馬爾薩斯《人口論》和達爾文「物競天擇，適者生存」等思想的影響，生存危機和競爭意識始終充斥著歐洲社會。張鍾端認爲，平民競爭意識的差異最終導致崛起的歐洲資本主義國家紛紛走向對外殖民擴張的道路。緬甸、安南等國相繼淪陷，固步自封的中國更是難以幸免。自鴉片戰爭至庚子國變，中國被列強鐵蹄踐踏蹂躪，列強瓜分中國之野心愈發膨脹。縱觀安南亡國，其平民遷徙權、言論、書報皆被禁，除納稅權外無有它權；印度、緬甸亡國，「享利則未有餘」；「猶太種族之漂泊，非洲土人之淪沒、美洲紅人之凋殘幾盡」。張鍾端指出，歐洲列強和安南、印度、緬甸、猶太人等被侵略國的平民同爲世界之平民，但因其國家的強弱，平民的權利卻截然不同。歸根結底，在於是否擁有「國家」這張「護身符」，平民只有依賴於國家的存在，權利才得以享有。國難當頭，清政府卻奉行「量中華之物力，結與國之歡心」的賣國方針。張鍾端疾呼：「國家非君主的國家，政府的國家，乃爲平民的國家。」廣大平民，不分民族、地位尊卑，都應該享有應有的權利，但更應該負起愛國救亡的責任。既然清政府不足擔起捍衛國家、庇護平民的重任，那麼平民就有權干涉政府，「掃其庭而犁其穴」，推翻舊政府、建立新政府。

張鍾端本著救亡圖存的宗旨，圍繞「平民的國家」，先後論及平民的「競爭論」、「國家論」、「革命論」，這些論點是層層遞進地展開的。張鍾端認爲平民競爭意識的差異致使世界格局發生變化。弱肉強食的生存法則下，中華民族遭遇外敵入侵、民族利益遭受列強蠶食。苟延殘喘的中國平民若要救亡圖存，就必須樹立起國家意識、承擔起救國重任。張鍾端通過對平民「競爭論」、「國家論」的論述，非常鮮明地表達了平民「革命論」這一資產階級民主革命思想，即要合最大多數人的意志、集最大多數人的力量，以暴力的手段推翻清政府的反動統治，建立「平民的政府」、「平民的國家」。

爲了更好地宣傳救亡圖存，警醒沉睡的平民，張鍾端引用范仲淹和顧炎武「先天下之憂而憂，後天下之樂而樂」、「天下興亡，匹夫有責」等警世名言，懇切地告誡平民：「人生終不能自外於一國而別於國亡以後，求生存之法則，扶危而使之安，救亡而使之存。」愛國救亡對於平民而言，不僅僅是爲了維護自身的權利，更是一種民族大義。平民更應該將「國家」二字，時印之於胸頭；國家之興衰，常壓於肩上。保我國家地位之存在，保我人民權利之享有，捨愛國之心外，別無他道！文章結尾，更是擲地有聲：

> 歐風美雨捲地飛來，生死關頭，只爭一間。與其奄忽一息待命於鼎，何若飚標萬里際會乎風雲；與其因因循循受他人之摧殘以爲生，何若轟轟烈烈我自摧殘之爲愈；與其飽現在之愉樂而受他日之

苦惱，何若拼現在苦惱而收他日之愉樂；與其作鼠子避穴而成動物上爲無足重輕之物，何若學鯤鵬圖南而作逍遙遊以大展扶搖之志！……拼吾熱血，試吾靈腕，揮吾短刀，馳吾匹馬，以發洩其胸中不平氣！與群魔轉戰乎中原，馳驅乎萬里，以期勿負此身爲國家一偉大平民，豈非吾輩所應有之事耶！豈非吾輩所應爲之事耶！

張鍾端的吶喊感情充沛、振聾發聵，字裏行間洋溢著愛國憂民、救亡圖存的革命思想。作爲《河南》雜誌的先鋒之作，《平民的國家》以其循序漸進的論證說理、博古通今的論據支撐、慷慨激昂的犀利言辭，充滿了極強的號召力和戰鬥力，無疑是一份救亡圖存的愛國召喚書！

作者爲鄭州財稅金融職業學院講師

對於要求開設國會者之感喟

鴻　飛

首章　感喟之總意

嗚呼！我同胞置身於今日之中國岌岌乎殆哉，有不可終日之勢矣！跼蹐於異族鈐制之下，圈圄於暴政梏桎之中，屈苦莫能言，慘狀莫能繪。爲奴、爲隸、爲馬牛，聽其俎爨刲割而無計而無辭。此蓋東西各國現世所未聞，而爲我同胞特別獨受之奇禍！加以昏瞶之君主、惡劣之官吏，方且日日進行其壓制之手段以虐迫我平民而未有底止。國家之存亡更付之於無足輕重、無關痛癢之列。苟可以達其專横之目的、轅轢之手腕者，即不惜出全力以運用之，匪特逞一己之暴虐行焉。且引外人種種攝精吸脂之術，以朘削我平民，而固其盤據根深之專制惡政。如近日蘇浙鐵道，其置國權若草莽，視平民如螻蟻。且復派兵八千，海陸並進，以爲起反抗者之大慘殺，所過州郡悉被荼毒。名爲靖亂，實同盜賊。彈劾之書屢上，而皆置若罔聞。推其用意之所在，不過欲達此試威運動之目的，使我平民不敢有所正視。其用心至酷、其行事至險，而其以我平民供彼之刀鋸斧鉞亦恬焉，而不以爲異。此誠我同胞公共之傷心，莫不思所以自立、自振，以除去此惡劣政府而恢復我人權，以特立於自由之天而後已也！雖然君主官吏之所以爲此而悍然不顧者，蓋亦非無故而云然也。彼其擁高位享厚祿，嘯傲河山，優游歲月，爲其所欲爲，樂其所欲樂。意向之所在，即經營之以自適，內政外交，不惟己身，不置一言，且忌眾人中有略言者亦必排斥之而使去。不顧民艱、不惜民隱、不念民力，惟施多方名目以強悍而收括我平民之膏脂，而爲我平民之稍有利益之政，則既未嘗一有所設施，以專橫爲安享之前提、以利己爲卓絕之主義。然其所以能爲此者，蓋因我平民之不識不知，故能肆其大逆不道之惡劣行爲。若我平民知其爲無道之舉動，從而指謫或竟以多數人之輿論起而反抗，則政府亦不問其理之是非、事之曲直，惟以施絕對之於涉爲要素。蓋不如是，則不足以保其放縱自由之行動。且使民權一張，則政府事事皆有責任，彼等以無學無識之身，豈能經此眾人之彈劾。則責任政府既成立後，而此輩必歸於淘汰而無疑。彼等亦既見及此，故必出死力以與我平民抗。其專橫政治多保存一日，則其富貴尊榮多遷延一日；其專橫政治早拋棄一日，則其富貴尊榮早喪失一日。**故時至今日，政府與平民既成絕對不相容之勢：政府所據之利益，即平民所蒙之損害；政府所被之損害，即平民所爭之利益。故政府自爲計，以虐平民爲無上之長策；若平民自爲計，又以脫離政府爲最完之遠謀。蓋其利害相反，其得失相敵而不能調和，亦不可斷言而不待龜筮。由是言之，則我平民之在今日，既思所以自全，則即當以絕對不能與此惡劣政府兩立爲第一要義。**

夫人生天地間，本非有特別階級劃分於其際，同是方趾、同是圓顱，既無特異之質，又何有特異之辨。則君主亦平民、官吏亦平民，而平民亦與君主、官吏無以異，此固可爲斷言者。今以如斯之君主官吏，乃竟行其若有特異於人之十目十手之氣象，豈爲彼輩之正當權利，而爲我平民之應奉義務耶？抑爲彼輩之大反常經，而爲我平民之不知自愛耶？我同胞於此，蓋亦知所自勉矣。此身立大地上，既具此一分完全之體質，即具此一分完全之意識；具此一分完全之意識，即具此一分完全之權利。縱有如何可依賴可信任之政府，我平民猶不可失其自立自振之精神，況此不可依賴不可信任之政府，我平民又何何喪失其天賦之權利！前此之誤乃誤於不自知，而爲一般奇怪學說所濡染，故以如神如天之君主，必不可以侵犯；如父如母之官吏，必不可以褻侮。此亦習慣自然而已，往洵不足深怪者。近者海疆大啓，公理始明，君主、官吏乃與我平民同立於對等之位置，其資格不惟不能高於平民，且有以爲公僕而與雇傭相類者，此泰西一般學者所公認、而我中國學者聞之而以爲詫異者也。然近今一二年間，其稍知世界大勢具開明之識者，見夫各國之所以強、與夫平民之所以自立於國家之地位，遂莫不豁然憬悟、躍然興起，乃大聲急呼曰：自立！自立！此亦可徵人民智力之進，代而中國前途似有光明一線之可通者。縱卑鄙齷齪如保皇黨，雖認君主即國家，然終不敢聲言平民屈服主義。此亦可見公道之具存，而良心尚有未死時也。嗟嗟！以數千年暗昧之習慣，至於今而始揭開之，固我平民之大幸。然揭開之而不能實行之，且較前此所被之苦惱為尤甚焉！雖為政府之惡劣又未始非我平民不自振之咎也。夫不知之而屈服之，尤可言也亦。既知之，則我身之位置既不卑，我身之關係亦當重，而改造國家與變易政體之大責任，自不能再望之於惡劣政府！自為破壞，自為建設，其所擔負其破壞與建設者，惟我平民之責任，且更為我平民之權利焉！固不能有絲毫依賴之行、信任之心。且日日當有脫離此惡劣政府之觀念，盤旋於吾腦筋中。然後本此獨立精神以為運用，則凡所定之目的、所施之手段、所獲之效果，即莫不以此自立之精神活動於其前。於是所希望之功效始足以達於最完最滿之域。而所謂平民政治實現之期，當亦不遠。而所謂專制政體消滅之日，且更可立而待也。如其不然，痿痿焉、靡靡焉、因循而觀望焉，明知惡劣政府之不能有為、不肯有為，然尤必有希冀作萬一或可之想，於是依賴信任之手段亦油然而生。於其前自以為和平而不僨事，其人似老成，其行似持重中庸，詎知天下之事，即敗亂於此輩之手。蓋彼所自謂為和平，吾亦不敢謂彼不和平矣。然所謂不僨事者不過為一身一時之計，而所謂天下事，則未有不僨事。日日言革新，日日言立憲，而其行之期又必待政府自動。政府既不能自動、不肯自動，其能自動、肯自動者，惟僅專制之進行。而我平民又時居於被動之列，平民被動則其實行改革之期。既已萬不可得，而勸告、請求、曉諭、訓示等等之名詞，轟裂於口頭、濃妝於報上，是既無達其希望之方法、又何能有告成之功效！今日已過，再望來日；今年已過，再望來年。遲之又久，而自立之觀念終不能斷行決果於一身中。朝上一紙請願書，暮達一封問安表，匪特不能達其改革之目的，且使惡劣政府愈不知畏懼，以為我平民之勢力不過如是。如是而專橫貪鄙極端壓制，更將厲行而無忌。是蓋以不自立之精神，發為長此依賴之舉動，固為惡劣政府之所最欣喜。蘄之而惟恐不得者，則是我平民將永遠沉溺於苦海中，再無重見天日之一日。而國家亦以此專制之毒，更必至失其存在而後已。是則以和平之原因，而得不和平之結果，謂之不僨事，匪特欺人，更且以自欺耳！嗟嗟！

美虎歐龍馳驅東亞，槍林劍樹彌漫神州，存亡之機，間不容髮。乃復優游歲月，因循觀望以爲此惡劣政府尚或可以能當此重任，遂自生其放任心，此不惟我平民中不當有此奴隸之觀念，縱或有之，亦當驅之使去。列諸無人格之流，而喪失其本來者也！故吾爲我平民正告之曰：今日之事政府不能救國，必我平民而始能救國。政府不惟不能救國，更且限制我平民。爲救國之計，故今日之對於政府其依賴之行、信任之心固不可稍存絲毫，且必有極端之對抗以轉旋於心中而勿去。如是而後，我平民之自立心於以振，則政治改革之實效於以現，而保存國家之問題，亦不待問而可知其必無他虞矣。凡此者，皆我平民最不可不斷行之前提，予是以不憚反覆而爲我平民告也。

如右所陳，其事勢亦可以推測矣。吾平民之趨向，亦可以決定而無疑矣。不謂近者社會上有創所謂要求開設國會之說，其內容適與吾意見相反，而其能挫折我平民之責任心，乃至不可思議！嗚呼！對於此輩，予誠不欲有所言，以排斥其短，發現其誣，而穢吾筆墨！然其創此惑世殃民之學說、發此奴顏隸面之政見，在彼之自誤於黑暗而不欲見天日者，於中國尤不過四萬萬人中之三數人。吾雖有啓提匡正之責任，然其事尤緩而非所急。今乃明目張膽，大肆邪說，其言論功效足以使我平民失其責任之心而爲放任之計，勢有必至，固不待言。且更有一種特殊之奇動，竟爲留學界開一陞官發財之捷徑。素行薄弱良心拋棄者，嗜其有利於己身之無上目的，即亦熱心奔競大聲急呼，紛紛攘攘，幾至與黃金暮夜通款侯門之行爲無以異。朝開一會，則曰監督政府；夕畫一策，則曰上請願書。而其實皆欲達其陞官發財之目的！此其敗亂之結果，誠有令吾人目不忍睹、耳不忍聞之概！稍具眞誠者當亦聞此而恫心焉，又不獨吾輩當以蟊賊視之也！鄙人學譾識孤，文質無底，各種學科又無一深造其微。亦何可執董狐之筆、作春秋之誅？然自信所敢言而不憚言者，則以此生來之良心尚存，而愛國愛種之心不能自已！匪特無介於名利關頭，即刀加吾頭、槍指吾胸，吾亦大言而不忌，此實感慨於中之所不能自已！可爲有心人道，而不可爲無恥者述也。惟是粗陋之語、鄙俚之詞，有時放言，當亦不免。然言言必本熱忱，字字皆由天賦，不稍假借，非出僞託，凡我同胞當亦原諒。且予之所言者，亦非特持此熱誠，以發洩牢騷不平之鳴也。誠知言論雖微，大局攸關，故於法理上所公認、事實上所發現、倫理上所推演者，亦不敢絲毫出其範圍。以爲此意氣之激戰，凡閱本論者，當亦自知之，而不待予附會焉也。用是平其心、靜其氣，以精細研究此問題，特先述反對要求開設國會者之二大派，乃非予之所主張者。（此二派學說本可不述，然予言一出，必有以予說遁入此兩派中之謗言者，故不可不先舉之，以明吾宗旨之所在。）然後續以予之對於要求開設國會者感喟之理由，以決吾目的之方針，以限吾辯論之線界焉。試分論於左。

（一）主張專制政體以反對要求開設國會者

此論吾中國今未發現。蓋主張此等議論者，必其爲君主專制及其大臣等，欲保其特別之階級，故爲是反抗之言，以痛詆代議政體，尤不若專制政體之爲愈也。然中國所以尙無此等宣言之發現者，其政府亦非不欲保全其特別之權利也。惟其知識尙薄弱，亦並不知代議政體之內容如何，特聞多數皆譽揚國會政治之善，又見各國皆以此隆興，彼亦從而敷衍其說，曰開國會、開國會。其實則於國會之內容懞懞惚惚，匪特不知其害，並不知有所謂實質之利也。然又不肯雷厲風行而急於開設者，則以欲保其利祿之所在，恐開設後而己無位置，或有位置而不能如現在專制之自由，故不惜出死力以爲抵抗。然又迫於一般之輿論，乃遂借時機尙早之言以施搪塞，其心蓋極惡國會開設，而又不能措反對之詞以指謫國會政治之弊，故終惟行其暗默之反對而已。然此尤就其號爲半開者言也，若其餘則尤是守先王之法、行聖人之道等等，極無聊賴之詞以爲反對之根據，在中國政府尤居十之八九。此固無價値之議論，曾無一批擊之可言。若在野黨中，則《新民叢報》去歲曾以開明專制勸告政府。然其文一出，而攻者四起，卒之失其根據無所迴護。近者復與要求開國會者相聯絡，其悔過之心於此亦可見矣。雖然此派之主張固無甚理由之可言，然其說之風行實以俄羅斯最甚。蓋自數年以前，俄之宗務大臣波彼得斯鳩嘗著一書題曰《虛僞》（日人譯之曰《政黨議員之弊》。）兼以勇健之筆、奇激之文，洋洋數萬言，暴露代議政治之弊，亦可謂詳盡而無遺。於其終編復豫爲言曰：「今日世人尙心醉此代議政之虛名，不自醒其迷夢。吾人於生存中雖不及見其末路，吾人之子孫其必及見此世人所崇拜之偶相之顚覆乎。此吾輩所深信而不疑者。」其言如是，庸詎知當時彼國內之所謂君主獨裁政治者已漸趨於末路，而代議政治之潛勢力久已印入於人心，勃郁薰蒸不可抑制，駸駸乎有動機，一觸烈焰轟然不至地裂天崩不止之勢。卒之不數年間，彼龐然偉大神聖不可侵犯之無上專制帝國，內逼於革命之騷動，外屈於世界之競爭，亦將棄其古今一貫之獨裁主義，而同躋於代議政治之列，寧非不得已而制定憲法，為國會之召集乎？雖其所開之國會，原無權利之可言，不過為保其專制之惟一手段，然其趨於國會政治則可斷言也。故就今日世界之現勢觀之，彼政治的理想之發達稍一迂緩，輒不能立足於歐西諸政治家之間，況以此冥頑不靈以擁護獨裁政治為目的，如俄國官僚政治家之一私言，殆尤不能使人終聽者矣。故凡無達觀社會趨勢之明，不能洞見人心之所向，而忝為政治家之言，亦可謂不自知之甚者矣。（以上所言雜引日本齊藤隆夫比較國會論之說。）由是觀之，則二十世紀之國家，其勢已有萬不能保存專制政體之概。其執此說以反對要求開設國會者，蓋亦不透悉事勢者，適成為自私自利之言矣。

（二）主張無政府主義以反對要求開設國會者

此派議論，中國近已發生。如歐洲留學之志士及在東之二三君子，或著書、或刊報，皆極力鼓吹此等思想，以提醒我平民。其主義既以無政府為前提，則亦不認承有所謂國會之政治，故既反對國會之開設，亦並不能不反對其所謂要求者也。（其理想極高，其議論亦確有根據，吾固愛之重之，而甚願表極端之同情者也。然中國際此時機，其主義實有難於實行者，且不特中國難於實行，即泰西諸國現在亦有難於實行者。）溯此派之發端，乃始於「蒲魯東」、「巴枯寧」、「克若泡金」等為之提倡。至於今大行於法、德、荷蘭諸國，二三年來尤有氣焰炎炎，不可遏抑之勢。以傾覆一切政府、推倒一切強權為宗旨，故於國會政治，攻之不遺餘力。其指謫弊端之所在，亦誠有如其言者。然其持之過高、行之過激，如反對軍國主義、祖國主義（現無政府黨中，法人愛爾衛氏則極力發揮此兩種主義），亦為打破國會政治之一大方法。欲以實行其無政府之主義，而十餘年前即有投炸彈於議院之事：（千八百九十三年，法人臥陽擲彈於巴黎下議院，眾驚，絕然無一死者。臥陽被逮，後自言曰：「吾之此舉以示反對代議政體而已，若吾於炸彈中置以小彈，必有死者二三十。」後臥陽定死刑，上下院紳共五六十人請總統減其罪，總統不允。於是無政府黨圖報復，翌年黨中人「克喪友」即以短劍殺法總統「克爾奴」於里昂。然政府每不惜出全力以抵禦之，卒不能大展其勢而生其發育。）然近者德法政府已佔此派什之三四，而其主義終不能行。由是觀之，則此種主義於泰西各文明國，其人民程度較吾中國之人民，不知其相去幾何。然尤不能急於施行，況以我中國人民之黑暗，而尤未脫羈絆之羈絆，乃即欲享此最大之幸福乎？吾又有以知其難能也。故吾於此主義中、於極贊成中，而有不敢謂其爲能救我中國今日者，則以能行於未來之中國而不能行之於現在之中國；能爲今日學說之研究，而不能爲今日施行之方法。若必欲強而行之，則不徒無濟於我平民，且將喪失其爲平民之具。所謂眾人皆醉我獨醒者，亦恐不能當天演淘汰而適於生存矣。蓋吾爲此言，吾實非反對此無政府主義者，吾誠願諸志士提倡之以實行於將來也。特有一必歷之階級，爲現在之萬萬不可忽略者，則國家的平民是也。果能保此國家、保此平民，則國內之幸福既得，然後起而以對付各列強。開導之、啓提之，必使其化干戈爲玉帛，進野蠻爲文明，黃白一家，中外大同，無所謂競爭，無所謂強權，斯不惟吾平民受絕大之幸，世界萬國亦實受其賜焉！此固爲保全國家之方法，然實亦打破國家之方法。固爲保全國內平民之方法，然實保全世界平民之方法。吾用是禱之、祝之，而願有志者惟從事於斯以進行焉。若其不然，高言大同，破壞政府，是自失其團結力、解其責任心，而一切抵制各國之器具，必至消除以淨盡。則中國全地已自現其瓜分之形狀，無論不能自治，不能上臻於無法律之域。即令能焉，則俄、法、德、日之強硬手段，英、美、意、奧之柔滑技倆，必從而軋轢於其間，收我土、吸我財、攬我權，尤可爲將來之恢復。乃至滅我種而不使存留於天壤，是眞無再圖報復之期矣！於此之時，縱哀鳴宛轉，如黑奴呼天籲地而亦莫之或顧。是則以普度眾生爲原因，乃至不能保及一身，保及全國之結果，其非計之完善，固又不待予之曉曉爲也。故此現世中有不能不隨波逐流，以先從事於國際之競爭，此亦迫於風雲之不得不然者。由是言之，則主張無政府主義以反對要求開設國會者，其亦未知時機者矣。

綜上所言，則其反對此要求開設國會者，一主張專制政體則爲過去之陳蹟不可保存，一主張無政府主義，則爲未來之理想，尙難實現。一流於事勢之所趨而爲我平民所當吐棄，一礙於時機之未到，而爲我平民所難飛越。則祈於現在之潮流中，轉旋回復以期適當之生存，固不能守既往之腐敗，亦不可好未來之奇俗。則縱目四顧，平心詳查，而爲我平民之最適當易行。且世界各國持以爲長以凌駕我國者，其道何由則？即吾所主張之平民的國家是也。（關於此問題吾所欲發揮者尙夥，當於續《平民的國家》時詳細說明，茲因明吾宗旨，故約略述之。）蓋現今之世，國家之所以必使其存在者，以其能保全平民之故。若不能保全平民，則國家可使其消滅而亦無不可矣。故國家而非保全平民之國家，則國家主義即可不言。平民之所以能完其資格者，以其能保全國家之故。若不保全國家，則平民非自爲墮落而必不出此矣。故平民而非保全國家之平民，則平民主義亦可廢棄。由是言之，平民與國家，互相爲因，互相爲果。其狼狽相依，實有不可須臾或離之勢。故吾之平民的國家主義，雖爲國家主義之一種，然實非政府之所能持以爲奸；雖爲平民主義之一種，然又非個人之所能據以自利。蓋自古以來，國家之名詞，君主、官吏恒假以愚民，藉以脅眾恣行其凌虐之手段以遂其奸。如課軍費也，則以擴張國權爲辭；用酷刑也，則以保護安寧自解。乃求其實質居心之所在，實以逞一己之欲，固己身之勢，故不惜出種種之威權以施暴虐。於是一國之政，其利於君主、利於官吏者則爲之，而平民之休戚更付之於不顧。如是則亦何樂而由此國家之存在？而國家特爲我平民痛苦之媒，是有國家而亦與無國家者等。則從英、從美、從德、法、俄、日、奧亦何往而不得，此壓抑而又何必棲棲皇皇，以保全國家爲者。夫國家之目的，原以維持增進平民之幸福者也。如人之身體，貨物生活快樂等，失其幸福，則無以適於生存。故不得以國家之權利保護之。是則國家之存在，乃爲全體平民幸福之存在。若僅爲一人（君主）、數人（官吏）之幸福而存在，則國家不惟不能保護之物，且適成爲障礙之具。揆之公理固非準之，實質亦不可解，而近世之無恥者揚言保國，更不惜舉全體平民以拋棄之。嗚呼，吾甚不解其是何用心也！然吾爲此言，吾非謂平民不可爲國家以犧牲身也，國家既不能自存，必待平民運用之而使其存。則肩其責，擔其任者，自不能不有所犧牲。然以平民之少數爲犧牲可也，乃至舉平民之全體而爲國家犧牲，以鞏固君主官吏之權勢，則亦未審夫國家之所以爲國家。有高遠之目的，有自然之制度，非可以害物視之也。故必察國家非所以保君主官吏，而乃以之保平民者，則國家主義。庶乎得其道，自非然者。國家主義，適成爲君主貴族專制主義。匪特無以處平民，抑亦非國家之本意也。凡此者，皆予對於國家主義之意義也。至於吾所謂平民之名詞，固非今世界而共爲一例之民者。其必限於一國、限於一國之民，亦出於萬不得已之勢。蓋我欲合世界爲大同，而各國乃利用其術以兼併我國，卒以不平之民遇我，是我以提攜世界平民之原因，而得散失本國平民之結果，固爲萬萬不可之勢！然使其爲一國之民而徒供君主、官吏之刀鋸，而不能有自由之行動，亦爲墮落其平民之具，是以不過政府之奴隸，其與求世界平民而不得者，又何以異？故既立於國家之下，即當爲國家之平民，而不可更爲奴隸自喪失人格者，則必人人皆有平等之權利，不當有特別區劃於其間，階級設施於其內。

質而言之，則同爲一國人民，人人皆平等也。就現在文明國之法律言之，雖有時似若不平等者，如公務上：官吏議員犯罪，當供職時不能逮捕；軍人犯罪不能適用普通之刑罰，皆與平民不同。營業上：製一新器於國家大有利益，國家與以文憑、許之專利以營上之特權。能力上，其例有五：（一）受高等教育而試驗及第者入仕，此因教育以生之階級；（二）身體強健者，始可充兵，此因身體所生之階級；（三）入仕者必三十，此因年齡所生之階級；（四）有財產若干能充議員，此因財產所生之階級；（五）選舉權及被選舉權，惟男子有之，此因男女所生之階級。然皆有理由之可言，並非由社會上自然習慣無意識以爲分別者。故吾所主張之平民，乃人人同守此公平之法律，即君主官吏亦當同立於此法律之下，而不能或越。國家之問題，當使平民與聞之；平民己身之權利，能對國家請求之。君主如是，官吏亦如是，是之謂政治上之平等。至於人之欲有同一之財產、同一之利益，此固難於分配者。而怠惰者、痿痺廢墮不自振勵，乃藉口於國家之不能保全平民，又若以國家爲生活之場所，此其行爲固可羞，然使其持國家之權力，以收羅一切權力而據爲己有。其結果用國家爲護符，以固其個人之私利，而於平民一般之利害，亦付諸不聞不問之列。惟以遂一己之私爲得計，此不特非國家之平民，乃適成爲國家之蠹而已。故欲平民主義之實現，其不振者，故不可不爲激勵。而無端持國家之聲勢，以超拔乎平民，亦萬不可不排斥之也。凡此者，皆予對於平民主義之意義也。由是言之，則予之所謂平民的國家主義者，謂之國家主義可也，謂之平民主義亦無不可也。然國家不能離平民而自成，平民不能脫國家而自立，故二者之名雖不同，而其實質究無以異。蓋其互相爲用，實有必相聯續而後可者。故吾所主張之平民的國家主義者，蓋即此也。雖然此尤不過究其理論言也，若以現在之實行言之，則又有次第之二道。試列舉之。

（甲）（現在）破壞非平民的政府以改造國家

今之政府爲何如之政府乎？人皆曰不負責任政府也。然使其僅爲不負責任之政府於此國際競爭之場，不能保全國家，而其害固不可勝言。乃並於不負責任之外，而更行其唯一之利己主義壓制行爲，以保全一身之威福，兢兢焉，惟恐不至。其藐視我平民，已螻蟻之不若。則欲使國家之存在，既不能望於此輩，而我平民復立於慘無天日之下。欲言對外，彼亦干涉；欲言治內，彼亦限制，而國家之危亡，復迫於眉睫而不可緩。則將長此以聽國家之消滅乎？抑將有所作爲而圖自振乎？如聽消滅可不言也，若欲自振，則即非破壞此非平民的政府不爲功！蓋彼之所以不負責任而惟勵行其專制政體者，蓋利我平民爲屈曲於肘腋之下而不能參一言也。若我平民能指謫其短、攻詰其奸，則彼亦何從而至是也。故彼欲保全其私利，遂萬不能開放我平民使與彼立於對等之位置。而我平民苟思所以自立，既不能賴此政府，又不得政府之權力，而用之且與政府適成爲反比例，是此政府不倒之一日，即爲我平民障礙之一日。而我平民欲圖生存，自當與政府成不兩容之勢。則本此平民之精神，以與此非平民之政府相對待。則不除之使去而不止者，蓋非固好爲此破壞，實亦出於萬不容己也。惟是政府之中，復有滿漢之別。近者調和之聲喧騰朝野，然吾固非主張種族主義者。然予又非不排滿者：滿人之平民可不排，而滿人之官吏則必不能不排。不特此也！漢人中之在政府，其朋比爲奸、助紂爲虐者亦在必排之內！蓋吾之排斥，非因種族而有異也，乃因平民而有異：孰禍我平民，即孰當吾排斥之衝。故不特提攜漢人之平民，亦且提攜滿人平民以及蒙、回、藏之平民也。今先就滿人言之，北京政府中，其種種要缺，皆爲滿人之竊據之，無不識、粟麥不辨者，殆已十之八九。然固其威權，保其品位之計劃，則計之無所不周。語以亡國之慘，則曰寧贈朋友勿與家奴；告以滅種之禍，則曰漢人強滿人亡。其終日所設施，無非欲鞏固其階級之制度。於此望以救國，而望以退讓。此尤恐較俟河清言尤難者！至於漢人中其擁高位享厚祿者，亦盲不知變政之爲何因、救國之爲何意，惟日望紅頂花翎之加於其身。時事之遷流，匪特不知底裏，亦且略弗聞問。間有一二知識稍半開者，則又爲一己之私位以圖保其野蠻專制之行爲，反藉口於人民程度之未到，政治機關未整備，且爲妄言以惑於眾，曰立憲也。立憲也，今尚非其時。勿背進化之公例，而大反乎秩序之進行爲也。然其實施之政治，則又無時不以極端壓抑爲目的。由是言之，則現在之政府中，不惟滿人欲保其特別之階級，而漢人亦皆欲保其特別之階級。其誤我國家、禍我平民，蓋有不兩去之而不可然者。吾尤有說焉：彼其尸位素餐、作威作福，滿人如斯，漢人亦如斯。然其所以能爲此者，蓋不遇藉此無限之君權，以爲武斷僅奔走於一人以下而威行於萬人以上，不特君主自欲保其威權，政府之人且助之以保其威權。故無論現在之君主爲昏瞶淫縱、無可爲之君主，即令其稍有知識亦不可存之，以爲此諸官吏之護符。故不去君權，則官吏之權必不能滅；君主不去，則其權必不肯輕爲解脫。蓋吾之爲此言，實非爭君位者，果其爲平民的政府，則君主不過國家之一機關。紅人黑人皆可爲中國之君主，何況滿人？其存在、其除去，原無輕重之可言，故非以其爲滿人而去之也？即爲漢人亦必去之。

蓋不如是，必不能解其權，則國家之危亡，亦將隨茲非平民的政府而俱喪。是故不得不去此君位者，非因其主而去之也，乃因其權而去之。勢事所迫，有強之使不能不然也。

（乙）（將來）建設平民的政府以鞏固國家

徒言破壞，不思建設，此盡人而知其爲無意識者。惟破壞之先，即不可不預爲之備。而後其破壞爲有效，不然亦徒擾亂無濟於事也。中國數千年歷史上經幾許之革命，而終無救於人民之痛苦，其爲害皆由於此。然則現今之政體，將以何種爲最宜乎？貴族政體，固自無論矣。至於君主專制，惟以壓抑民權者，其爲吾人所唾棄，亦不待言。然使爲民主專制，而國家收不良之效果者亦未見。其爲善矣，則是今日之所亟欲研究者，惟君權民權之立憲而已。吾因得而斷之曰：將來之中國，當爲民權立憲，不當爲君權立憲。何則？破壞之後，則現在之君主既歸於消滅，是他日之政體，自當爲民主，而不當爲君主。然或有礙於時機、迫於勢事，或意因仍現在君主之舊，或另他族之君，世襲相承，以保其位。然不過國家之一機關，又豈能再付以大權而重施今日之專制、以成爲非乎民之政府乎？況乎君權立憲，必君主善良而後能行立憲之實。今之君主，固非善良，他日之君主，又豈能保其又善良乎？故將來中國，君權立憲既萬不可行，如或行焉，亦與專制無以異耳。且即以政治上論之，君主立憲，君主縱不濫用威權，而行政部之權力又每專橫而不可制，止則亦適成爲貴族政府，而不能爲平民政府，按之日本是其明證！即或不然，則行政部與立法部相衝突之時，行政部不認立法部之所決議，立法部不決，行政部之所決算，則百事既陷於凝滯，而君主大權，因得肆行於其間，而平民之勢復墜廢矣。此其弊，殆有不可勝言者。然或者曰，今之中國因蒙、回、藏問題，只當爲君權立憲。若欲行民權立憲，則必除去此君主而後能。而蒙、回、藏人惟一大清君主，在其心目中，勢必至有脫離而去之患。予應之曰：否！否！予之所主張者，在乎權而不在乎主！君主固非，而民主亦未爲是也。故子之對於君主者，乃排斥其權，而非排斥其位。惟以得平等爲前提，而不以獲高位爲前提！果其以權與我平民也，則據此君位，夫亦在無關輕重之列，亦何必汲汲以爭此君位者！惟其盤踞根深，鞏固專制位。既不去，則權亦不解。而平民之政府亦不能成勢，不能不排之使去。蓋爲爭權計，而非爲爭位計。此乃出於萬不獲已者，縱使蒙、回、藏有分離之問題，然以爲我多數平民，故亦當聽之使去。況其所謂分離之詞，皆模惚影響妄爲推測之言，而非切與事實者。然或者以中國國民，無民權之習慣，斷言我國不能行平民的政府之由。嗚呼！爲此言者，不惟足以摧折我平民之氣，且亦未察夫我平民之現勢也。夫中國文化，近雖不及歐西，然其見理之深透，亦未嘗遠劣於各國。故二三年來，凡士林中之稍其知識者，幾至無一不識民權之眞理，徒以官吏之壓制，而進行遂以遲遲。使此政府一摧敗，則天下之不知者，恐亦稀矣。故吾以爲此政府不推倒之一日，即我平民之人權永無伸張之一日。其人權之起伏，以政府之存亡爲斷定，而不可以現在之表面爲斷定也。則是謂我平民無當政府之能力者，其與政府主張壓制之策殆無以異也。則我平民聞此語，亦當以對抗政府之法，同一例也。雖然平民的政府其爲正當者固無論也，然平民的政府，果以何者爲實現乎？是又不可不說明也。蓋平民的政府云者，一切之平民皆有，爲國家最高機關之地位也。然所謂一切平民又非謂平民之全部。如精神喪失、小兒無能力或女子及因其他之原因而失去資格者，皆不包含其中。除此之外，則一切平民皆與有參與國權行使之權焉。蓋一切平民之意思，即爲統治權之源泉，而非一人數人之所得專者也。然尙有一必要者，則代議會行使國家統治權全部之謂也，代議會爲平民之代表機關，而行使統治權。平民雖不失其爲主體，然平民非人人能行使統治權者。故平民之行爲僅限於選舉之行爲，惟代議會以平民之名而行實際之統治權焉。此與國民總會之民主專制，如瑞西之二三小洲者，又大有別也。故可謂之平民的政府，而亦可謂之國會政體是也。此皆以平民而行國家主體之實，而非以君主貴族行國家主體之實。凡立於國家之內者，即皆平民無特別獨異之階級也，此即予所主張平民政府之理由也。

如上所言，則是國會政治，固爲吾所最歡迎、最欣慰而馨香禱祝。惟恐不得者，則人之言國會、言要求、言開設，亦當爲我所最歡迎、最欣慰而馨香禱祝。惟恐不得者而，何以吾竟大反其常，而更示以極端之反對焉？抑又何也？則以國會之實質非吾所求之目的也；開設之實質，非吾所乞之效果也；要求之實質，非吾所出之手段也。故其名雖同，而其實甚異。此苦所以示極端之反對。發極端之感喟，而正爲我平民告也。茲述其感喟之大略，至其詳者。則俟諸後之分章。

請先言要求

凡謂之要求者，必其爲能與我而又萬不肯與者，而後謂之要求。不然，一乞求焉，即可也，又何必兢兢焉用茲要求爲者？故吾之所謂要求，必其力能與彼爲對待，脅迫之強制執行之，使之以必不能不從、不能不如我所要求之。願以相償。故對於一人之要求，則我之強力，必遠甚於彼，而後可以施行。否則亦無濟於事，而適受其轅轢之悲。今以此數千年專制之惡政府，挾其特權、操其武力以肆行無漫拘束之勢。我平民一旦而欲解其權、掃其威，使其與我平民相等。則是以一二人之意見，行其要求，其爲無功，自不待言。然使即爲多數人，而其能力不能與之爲敵，其要求亦未爲有效。故必合最大多數人心之合意，集最大多數之兵力，本其捨生忘死之精神，以爲達此目的之舉動。蓋既見及此事之不易，即當以勇敢直前以力達此目的而後已。然又慮其力之不足，徒爲是無功效之舉動，匪特自戕其身，亦且自形其力之薄弱，故萬不可不於能力既充分之後，而始爲逞動。蓋政府之心，既以一保其專横之目的爲前提，則我平民即無反抗時，且尤施其極端之壓制，況其要求者，乃絕對與彼爲反抗之行爲，而彼之爲一身權利之存亡，又勢必出死力，以與我平民抗。我平民能力，不足抗彼之一日。即尤是不能脫彼範圍之一日。一紙請願書，固爲無效。即以多數輿論、多數政黨而徒爲是和平之行爲，其要求亦必無功。故欲大搞成功、完全以達其要求之目的者，則捨革命軍而外更無他道以處此也！蓋吾爲此言，吾非好爲暴動而不惜流血之慘狀也。吾實見夫非此不足以達此目的。此目的既不能達，則召此惡劣政府之殘刻，施其荼毒、肆其淫威：今日此省數十萬，招彼酷刑暴罰之慘；明日彼省數百萬，被彼刀鋸斧鉞之苦。加以放任國事，則列強環視，而亡種之禍，又迫於目前，而不可以須臾緩。此誠我平民存亡之秋，出於萬不獲已之行爲。蓋與其坐以待亡，何如早自亡之爲愈。況所謂革命軍者，不惟足以救亡，且即爲振興之一導線耶！然或者曰，革命軍未興之一日，即不能與此政府爲接觸。是政府愈形放任而肆行無忌，則中國前途將愈不堪問。是何不先爲和平之要求，而後以武力繼其後耶？予曰：是不然。蓋有一番之和平之要求，則愈增其惡劣政府之勢力、愈增我平民心志之墮落，此萬不可出此者！如慮政府不知所畏懼，無以其暗殺團之一道乎？殺一惡劣官吏，則可少安一時。如吳徐兩烈士之行爲，亦足褫彼等之魄，而喪彼等之膽。縱其影響未能見於實際之改革，然僞立憲之詔書，亦日日飛下，亦可見其功效之所至矣。雖然此可爲要求之發軔，而不足以盡要求之成功。以中國之君主官殺之不勝殺，誠有非革命軍起後實不足以掃蕩盡淨者，此即予所主張要求之方法，抑亦對於政府碻當不易之道也。吾今且讓一著，以爲革命之慘人所共量，中國當此大創之際，又增此無量之痛苦以干天地之和，斯固有心所不忍言者。至於暗殺之件，必致傷生，彼亦人類，亦何至遽置之死。揆諸畜老憚殺之義，亦屬仁人愛物之至誠，特吾有爲彼等進一言者：凡成一至難之事，既不損人，則必損己，捨此二道，實無他途。則彼等既不贊成革命軍暗殺團以爲損人之舉，則必願犧牲一己以達此最大之前提。吾特爲彼等再進一策焉：曹沫之要，齊桓唐雎之脅秦王，執一敢死不拔之氣，以臨於君主或當道之前，強之以不得不從迫之，以不能不開。縱有災患之於一身，而政府以有所畏懼，亦必暫次如願以相償。是受害者一人，而獲福者天下，斯亦不謂非義俠之行爲，諸公於此，亦有意乎？再不然，以爲隻手而劫當道，尤非和平之可言。則或如申包胥之於秦庭，痛苦哀吟，以動當道之惻隱。雖杜鵑之血，無補三春，然烏啼夜月，亦未當不淒人心脾也！人非頑石，孰能無情。惡劣之政府，苟因茲而生感焉，斯亦我平民之大幸者。是能如此，亦不失爲愛國之士。雖疲懦無可取，而眞誠實可嘉。此又予爲諸公所籌要求之至計，或可希望政府稍有變動之轉機也。而乃又不出此，則其要求之手段眞令吾百思而莫解者。一封請願書，爲其不二之方法。此不特不符要求之名詞，而適成反對。究善意言，直爲哀訴耳。若就中國之固有之名詞，則與喊冤之意義實無異。夫平民懷冤，至京上訴，屢年統計，不知其幾千萬也，問有一人得爲昭雪者乎？則不惟百者無一千者無一！且因此而傾家破產者道相接也。

故各國之哀願書，無效者少。而中國之鳴冤狀紙，成爲賈禍媒耳。現象如斯，諸公亦知以反乎？雖然吾亦不爲諸公之熱心於此者，妄爲推測。諸公之心，吾知之矣。固非爲國而來，而其身之無冤也又不待於上控。然其所以必如要求者，吾爲之反覆詳察，而知諸公之請願書不過一紙求自試表而已。蓋其冒一至新之名色，以呼弄於一時者，其心志之所向實冀以沽名譽釣利祿，挾一和平改革之口頭禪，周旋京邸：朝匍匐於某王爺之前，夕跪拜於某中堂之下，不問己身之來爲何事，惟以求得以一權要大人之顧盼，爲己足以陞官發財爲目的，以夤緣奔競爲手段，得一差使，就一館事，而彼之要求，固早已打消。至是並請願之目的，悉拋棄矣，此皆現象之可徵者。間有人格稍存，良心尚餘點滴者，則惟僅達一請願書，郵寄政府，其意惟欲得一名以動衆人之聽，雖爲他日之陞官發財計，然尤非圖之於目前者。諸如此類，見之於上海之日報，已數數見，此尤可爲求利祿之進化者。嗚呼！**彼其變要求爲請願已無可言也，乃至變請願書爲介紹書，此眞不能不令吾駭然者**。然政府之視此輩，亦未嘗不得待遇之法矣。欲名者即以官銜與之，欲利者即以薪水與之。如近日之上請願書者，皆於北京得優等事業，是其實例。蓋政府諸公，亦甚與此輩表同情也。下以名利求，上以名利應，同出於一途，遂因之而狼狽爲奸，而前此所謂要求之目的，不惟無所得，且更增一厲禁。如前此上請願書之後，而政府即隨之而下禁止集會、犯者監禁之詔。吾因是思之，此輩和平要求之功效，誠有不可及者。**以要求開設國會之原因，而得集會監禁之結果，**此非和平國家之賜。詎能至此，因爲一言以決之曰：**要求如此，可斷永遠無開設國會之一日**。蓋政府之心，所謂司馬昭之心路人共見，其不足與謀、不能與謀，此盡人皆知者！而尤不知自愛，依賴之、信任之，此眞吾之所不能解！然其爲此和平之要求者，亦非不知政府之不可依賴、不可信任也！惟以自身所欲達之目的，與此政府之主義暗合，不妨冒至公之名目而達至私之希望。此其用心之巧、施術之高，雖老於昏暮候門者，其操道恐亦不若是之工也。故吾今爲天下人告之曰，若欲達陞官發財之目的者，請其速上請願書。若稍遲遲，恐政府諸優差悉爲先登者所竊據，無以位置，公等則失機宜誠不淺矣。嗚呼！吾不料以此要求之好名詞，而意用於此輩之手，以演成此種種無聊之怪狀，則政府之爲惡，殆尤有理論之可言！而此輩之心腸，眞有不堪聞問者！則其他日助政府之虐、長政府之威，以梏桎我平民、圈禁我平民，正不知增如何之慘劇也！準是而言，則彼等之**要求不惟不得國會之開設，且並爲政府增無數之惡劣爪牙而已！**

次言國會

前言要求之性質，以決國會之不能得開設。吾今更進一步，敬以告上請願書者諸公，勿慮國會之不能開設，汲汲進行，速速上書。政府諸公必將饜諸公之望，而**開設國會**矣。**此月不開設，則來月必開設；今年不開設則明年必開設。惟所開設之國會，必爲無人格之國會，與行政官廳無以異耳**。諸君以此等國會爲已足乎？則吾亦無言亦。若其未也，則請實力預備以圖最大多數之戰勝。不然恐一紙哀求書，即爲造此禍之根源矣。蓋天下之事，強人以難能，尤可說也。至強人以不能，此不惟人不肯如我之希望，即我自知人亦不能如我之希望，是固可爲推測而不待繁言而解者，即如開設有人格的國會。現今之政府，匪特難能，且並爲不能者，請分略約三行言之。（1）無以解決君主世界。各君主自動立憲者，必其先能爲開明專制。普魯西及日本，是其例也。故國會未開之前，而人民之權利較既開之後爲尤甚。蓋爲開之先，君主時以鼓勵民權爲目的；既開之後，始以限制民權爲目的。然有一最要之問題，則君主必爲聖明，如斐列特明治其人，而後可能爲者。今試問現在之君主斐列特乎？抑明治乎？吾不敢信！當亦眾人之所不以爲然者，則是既不開明於前而望其立憲於後，此蓋稀有之事也。今且無論其現在行爲，試假定開一有人格之國會而研究之，他事勿言，即以財政上論之，凡有人格之國會，有完全監督財政上之權，預算之重，固有獨立行使之權。（日本定預算之憲法，議會有協贊之權。然定按之權，操之天皇，已爲無人格之國會。然天皇退讓，究未嘗以己意強制國會以承認此開乎？君主之善良，故能保議會之權。若暴厲之君，則日本之憲法亦助成君主專制耳。）君主之費，亦有限制之。（日本定天皇每年三百萬長款。不敷時，雖能再取之國庫，然憲法成立以來，君主並未逾其限制，此亦關乎君主之善良者。其他各國則無在不以國會之承認而始能有所支取，君主並不能自由妄動國家財政。）今之君主，淫昏之舉，無所不至。土木之功、奇巧之欲，其他一時之從心所好，而即欲敷設者，皆足以破壞預算案。至於宴會也、歌舞也——西太后每年戲錢稍減，即足辦北京警察之用，此亦可見其巨。而裝飾消耗品之繁鉅，更不知其幾何！因是推之，預測每年之必脫離財政上之限制也。其他重要之政若立，政權條約認權，緊急命令之承認權、司法權，皆保完國會人格之磐石而不可侵害者。而現在之君主，斷難保其無一不犯也，此因君主而不能有人格之國會者一。（2）無以解決滿人。滿族以天然之資格，保其權位。入關以來，即成鐵案而不可移。功高若二曾，尤不能參去卑劣之一官文，若國會成立後，則彈劾之權，爲其特有內閣之中，滿人自應居大半。一不信任則以國會之力，必乞答辯，而彼以無學無識之身，放任乃其本色。自必無辭以對，勢必至迫令解職，必挾天皇之威，擁貴族之勢，以解散國會，即再組織，亦復如是。雖國會三五度召集，亦不能強之退位，是國會之權力，仍墮落矣。此因滿人而不能開設有人格之國會者，又其一。（3）無以解決漢人。現在政府中漢人中之最有權勢者，莫如袁也、張也。其能爲責任大臣與否，姑不必辨。要之爲趨承天皇之顏色，而不惜虐戮我平民者，當亦眾人所公認。一度之國會召集，則此輩即首當其衝，彈劾之書上，而彼等無所逃避，必依賴君主之權，以爲保障。或更與滿人聯絡，互相抵抗。則國會之勢，又不能敵。縱彼不解散國會，而國會亦將自解散矣。然其所以致此者，固由在官者心性之不良，抑亦自有故也。蓋凡責任大臣，必聯合最大之政黨，吸取最多之輿論，而後始可以成功。然歷朝家法，既已樹黨營私爲大逆，至於輿論所歸，尤觸君主大臣之所忌。故近日京師大僚，稍有置羽翼者，即被彈劾。而一二督撫中有與民心相愜洽者，則政府即時爲移動。兢兢焉惟恐排斥之不力。加以得君主一人之歡心，固已無事不可爲。而既得，眾人之和同，且反生極大之障礙。自非識見出群之流，是亦何樂而向此眾人者？況乎求眾人之公意，又非有確當之才能，亦斷不能獲此最良之效果！稍有失足，即解眾心而求一人之知遇，一經信用，則任意妄爲，彼輩固保守利祿惟恐不及者，其肯失一人之心而拋其頂戴耶？抑肯順眾人之意，而縛束其身體耶？吾又知其必不能矣！不能，則國會之人格已可知矣。此因漢人而不能開設有人格之國會者，又其一也。合三者言之，皆爲現在國會必至之現象。然最宜注意者，即君權不去，則國會必不能開設。滿人固挾君權而漢人亦挾君權，是國會之有人格與否，固以君爲斷。而政府之責任與否亦當以君權爲斷。現在之君主，其權方日日增加，問有一事稍施退讓者乎？則此後更可想矣。是則欲開有人格之國會，萬不可不排君權！然彼以此位而方鞏固，其權則非除去此位，其權必無自而解。吾故謂君位不去之一日，即有人格之國會永不能成立之一日。斯言蓋有斷斷然者，因是以觀，則吾前言國會不能開設者，是亦不然也。熱心希望國會者，試極力請願之，國會立即開設矣。吾今爲此言，吾實又非想像之詞，其實勢必開設而無容疑者，蓋政府諸公。前此既不知國會之爲何物，內容之爲何事，以爲此我平民之要求，必其有害於我，是當拒絕之，而不聽其意及既久之。則朝一人言，夕一人言，彼固心煩而不厭聞，然亦不能不求其內容性質之所在。以爲是果何權利，而必囂囂如是者，及其留心考之，反覆查之。則其精意則得，而其解決之方法亦至矣。以爲眾人之所求在國會，並未爭國會實質之權利，徒務其名，是亦易易耳。於是取一二國會之最適宜最完全，而鞏固政府權利之國會，本其模範以開設焉。既可以博新政之美名，又可以饜眾人之希望，於是開設之計定，而無人格之局亦定矣。

嗚呼！似此國會，何待要求！現在之資政院，彼政府既已開設，又何必再增一行政官廳，除奉令承交代收呈詞外，更無他事，徒消耗貨財爲也。且行政官廳尚有事可以從分，而此則必將成談話之聚場，甚則將如博物院、動物院。議員輩不過如陳列品、豢養物，供遊人賞鑒而已。此理之自然，而必有如斯之現象，更以現事徵之，即可知予言之不謬者。如上海之報館，近者頗有所言，政府之人莫不忌之。然以其在租界也，其權力復不能及，且無報律以爲交涉焉。乃亦仿傚文明，而定爲報律。然報律亦非不善良者，乃其不採美也、法也、英也，乃並日本、德意志而亦不採，竟採於萬國最唾罵之俄羅斯、奧大利。其定報律既如斯，則國會亦可想矣。且以各國之歷史徵之，其君不賢，斷未有能開設有人格之國會者。如僅言國會，則英之查理斯、法之路易十六，不常開國會耶？而何以革命之軍，尚必起也。現在之露西亞、土耳其、波斯不已開國會耶？而何以政治家皆謂其國會有若無也。故土耳其之國運未因國會而振興，露西亞之革命未因國會而稍減，波斯之內亂，未因國會而消除。而數國之人民痛苦，乃反因開設國會而愈增者，縱可知國會在人格而不僅在一空名也。若徒在一空名，不特無益，且於我平民之損害孰大也。蓋我平民在今日，尚稱小幸者，政府雖專橫，其於加稅一道，尚未敢雷厲風行，其心非有愛於我平民也，恐行之而四方擾攘，彼身亦不能安享亦。若國會既召集，則加稅之案首當提出，而議員以應辦之務，自不能不自相承認。而監督財政權，復不得實現施行。一切種種之請願，更不能如意。**是我平民國會之開設，原以要求權利而來，乃權利既不得而義務復大增加**，此誠萬萬不可者。然吾爲此言，吾非謂眾人勿納稅而獨享自由之福也，有一分之義務，即有一分之權利，此固相爲兌換，而非可單與者。然此猶就法律言也。即以道德言，當使國家有利我平民，即有義務而無權利，亦爲無辭。無如此輩素日習慣，既難解脫，而又加此多數資財，則放縱橫暴之手段，更將愈不可遏。國家之要政，尤是依然如故，我平民之沉淪苦海，現既奄奄而難起。則無人格之國會開設後，我平民捨垂頭待斃而外更無他法。則國家之危亡，亦不問而可測。是此**無人格之國會，不惟增平民之痛苦、增政府之惡劣，其害之影響，且將使國家之速其亡**。似此國會，吾願我平民其膜然置之，而勿爲僉任莠言之所惑也！

再言開設

前此所述，既決定爲無人格之國會，此爲確當而萬不能移易者如此。則既無研究之價值矣，然更不妨再爲熱心之希望者，設一問題焉。**則開設之國會，縱有人格，確能行使其意思，然其組織必爲階級制度，而必不能爲平民制度。是中國又將增無數貴族，而較今日僅爲滿漢不平等者，尤更甚也**。蓋議會之制，有一院兩院之別。近世各國，皆行兩院之制。用一院制者，德意志數小州及希臘室爾比亞二國而已。制之優劣，姑勿具論，然使組織平民的政府，自當以一院爲宜。即使用兩院之制，亦當如美、法，無論上下兩院，皆平民組織之，方不背乎平民的國家之實。非然者，適成爲階級制度而已。中國今日一院之制，斷難實行。不特君主之權力，不肯抛棄，即肯抛棄，亦將置此無數之滿人於何地。彼以種族之異，享特權已二百餘年。若爲一院制，即滿洲之人口，僅漢人八十分之一。假定以議員二百之數計算，彼不過二三人，其必失其素享之權利，自無待言。縱使以種族爲分配滿漢各半，而滿人復以經濟能力之不足，其預算之承認，既不能擔任而自養議員之俸，亦必不能供給，是萬不能不爲二院之制，以保其貴族之特權。則上議院中滿人必居十之七八，然漢人中之現任大臣，及以前所有世襲門閥者，亦必起爭特別之利益，苟有不遂，即必生種種阻礙。開設之問題，如去歲調查各省功臣之裔，是已爲他日之貴族預備。兼以近日謠傳，更有倡二品以上之子弟，皆當有上院選舉之特權。道路所傳固未足信，然他日現象，實有必致如斯。因此推之，則上院中又必舉從前漢人中之爵位，及現在之爲大臣之諸貴子弟，以參入其間。或更以有財產、有學識、有勳勞者，廁副其內，似此則不惟滿人長保其階級之勢，而漢人之階級亦將從此生矣。夫中國自封建變郡縣以後，即已掃階級而空之。元之滅宋，分民爲四級，至明祖則即出去之。清之亡明，分滿漢之別。然苟能斬君主之權，則即無特異之可言。此固與西洋有各種之階級者，其相去原不可以道里計，此正我中國之特長也。今以此素昔所無者，乃忽焉加入之，則他日之擾亂，更盍言也！蓋兩院之制，既因貴族而有差等。而上院中滿人占十之七八，則當全爲滿人之勢力，是與下院已遙存滿漢對待之致。按之各國通例，下院惟有議預算之特權，餘皆兩院佔對等之地位，則是利於滿人者。而滿人可迫下院以必從，否則即以君主大權解散之。而關於漢人之利，雖欲上院以必從，而終無法以爲脅迫。且上院不能解散，則其勢力更將日增。是下院之權，除承認國稅增加外，餘更無權利之可言。準是以推測，則凡關於如何專政，皆必聽上院之指揮。而上院之勢力愈益鞏固，則各國之下院恒佔優勢者，我中國將變爲上院行專制也。於此時也，以如何之方法，而亦莫能挽其弊！則現在滿人僅有政治階級，而無經濟階級、教育階級。他日乃以國會專制之力，實行發展滿人經濟能力、教育能力之政治，則經濟階級教育階級又將重增矣。且不特滿人也，漢人之在上院者，亦必思保其貴族種種之利益。平日既以少數而不能反對滿人，勢必阿附之。及其關於己身之利，以反而求之滿人，而滿人以其素日歸順也，亦必應之。則本此專制，以增長漢人貴族之勢力，亦爲勢所必至之勢，則漢人之階級亦大展而不可制止。則無論其不能爲有人格之國會，即令有獨立之人格，是適足爲貴族代表。若古時日耳曼英吉利之國會，所謂不平等無人道之惡現象，又將重現於中國大陸矣！夫法蘭西、英吉利之革命，即因各種之階級而生。

我中國今日方力求滿漢之平等，乃更自增其毒，自種其禍，開設如此，吾甚願我平民其自思之。夫國稅之收抽，其擔荷恒積重於中人以下之人民，而擁門閥之尊榮者，雖未嘗無所擔任，然實被其私有財產之影響者已。在至細至微之數，至於資本家則不惟不蒙國稅之損害，且隨國稅之重而更益利銀之多。蓋國稅有增加，而彼之動產不動產，其價額亦因之而膨脹。是其實際蒙損者，悉在於普通消費之人。故中國而行平民的國會，尤將於經濟上施特別之限制，而後不增長階級之氣焰。況先立一階級之惡因，則後此積重之惡果，又將何可勝言。是今日之君主專制，其害已無所不至。而他日之貴族專制，更將較此爲尤深。我平民何辜，而至於是夫君主專制，不過一人。貴族專制，乃至千萬。觀於中國歷史之君主，其暴戾爲惡者雖已窮極殘刻，然實被其禍者恒在附近京畿之民。其距離稍遠之眾，則其受禍爲最輕。若乃貴族專制，則凡立其統治範圍以內者，莫不盡被其荼毒。如現金歐美各國，勞動之慘狀，聞之令人酸鼻。然此猶不過經濟一部分之損害，其痛苦已至如斯。況中國更兼以門閥階級以爲經濟之擁護，而其禍患之所至，又將更甚於歐美。**我平民於此，豈以君主專制其壓制尤未足，而更增以貴族專制，其慘痛始遂意耶**？如其不然，**則吾願君權尙重之一日，即爲不可開設國會之一日。如欲開設，則他日所受之痛苦，固較今日爲極甚。即他日欲行其反抗，亦較今日爲甚難也**。誠以革命之爲用，施之於君主專制易，施之於貴族專制難。如中國之歷史，其去君位傾朝綱者，不知其幾十見。蓋僅去一人一家，阻礙少而成功速也。至於貴族專制，如近日歐美之社會運動，已經數十年而終無可著之效驗，蓋滿地之中，皆其承顏色供奔走依賴以爲生活之人。故心雖有所不服，而究不敢遽爲逞。動以散失其衣食之鄉，卒之積弊難返，其禍愈橫肆而不可遏制。他日流毒，更不知若何紀極。又若俄羅斯革命之風，積數十年而不成人，第見其君主專制之鞏固也。而實則貴族之力有以輔翼之，故勢力之所被，以致不能一全國革命之心，縱有無量數之豪傑，亦皆無微功之可見。嗚呼！我平民苟至如斯，其欲脫離此苦海乎？竊恐其未必能矣！因是推之，縱爲有人格之國會，吾亦願今日勿爲開設。況所謂有人格者，尤不過託之想像我平民盍自審之，幸勿爲此無聊之極思也。

上來所述，亦可解決彼等要求開設國會之大要矣。**然吾亦要求開設國會之一人，特吾非爲全國之少數人計，乃爲一般平民計者。今茲之要求開設國會者，乃與吾意見適成一反比較也**。嗚呼！種此禍者誰乎？吾又不能不痛恨楊度之怪語妖言蠱惑眾聽也！夫現今政府之惡劣，官吏之橫暴、君主之淫昏，虐我平民、敗我國事，情勢所趨，已成痼疾而不可救藥。雖三尺童子，皆能道之，彼楊氏豈未見及此耶？然觀《中國新報》發端之語，則曰：「今日之政府對於內，惟知偷錢。對於外，惟知贈禮。」雖落落數言，然已抉透政府之病根。孰知樹立之宗旨，演繹之議論，殆又無一不依賴政府者。至於所用之手段，尤爲卑劣、惡劣，不堪聞問。是明知政府之惡劣，而復助惡劣政府之氣焰，名耶利耶？吾不得而知。然其非爲國爲民，則爲吾所敢斷言者。嗚呼！社會上有此人，即多一種敗常亂俗之人；國家內有此人，即多一種賣國求榮之人！吾不料中國危亡至此，尚復容此輩之發生也。雖然此輩不足責，風大順風，雨大順雨，爲其平生之最長技。行爲之卑劣，固無爲而不可。吾特天下人信任之者，豈與彼盡表同情者耶。抑或未知其素日之行爲耶，若盡與彼表同情者，則吾無言矣。若尚爲未知其素行者，則吾略言其生平以告天下之愛國愛民者。（其行爲之卑污苟賤，言之穢吾筆墨，然以風俗大勢攸關，姑少揭之以爲我同胞警戒。）彼其考經濟特科時，黨事被黜，見於上海某日報，固詳且盡。想爲一般人所公見，不必述也。故上海之秘密會，彼亦會員中之一人，名冊具在，豈有誤耶。然猶曰用靈活之手腕，以牢籠一切也。其見之文章，刊之簡牘，固非他人之所能強而爲之，皆發於情之所不能自已。故古今恒有狡猾之手段，絕少喪心之文章。（如錢謙益、吳梅村輩，雖屬貳臣，然其詩歌中無在不有亡國之感，此可爲例。）公道具存，良心未死，故耳。乃觀楊氏之《湖南少年歌》，幾無一字而非革命者，有《武士道序》，亦有「或者挾虛無黨之刃以與雷電爭光也，或者舉革命軍之旗，以與風雲競爭也」等語。諸如此類，不勝枚舉。（《新民報》載楊氏及某某等與嘉納夜談教育事，亦主張民族主義，特記者尚非本人或有不可信者。又《新湖南》雖未全出楊氏之手，然亦與有作焉。《遊學譯編》多言革命楊氏，亦主筆之一人。其他論述言革命者，至夥因非宣告名字者，亦不足取信大眾。）其前爲激烈派之健兒，今爲和平派之首領，春蠶夏蛾，時生變易。人類界中，恐少此流。今更約其生平，略分數期。初至東京，專言排滿；附梁之後，更言保皇。三年以來，復言立憲。(此中運動手段極多，在東京所言則曰政治革命；在內地所言，則曰政治革新。其對滿人則曰鞏固滿人勢力，其對漢人則曰和平排滿手段，對政府則曰保全祿利，其對君主則曰維持皇基。萬緒千頭，吾亦不確知其宗旨之所在，有富於判斷力者，其於此試下一斷按。）今又至京師，得四品京堂，入憲政館矣。則後此所變易想亦不出君主專制、貴族專制之範圍。其他則亦無孔可入矣。嗚呼！吾言至此，不惟吾之怒發上冠，想亦有血氣者所同嫉也！尤可怪者，滿人為保衛其種族之計，乃創辦一所謂《大同報》，借至公之名，以施狡獪之術。而楊氏乃亦會中之一人，互相提撕，聯為一氣，其目的之所向，專以獲滿人之歡心。每況愈下，可誅可殛！（又某報九號記，前年十一月，滿學生大會提出以漢人制漢人計，即為請楊氏作報以亂漢人之耳目。斯時《中國新報》尚未發生，後二月報出，其宗旨，果如所言，卑劣如斯，可恥孰甚。）惟是滿人為此，吾亦不罪其行為之非。究善意，言則中國當此危亡之機，不分種界，惟以救國為先，似亦不失為公正；究惡意，言則天演競爭，適者生存，各為其種，亦屬斯人之自性。雖籠絡漢人，其心難問。然揆之公理，尤足徵彼族，尚有自立之心。綜是兩端，皆無可議。惟報中所言，只亟亟於八旗生計，而於政權之退讓略未言及，是又將於門閥貴族而復益經濟貴族也。其為惡意，已無容疑。然彼族之所以能如是者，正以見彼族之尚有人心也。故對於漢人為惡意，對於滿人為善意。吾人雖有增其敵視之心，亦竊有服其精神之念。至於楊氏之用心，則眞吾人所難解。滿人不敢謂政權已解決，而楊氏則言已解決大半。(《中國新報》第二號六十八頁第七行）滿人不能籌生計之良法，而楊氏則竭盡數萬言之條議。(國會與旗人全部皆是）甚者且以滿人之當兵，為特別之義務；滿人之營業，為特別之限制。人不能出諸口，彼竟達言而不慚；人思此而引以為羞，彼道之則若甚得意。乃至積久習慣，竟成自然。干名犯義，且不惜以一身與吾同胞全體為難。觀其沾沾自喜而為言曰：「夫人之所以樂其生者，惟自由耳。率吾之意思，而自由發表之；率吾之言論，而自由發表之，天下事孰有樂於此者！西人之言曰，不自由毋寧死，誠然誠然。吾身未死之一日，即吾身自由之一日，何所畏而為此鼠子避人之狀者。」(《中國新報》二號四十頁四行）小人而無忌憚，乃竟至於此極。猶復不知自羞，習焉不怪，尚敢非笑服從公理之士。如其言曰：「此等人，心志薄弱，毫無自立志。人言東則不敢向東，人言西則不敢向西。寧為鄉愿以死，不為不鄉愿以生。無聊之極思，乃至偷生辱死，眞為人格之不完全者。吾無以名之，名之曰奴隸。」（《中國新報》二號四十頁八行）推其用意，以嫌眾人不附和其談請願者，恒籍不出應世之語爲口實，故斥曰偷生。又見近日投海自殺之風，雖爲救國而死，然不免空喪其身，故斥曰尋死。嗚呼！我中國所以尚存於幾希者，正賴此有二種人，以維持我平民之精神也。若並此而無之，更不知中國若何情狀也。楊氏不知，侈口謾罵，眞所謂以己之無恥，而見人有羞惡之心者爲可恥，以己之奴隸徽章而妄上人以此徽章，自愚愚人，良足深怪！尤有一不易索解之事，楊氏嘗言：「不惜以一身與惡劣官府爲難。」又云：「則除非去不負責任之政府。」（第一號四十九頁二行）則現在官吏中，有能戕其腐敗人員，必爲楊氏所忻慰。乃觀恩銘之銃死，東京學界，無論爲激烈、爲和平，皆同聲以多徐烈士之俠義，兢兢稱道不置。不謂楊氏之行爲，乃更出人意料之外。竟作發起人爲恩銘開追悼會於總會館，即素與彼素同情於富貴利達之人，至此亦赧顏而不承命。如其社員某某等，且素爲極端之服從，獨於此事而皆裹足不前，且聲言反對之，見於憲政講會報告。云：「外間傳言，本會社員熊□□雷□□，贊成追悼恩銘。其實並無其事。」本此以觀，此輩亦非夙非有眞誠者，而於茲乃天良發現、公理所存，豈盡昧耶！楊氏於此，猶不自懺，滿人外無一人到會。登壇演說，因痛言中國人心之不可恃，慷慨激昂、聲淚俱下。（覽者試思之：眞耶？僞耶？國耶？民耶？抑名利耶？涕淚縱橫，吾實不解其傷心之所在。）習慣竟成第二天性，眞令吾思百而莫得其理由。昔揚雄作美新，僅阿諛王莽一人。楊度作新報，乃更阿諛滿洲全族。揚雄賣朝而未賣國，楊度賣國，更復賣種。無亦其苗裔，而變本愈加厲耶！

嗚呼！心性如此，言論如此，行爲如此，則凡我中國人士，若稍知自愛者，其亦知所返焉可也。雖然，吾過矣！吾過矣！彼縱如何其卑劣，我亦不應傷忠厚。私人攻擊，君子所憎。苟有以此責我者，吾亦無言以答也。特吾之所言，乃公憤上之義不能容，故一出諸口，似有無限之激烈。惟是流波當挽，公道宜存，化荃之茅，不能不拔之使去。同根想煎，固非予懷；狂言醜詆，又豈我之本意！使楊氏果具良知，則吾人揭示其已往之罪狀，則後此之行動，或可稍改前愆，亦非於彼身之道德無小補。故予之詆之者，乃所以益也。且楊氏至今，既獲四品京堂矣，名利之目的，亦已少達。於此之時，蕩滌前非，振作前途，雖於大局無所裨，而於私人之過失亦稍減。苟能若斯，亦爲吾所至禱祝至希望者。惟是往者已往，來者未來。而現在一般之人心，雖無一不知政府之當破壞。然或以累經挫折遂廢，然喪其勇往之心；或以疲儒無能素怯，然乏敢爲之志，遂使前途進行，遲遲而大受障害。而此一種之佞人邪說，復流行於社會腦質中而互爲激戰。其具愛國之眞誠素靈不昧者，固不能爲其所動搖。若一般無恥輩平，居己不知愛國之爲何物，今乃利用此當以爲前導，遂敢昌言無忌，以爲陞官發財之進行。吾恐四百兆之人民，雖眾必至於墮落於世界最下層之人類而後已。此予之所以不能已於言，而實又不能不言者也。嗟嗟！進懷既往，默念將來，故國河山空勞魂夢。精禽有志難填滄海之波，陽鱎何心又作漢家之蠹。用是不辭瘏口，更掃塵氛。孔子云：「不可與言而與之言，吾誠知罪。」然吾亦不能辭其責者，爰於此章。述要求開設國會之大要，以爲我平民一般人之警策。至次章以後，則專發《中國新報》之癥結，有心國事者，苟能於此一留意焉，則中國幸甚，平民幸甚。（本章已完，全篇未完。）

次章　要求之性質（攻妄）

凡論一事，先言目的，次言手段。茲於國會之目的未言，而先言要求之手段，無乃不倫，惟此篇乃專爲《中國新報》而發。彼於國會，已未求其實質，徒騖其抽象之空名，是已無目的之可言。且其居心，亦不過藉要求國會之名，與政府相接納，政治之改革，固非其所問。其成功也，敷衍一無人格之國會，以增長政府之惡劣；其不成功也，而己已廁入於政府中爲大員矣。蓋初心即爲要求利祿而來，是目的已在其要求中，故完全之國會，原非彼等所重。惟要求之手段，乃其最重之方法。然至於現在，彼已列身政府，是要求之目的已達，而要求之手段亦無可言。蓋要求者必在下，或國會既開之後，而議會對於行政部亦可謂之要求。今彼居然執行政事務矣，則開設之權，操之在彼。而要求之手段，亦無可對之相手方。則是最宜注意者，惟在國會性質問題而已。然前者已往，固可謂已告成功，而後者方來，尚未完全得意。國家之事，究不知伊何底極。竊不憚煩，略進忠告焉。惟本篇最重之點，則在國會之性質一節。（聞現在有六年後開設國會之說，確否，尚未足信然。吾固信其必能急速開設者，特國會之內容，吾亦急欲與我同胞共商籌耳。）俟於次號，詳細說明。其於本章，不過略述，以爲立論之程級。若謂對於該報之主張要求者，則現已無研究之價值。何也？彼固現已不須用要求也。故此章言要求之性質，蓋從其略。至其詳者，亦非數萬言所能罄也。　著者附識今者要求之名詞，幾成一社會上對於政府之口頭禪矣。然問渠持何者以爲要求，則彼瞠然不能答。更問其何故，嘵嘵不憚其繁若是。彼固無詞以解，然吾亦不希望其得甚解也。蓋此輩之出言不過無意識之盲從，亦非有何理由横亙於胸頭焉。至其上者，乃知言排革者之無利於我，姑籍此以爲和平營謀利祿之方法，不知要求之字義，實即唱排革者之轉詞。固非有二種之意義，即觀於表面上之大意，當亦自知之。亦不必言法理，言事實而更規律，夫論理爲也。然彼輩亦非不知此，以爲持乞求之名義，既爲對於政府之卑鄙齷齪行爲，且眾人之指謫，於己身亦難容於社會。故不妨借一能符公理之名詞以爲假託，而其實際則仍以求爲應用。蓋明知乞求爲無謂之行爲，而又不敢暴露其形狀，乃籍此要求二字，以張大其詞，其用心亦可謂巧之甚矣！然考其發難之始，則由《新民叢報》之《要求立憲說》。其立義之繆妄，已爲某報所駁斥。其說之不能自完，凡知事理者，皆自知之。則後此繆言要求者，當亦聞之而息喙矣。乃不謂《中國新報》，復剿襲之以鳴異。變立憲之名，爲國會之名，而要求之名詞，仍沿用而不易。惟《新民叢報》不肯自認爲乞求。而《中國新報》則直認之而不諱，觀於該報所言，「凡要求者必有武力，否則謂之乞求。是說也，自民主立憲黨發之，予信爲至言，不可移易之定理。」(《中國新報》四號十四頁七行）準是而言，是已確認要求爲排革之行爲，然民黨之積極的手段，彼又不敢用其術。自行其乞求之實，而沿用要求之名，其心性之卑下，已不知其自居何等也。今且不論其名之是否，第究其所主張之方法而攻辨之，使天下之人知大勢之所在，則公理出，虛僞見。而要求之名詞，後此或不若今日之濫用，則匪徒文字之幸，抑亦吾平民之福也。

今欲說要求之性質，須先備三種之條件。

（一）爲**要求之目的物**　蓋此目的物，須確能符吾平民之希望。若其目的無一定，得一空名爲已足，則亦無須用其要求。

（二）爲**要求者之實力**　要求非以和平爲授受，乃以我之實力，有挾而要求，使彼迫於勢之無可如何，不敢不應我之需要，然後要求方能成功。

（三）爲**被要求者之地位**　蓋必先審對手方之情勢，能否致勝於我，若其勢力浩大，非吾力所能抵禦則亦不能言要求。

如上三者，須完全無缺，方爲要求；若有一不具，即不足以言要求。乃觀《中國新報》之言要求，於此三條件，直可謂一無所有。即如第一條件，要求之目的。而該報所言開設國會，然察其所欲開何種之國會，彼亦未嘗明言。惟僅究國會之名目而號呼之，是不過欲得國會之空名，而內容原非其所問。似此要求，亦可謂全無目的矣。既無目的，則即不必言要求。然此尤有辨者，我言彼徒欲得虛僞之國會，彼言欲得完全之國會，文章變化，游移無歸。故此問題，自非數言所能盡，俟於下期國會之性質中一一證明。茲姑弗論。則此章所研究者，爲第二、第三之條件。觀彼報所主張者，有輿論的、武力的、政黨的，吾得強列於第二條件中。至其對於君主，對於政府之言，吾更可強列之於被要求者之地位中。雖有未當之處，然於該報要求之議論，似亦淨盡而無遺。茲下則依類徵引，痛斥擊之。

關於要求者之實力，該報約分三種。曰輿論、曰武力、曰政黨。然其惟一之方法，僅持輿論爲成功，而武力、政黨皆彼所謂附加之二物，亦無關乎輕重者。故茲先言輿論，而武力政黨附諸後焉。（該報單詞隻句無在非謬妄者，茲惟取其最重要之點而駁斥之，無關鴻旨者，概付諸不議之列。）

（甲）**輿論的要求**　該報有云：「若夫吾黨則不然。不恃國際法（此指某報要求世界贊成中國之革新事業而言，吾亦無代辨之義務。惟某報非恃國際法，乃予所敢斷言者，茲以無關本論，故略之）而恃輿論。但使舉國之議論，不爲人民程度說所惑，而一致主張進行之，將見無幾何時。而開國會之聲，呼噪於全國。彼時政府雖欲抗之，而無如何不得不降於國民之下。故輿論即武力也。」（《中國新報》第四號二十頁二行）如此類言，不勝枚舉。茲舉其提要數語，餘亦可見一斑。惟彼以輿論爲要求之獨一無二方法，故並謂武力可不用，而政黨亦不必成，其收效者，惟輿論也。雖然輿論之爲用，吾亦不敢謂其絕無勢力也。然彼謂其即能成要求之功者，吾則實敢未信也。何則歷來學者與政治家，其稱頌輿論勢力之大者，不可縷述。最著者爲拿破崙常爲言曰：「歐洲五大強國，可稱爲六大強國，輿論當居其一。蓋勢力之大，不可抵抗。」羅馬之格言曰：「民之聲，神之聲也。」又法國首相雷相爾曰：「輿論之勢力，非目所得見之也。然其力量之大，較勝於軍隊與金錢。不但可以支配國民，且能入宮殿而支配帝王也。」準此數言，其形容輿論之價值，亦可謂至亦。蓋輿論一興，氣焰方張，其勢力之大，洵可能撼山嶽而移江河。故以如何虛僞之政府，究不能不畏輿論之發生，並不得肆行無忌，以遂其轆轢之手腕。倘令壓制太過，則激極生變，變極生亂，革命之禍，行將立見於當前。由是而言，輿論之勢力，誠哉其不可沒也。然吾特有進一言者，**立憲之國，則有輿論；專制之國，則直無輿論之可言。**誠以輿論之發生必賴新聞雜誌以爲風行。而立憲國中，凡言論出版思想，苟非妨害公安之議論，皆有法律以保其自由。故公意一發，即遍行於國內，而莫可抵禦。至於專制之國，則不然。彼其嚴刑峻法，以侵害人民種種之言論，苟有稍礙政府之詞，即不惜出極端之壓制以爲處辦。故凡近於公理之論，皆蘊蓄於中而不得發。其能發者，必於政府確有利益之事。如近者日本各報，載西后遊頤和園一日之間，糜費已至百萬之數，而中國各報，有一敢言此者乎？更其下者，即各省之報，若天津、漢口，皆於督撫稍加指謫，即招封錮。而上海以在權力之外，故稍能存公道於幾希。然其據極端之公證以言之者，亦蓋不一見也。蓋彼亦非不欲言，若盡情吐露，則政府亦可交涉外國而封禁之。至於爲滿人籌劃之議論，則且傳諭以求建言。故關於八旗生計之奏疏，稍有條理者，亦無論其有妨害於漢人與否，皆獲優嘉獎以去。而逐臭之夫，遂乃以此爲陞官之媒介。議論沸騰，充塞朝野。輿論乎？非輿論乎？此不待智者而知之矣。因是推之，則**凡專制政府，出於公意的輿論則不能發生，出於非公意的輿論則能發生**。徵之中國事實及各國之歷史，莫不皆然。是彼所謂「國會之聲能呼噪於全國者」，吾又知其斷斷非公意也！若爲公意，則於現在之專制政府必無利益，而政府因其有防害於己者，亦斷不能使之如是其澎漲也。然吾今且讓一著，以爲公等之輿論爲公意，能發生，而政府亦不壓制也。**然吾聞有立憲政府因輿論爲轉移，未聞有專制政府因輿論而變遷者**。蓋凡立憲政府，恒視全國人民之喜怒以爲向背。設一旦離散眾心，不特政策不能行，勢位不能保，即一身亦難容於社會。至於專制政府，其政策原與人民無直接之關係，而勢位之鞏固乃因得一君主之歡心。則其去留之所繫，並非基於平民之公意。故平民之喜也，彼固無介於心；即平民之怒也，彼亦無潰於懷。惟恐恐焉，以不得君主之歡心是懼。縱國內有如何激昂之議論，而彼皆漠然其不關心。若夫君主一人之身穩，處宮闕，亦無由聞一班之公意。或者偶有所聞，然以己素日之神聖，未聞有敢犯其尊榮，揆之情勢自亦斷不肯受眾人之詆誚。初聞此不道之語，憤怒之概，必至其極，勢將益出其壓制之手段而後已。即如俄羅斯之已事，君主專制貴族擅權，荼毒生民，無所不至。全國議之，歐洲各國非之，至美洲三尺童子，莫不痛恨而責斥之。是豈無輿論者，而俄之政府豈未知之，何竟視若罔聞！而專制之毒，曾未之易，是亦可知輿論之對於專制政府之政效矣。更即中國之事言之，蘇杭甬路之事件，全國人民皆起反對，而政府之借債，任行如故，未嘗因輿論以爲取消。且復派兵八千，所至焚掠，較無輿論時，其受禍爲尤甚。而近日官場，且以得報館之唾罵，爲陞官之捷途，則後日之發達，更可推想而知。輿論之功效果可盡恃乎？該報不知乃斷言：「彼時政府雖欲抗之而無如何，不得不降於國民之下。」易言若此，非謬戾之甚者乎？且吾聞諸小野冢氏之言矣。「輿論之勢力，消極的方面，每大於積極的方面。消極云者，謂對於當局者之政策，或贊成，或反對，不過表示其意思而已，若積極則反。是謂欲以輿論之勢力左右政府，且自示一定之政綱而要求其實行，然表示其意向則甚易，而要求其實行則甚難。」準是而言，則救今日之中國，欲恃輿論以成功者，須鼓吹人民自立，改造政府。立一完全之國會，不以依賴政府爲目的，則其成功也，或有日矣。至於煽惑眾聽，以輿論爲成功，要求之實質，既已萬不能收效。而我平民，先自放棄其責任，且將墮落而無底止。該報不知乃言：「謂無兵力而僅有輿論之，決不能成功者，乃過甚之詞。」（《中國新報》四號二十頁十三行）此正小野冢氏之所謂難，而吾更謂其增吾平民之放任也。且輿論之名詞，亦非可以妄爲冠戴者。就英文「渥比侖」之意譯之，當爲「公眾」二字，或譯爲「公論」二字，亦爲適當。惟近日和文諸書，皆用輿論二字，此亦無關緊要。特必合於眞理的議論，方不越原文之範圍。至於有時爲社會一分子之個人，但本其計較個人之利害以爲發表，而當發表之後，或多數人不爲之經意。偶然意見一致者，或更有與此個人有共同之目的，而表合同者，其實皆非輿論也。故如該報持之輿論的名目，不過爲其身之利害而發。其贊同者又不過與彼表同情於富貴利達之人，或無知而爲是盲從者。**是彼用以爲要求之輿論，非眞理的輿論，乃虛僞的私論耳**。要求如斯，尙可言乎？

（乙）武力的要求　該報云：「或曰，設使輿論而竟不成功，勢不得不用兵力，則子將何策之？曰：此他日之事，不必詳論。若欲言之，則吾固已思之。使吾黨以輿論要求不遂，而不得不用兵力也。必政府迫壓吾黨以兵力，彼其時國民之輿論，又不必呼曰兵力、兵力。一人而呼之，萬人而和之。斯兵力即從此呼號奔走中而生矣。」（《中國新報》四號二十六頁六行）觀該報始終之主張，以輿論爲必能成功，故又視輿論爲武力。夫輿論之不足恃，吾前既言之矣。而該報乃言武力爲他日之事不必詳論，則可謂輿論不成功而即無令成功之法矣。至於「使吾黨以輿論要求不遂，而不得不用兵力」云者，在吾輩則視爲必致出此，在彼則漠然視之，若甚不置意者也。夫現今之政府豈有不用兵力而可以成功者乎？君主之惡劣、官吏之橫暴，揆之萬國古今之歷史，其專制之極端者，蓋亦無有甚於斯！於此而欲其改革，使其自動，不勞我平民之心力，雖三尺童子，當亦知其不能。何楊氏自命爲遠見者，何竟盲焉不察耶？蓋所謂改革云者，必期礙於我平民有莫大之利益。既於平民有莫大之利益，則政府一切腐敗之政治自不能不蕩除之而使去。然其握大權居高位者，又悉爲發腐敗政治者之源泉。今既欲掃清政府，則此輩自不能不揮之使去。然此輩雖不能爲國家籌公共之利益，而其關於一身之榮辱，自亦必出死力以爲抗爭。然屬於此類或一人或數人，或多至三數十人，則亦可以恃輿論以爲抵禦。無如舉朝之中，非一人非數人，非多至三數十人。乃自上而君主下，而至於州縣典吏，無不皆然。眞所謂責之不勝責而責之，亦不能責焉。是對於如是之政府，而欲言改革，則不侵害此輩之利益，而能收改革之功效，誠可以輿論而告厥成功然，此乃不能之事也。何則？蓋欲實言改革斷未有不侵及此輩而能成功者！即如完全之國會，乃以監政府爲特長，匪特及於官吏且並及於君主。則此國會成立之後，而此輩之惡劣行爲，又豈能經國會之彈劾。然彼輩縱無識，亦豈不知完全國會成立後之大不利於己，則公等欲完全之國會也，吾知其必非輿論所能得，何者彼輩當竭全力以對待之也。若公等不欲完全之國會也，則於此輩固無所傷，而彼亦必無詞。任公等言國會，即國會矣。亦不必用輿論要求，亦不必慮目的不遂，兵力之不用，更無待言。只一二人到京都上請願書，即爲已足，若謂「使吾黨輿論要求不遂，而不得不用兵力」云者，乃過謙之詞。可勿閒話者也。若其不然，欲得一完全之國會，則輿論要求之不遂，可以斷言；不得不用兵力，亦可斷言。又何必設一使字論之，致多勞一番夢想也。且既言不得不用兵力也，則兵力在我，自動可也。而又必云：「必政府之強迫吾黨以用兵力。」則貴黨之兵力，非自動的乃被動的。生平之政見，公等固以被動爲目的，乃至起革命軍時，猶存一被動之見。貴黨之爲上司設想，眞可謂苦心孤詣矣。敬告公等，政府兵力之用，原爲荼毒平民而設。公等既非平民，又能與政府爲緣，則政府方引爲同心，尙何強迫之與？設公等不至京師，電報催促，且至三數發而不已，高車駟馬，猶恐迎之不至，更何敢用兵力以爲強迫公等。處此當亦必不辜此老之知遇，勉助政府壓制平民，即已足矣。又何疑政府之心，尙有他舉動耶。至言：「彼其時國民之輿論，又必呼曰兵力、兵力，一人而呼之，萬人而和之，斯兵力即從此呼號奔走之中而生矣。」此其爲言，眞類夢囈！夫公等不言兵力則亦已也，若言兵力，則非鼓吹於平時，又豈倉卒號呼之所能集事者。

蓋夫凡天下之事，非預備於平時，即不能應用於臨事。其預備稍非精緻周到者，且不能施之於倉卒。況其平日既純以依賴爲心，則其心目中惟有一政府，是政府種種之毒虐，且將聽蹂躪而無怨懟，尚何能突立而有反抗之心！即如數千年來，中國之習慣，養成一種君恩高厚之思想，凡社會之上意向，皆莫不以報答聖明爲措詞。即其心理之本質，亦因習慣而不爲異同。有酷虐之君，横暴百出，而己以爲身所應受。曉以人權公理之義，且嗤之以爲大逆不倫。準是以推，則公等之盛言政府萬能者，本此思想以陶鎔我平民之腦筋。無論政府對於此種之孝子神孫，不必施以兵力。即或偶用，而平民亦惟有甘受不辭，斷無有桀驁而起反抗者。何則？養之有素，匪一朝一夕之功所能至此也。則謂兵力可由號呼奔走中而生者，何其不思之甚耶。至於謂「兵力可以小（《中國新報》四號三十六頁提綱），兵力可以敗」（四號二十七頁提綱），諸云云者，此非惑人之詞，乃自惑之詞也。政府爲肯退讓也，則不待以兵力；若不退讓也，則不能致其死命之一日，即不能解其政權之一日。蓋政府既以壓抑爲目的，亦斷不因其稍有逞動。則即如我平民之希望，必使其萬不得已，無可壓抑之時，或可以如平民之願，以相償。若尚有幾希之生路，則政府且當極卑劣之手段以爲搪塞。若往者法之借奧兵，近者政府之借法兵（其事雖未表現，然經此國學生調查亦必確），皆爲政府最後之方法。是謂可小敗之兵力，而奏完全之功效者，吾究不知其何所見而云然也。故小兵、敗兵乃出於我平民不幸事，雖未必不能稍震駭政府，然時無幾何而政府又仍如故也。即如吳徐之一擊，而僞立憲之諭旨日下，未幾而高臥依然矣。近者雲南之師，偶然蜂起，而國會開設之會議，且時爲之籌策。然此事既息，又可料數月後而無國會之影響矣。蓋彼所謂立憲，所謂國會，不過一虛名，猶不肯急於假定。況欲其實質者，而並欲完全無辜平民之希望者。自非以至多之兵力，不敗之兵力，又何能使其遽轉而降心以從我平民耶。惟是兵力之二字，乃該報最諱之詞。略一言及又恐招政府之忌，敢言至此，猶可謂放膽之已極。言論之不自由，竟至如斯！吾惱該報，吾更以悲該報政黨的要求。該報有云：「吾之目的在開國會。以改造責任政府，而其方法，則在立政黨以謀開國會耳。吾以爲今日救中國之方法，其下手之第一著，實捨此莫由矣。」（《中國新報》四號七頁十二行）夫以立政黨爲救中國之方法，其議論亦未爲非。蓋政黨之勢力，自古有之。從歷史上觀之，其最著名者，自十九世紀設立議會之文明諸國，政黨日發達，遂演出政治上之大活劇。迄今歐美議會權利漸歸於眾民。

例如共和國之選舉大統領也，往往此一團體選舉甲者爲一黨，彼一團體選舉乙者爲一黨，而政權之爲所變更者，蓋已數見不鮮矣。嗣後政黨益乘此機擴張其力，日進一日，而未有已。現時北美合眾國，其政黨與政府勢力常相峙而不相下，遂有第二政府之稱。其他立憲諸國眾民之勢力及政黨之組織，皆漸次亦能左右政府，特不若北美之極盛耳。則政黨一節，雖爲憲法所不規定，而談政治革命者，斷不可置之度外。此固吾所承認者也。然吾特有進一言者，政黨之名詞，亦不可不爲區別也。蓋黨派有二種，當視其意見之根據如何。其意見由個人之利害而出者，謂之私黨又曰朋黨；因公共之利害而出者，成爲公黨。而政黨者，乃公黨中之一種。今彼之所謂政黨者，不過私黨，或曰官黨。刻辭言之，則值名黨、利黨、酒黨、飯黨耳。蓋不過計一己之利害，利用政黨之名義，以達其陞官發財之目的，而於國家公共之利益，原非其所重。不然專制政府之下，斷無有公黨而能與政府相接合。蓋政府既以專制爲目的，則必不欲破壞此制以自護，而公黨之主義，勢不能容此制之復行。其機之難容，殆如水火不相安、水炭不相投。任彼如何調和，亦斷無有能相濟爲用之勢。即如俄羅斯之國中非無黨派也，然立其朝之上者，曰保守黨（內治的），曰武力黨（鯨呑的），而皆以助長政府壓制手段。其民主黨之勢力，亦非不普遍於國中。然經數十年之心力，而僅得一不完不全之憲法，雖議院中亦舉有其黨。然因要求平民利益之故，被逮捕者已不乏人。見去歲日報者想亦眾人所公見。故俄羅斯之國，可謂與政府合同者皆私黨，而平民中始得謂之政黨。蓋政府以專制爲目的而平民以公共利益爲目的也。今我國之國體與俄同，政府之保守專制與俄同。而公等之政黨既不能絕對立於政府之反對地位，以示其政綱，乃與之相要約以狼狽爲惡。則國會未開設，政府尚無法以多盜民錢；而國會開設之後，復有貴黨之羽翼，到處游說，收括民力，至於淨盡。而政府饕餮之欲壑，遂得大肆其鯨呑；專制之政治，且將長而靡有終窮。非至亡國之一日，則專制永無倒蔽之一日。是貴黨之用心，蓋慮陳後主隋煬帝之下。陳未充而復後選天下之名姬美女以遂其欲望，清夜自思，能勿愧心乎？然吾爲此言，貴黨必不甘自認也，又必自謂爲時立於政府之反對地位者。然試問立反對之地位者，其相手方猶肯助長之以膨脹乎？今者憲政公會，居然設立於京都矣。而乃公之黨首，又居然得政府之許諾矣。是古今萬國，亦無此反對黨之待遇。乃爲貴黨特開之先例，吾人聞之，洵有不能不爲之詫異者耳。嗚呼！貴黨之用心，吾非不知矣！不過以一人而夤緣政府，恐不能得政府之歡心，乃遂率天下之表同情者而附和之。而政府以其素日之孤立，失民眾之聲望，乃亦借貴黨之羽翼，而益鞏固其專制權力。是貴黨以趨炎爲目的，政府以接私爲手段，下賴上爲護託，上賴下爲爪牙。爲貴黨計，則得矣；爲政府計，亦得矣。獨不念中國之大勢，將遂至何者以爲終極耶。至該報述其黨要求之理由，乃謂「前者可以死，而後者可以繼」。又言政府之對待：「充其量不過捕殺數十百人。」誠過慮之言，夫貴黨之要求，豈有致死之術。如此其忠心、如此其誠實，天下縱有無識人，豈遂至不辨其爲助我而來者。即上請願書之代表，調入資政院，以備顧問者。行否？雖未必。然亦可知其對於貴黨，無不設法以爲安置，是固可爲斷定者。敬告公等，慎勿不量政府之心，而爲是惶恐之語也。至於捕殺數十百人，乃政府對於民黨之己事，公等固不得冒民黨之名，而政府亦斷不致以是對付公等。或將爲現今公等對付民黨之政策，亦意計之事也。特此言當須當我輩發之，亦不須公等之嘖嘖爲也。

關於被要求者之地位，該報言政府，而不及於君主。乃日本國法學者，謂君主在法律以外之變象，故彼言政治革命，不及於君主，盲語怪說，洵堪痛惡！若吾人之主張，則君主亦在政府以內，不得謂政治革命。置君主於國家上不可移易之機關，故吾人之分我國政府，曰君主，曰官吏。凡此所說，當於國會之性質一節詳述之。茲以該報僅言政府之官吏，故亦漸置君主於不論。特該報以現今中國之政府，乃放任之政府。其勢力亦極薄弱，其惟一之根據，則在於此。故其言要求，極易成功。如該報有云：「中國之政府，惟其放任也。故事居於被動之地位，而又最易劣敗者也。於外交亦然，於內政亦然。彼如睡人，無人搖撼之。則長日昏睡如屍，若有搖撼之者，則不免於睡夢之中，以足跌人。惟洋人來蹴其頭，斯乃瞿然而驚覺，跪地而請求耳。其對外對內強弱之異同也，不過如斯。故即有主張政治革命者，以與之相抗，彼其爲民黨祟也。當亦非俄羅斯之強暴可比，充其量不過捕殺數十人而已。（中略）且過此以往，吾可信必無大於此之阻力矣。蓋政府殺一黨員，民間可增無數黨員；若殺至數十百黨，全國之中，半爲政府之敵。斯於左右叱吒之聲中，而不負責任之政府必倒。」（《中國新報》第四號十三頁）夫謂中國政府之放任者，誠放任也。然乃對於政治的放任，而非對平民的放任。換言之，即對公事的放任，而非對於私事的放任也。彼其尸居高位，一事不爲，有談及國事者，輒懨懨然若不終聽。然其關於一身之利害，則又出死力以爲競爭。

如近日言教育言實業，彼皆漠不關心。且利用此舉，以爲位置私人之地。故其不反對者，乃於彼無損傷也。若夫完全國會成立，後則彼輩之勢位，必不能保於此。而欲其放任，又烏從而得之耶。即如上年之改革官制，不過於彼輩小有所損，然於根本上固無所動搖。而京師大僚，全部反對，卒乃敷衍了事，略改名目。則推想他日不開完全之國會，斯彼輩必放任也；若欲得完全之國會，則吾固知斷斷不放任也。何則？不利於彼等故也。至謂政府事事居於被動之地位，而最易劣敗者，此單指外交各國而言，亦爲至論矣。若究內治平民而言，則無在而非極端之凶橫，匪特不受平民之指導，且因有指導者，而益肆其毒虐之手段。蘇杭借債，乃其前車。公等固未之聞耶。若夫捕殺民黨之事，數年以來，日有所聞。合計所亡，亦在千數。即如大同一案，而捕殺者已難數計。其連累之情形，殆亦與瓜蔓抄無以異。而謂非俄羅斯之強暴可比者，何爲政府之辯護，乃竟如此其熱心耶！夫使政府而不慘殺，此誠吾輩之最希望者。無如前事可鑒，非可以語言諱也。至於謂至是以往，吾可信必無大於此之阻力。此言尤類夢囈！夫使政府不自保其專橫則亦已也。既已捕殺數十人，則其欲固其專橫乃亦公等所承認。則過此以往，方將妨閒愈密，而民黨於此，且將至棘地荊天，無往而非牢鎖之境遇。其阻力之大，尤必至於不可思議。即如俄羅斯以前之民黨，其舉動恒易。而近則幾不能啓齒，言及政府之惡劣，則推想中國後日之情勢，當亦必至於斯。夫政府之與平民，既成對待之勢，則即必預備其對待之力。民間無出而爲對待者，則其放棄，自不必言。若平民增一度之抵力，則其壓力，亦時愈甚。況夫平民之力難驟進，而政府之力易整齊。即使其不大預備，然以之對外則不足、以對內則有餘。如現在中國之軍隊，其腐敗之狀，至不堪言。而我平民欲爲追動，亦彈制之而有餘裕。加以三數年後，賣勢力之增加，有千里之勢。而爪牙林立，所在皆是兼以利祿之王府。以賣民黨委陞進之階，則於彼時，即要求如現在之能靜坐而亦不能。縱民黨以絕大兵力加之，彼或不能抗，且將引外兵以爲解決。若近日雲南之已事，可以明證。則謂斯於左右叱吒之聲中而不任責任之政府必倒者，易言若此，何自欺之甚耶？嗚呼！君等亦非欲現今惡劣政府之倒者，何故作此革命語，以自恐駭之。蓋政府方與公等同心協力，又何必作此無謂之想像也！（未完）

此文載四、五期，作者張鍾端，雖標「未完」，但沒有後續。

運用「天賦之權利」，建立「有人格的國會」
——評析《對於要求開設國會者之感喟》

韓　文

張鍾瑞（1879 年～1911 年），字毓厚，筆名鴻飛，河南許昌人，中國同盟會河南支部領導人，近代河南民主革命的奠基人。1905 年，張鍾瑞赴日留學，在東京加入同盟會。1907 年和其他河南籍留日同盟會員創辦了《河南》雜誌，並擔任總經理。

《對於要求開設國會者之感喟》連載於《河南》雜誌第四、第五期，揭露了清政府君主立憲的陰謀，主張以暴力革命推翻淪爲列強侵華工具的清朝政府，建立「民權立憲」的「平民的政府」。文章長達三萬字，包括「感喟之總意／要求之性質、國會之性質、開設之性質和感喟之結束」五部分內容。

在綜述部分，作者提出平民救國，倡導平民樹立自我意識和責任意識。清朝末期，我國處於內憂外患之際，平民生活在無底線的壓制和異族的蹂躪下。封建君主和貴族，爲專橫維護安享的生活，置內政外交於不顧。由於缺乏文化知識和自我意識，平民居於被動之列。這更使政府無所畏懼，改革之期一拖再拖，從而更加專橫、貪婪地壓制平民，民權得不到伸張，平民的處境處於惡性循環之中。作者指出，昏庸的統治者與平民利害相反，平民抱著僥倖心理依賴政府，是受其歡迎的。爲了擺脫被壓迫的處境，他爲民眾自立大聲疾呼，指出政府不但不能救國，還限制平民的救國，民眾應爭取到並擔負起推翻封建反動政權、建設民主國家的權利和責任。因此，平民應該放下對政府的依賴和信任，振奮起來，樹立自立、自強心態，實現政治改革，爲中國前途帶來一線光明。

爲明確自己的觀點，作者評述了兩派反對開國會者的觀點。作者認爲，主張專制政體的「不透悉事勢者」，是一種維護專制統治階級利益的自私言論。在當時的中國，政府極欲保全其特權。政府聽聞國會政治的益處，又見各國因此走向富強，便敷衍著遵從開國會的主張。由於其對代議制政體認識並不深刻，開國會的舉措又是猶豫而充滿疑慮的，只得以時機尚早爲理由延緩國會的開設。作者認爲「未知時機者」主張的無政府主義，能夠建立起充分保護平民的國家，可在未來中國推行。

作者倡導建立平民的國家。他認爲，國家之所以存在，是因爲其能保全平民，而平民之所以生活，是因爲其能保全國家，平民與國家互爲因果。國家存在的目的，是維持增進平民的幸福。因此，保國要以維護全體平民的幸福爲宗旨，平民可以爲保全國家而有所犧牲，但不能舉平民之全體爲國家犧牲，以鞏固封建君主、官吏的權勢。他所倡導的國家主義，不是保護君主和官吏，而是保護平民。平民立於國家之下，不是奴隸，人人皆有平等的權利。作者提出平民主義，主張法律面前人人平等，平民對於國家事務擁有知曉權，並有權爲自己申請權利。平民主義的實現，在一定程度上是對不振作的人的激勵，能夠密切國家與平民相互依存的關係。

對於當前的發展方向，作者指出若想振興國家，促進自我意識的發展，必先推翻清政府。在政府中，無論滿漢官員，多數都在作威作福，爲維護其階級利益禍害國家和人民，應當加以推翻和驅逐。作者提出有條件的排滿，驅逐滿人官吏，滿人的平民可以不受排除，同時，助紂爲虐的漢人也是被排除的對象。國家危亡，並不在於君主屬於哪個民族，而在於其是否保護民眾利益。

作者提出未來政體的發展規劃。建設民權立憲的國家，一切平民處於國家最高機關的地位。除精神失常、兒童或女子及其他原因失去資格的一切平民，能夠通過代議會行使政治權力。由此可見，作者所指的「一切平民」，並非人人平等，也是帶有一定的階級性的。

作者主張平民的力量有限，集合多數人的力量組成革命軍進行暴力革命。他認爲暗殺團體的暗殺活動能夠打擊封建統治者，能獲得一時的安定。他雖然對將殺手稱之爲愛國志士，充滿崇敬之情，但由於仁人愛物和暗殺活動損人、損己的後果，並不贊成通過暗殺完成革命。

作者倡導建立「有人格的國會」，去君權，嚴格限制君主和貴族的權利，使其擁有獨立的財政監督權和預算權。同時，建立「人民的國會」，進行一定的經濟限制，防止階級膨脹破壞民權。

張鍾瑞批判反動的專制政府，深刻揭露封建統治者的立憲騙局。對處於封建暴政和異族鐵蹄雙重壓迫下的同胞寄予了無限的同情，對利用請願書謀求功名的投機者進行無情的諷刺。他號召廣大民眾摒棄對封建政府的僥倖依賴，發揚自立精神，運用「天賦之權利」，通過暴力革命的手段，推翻清政府，建立自己當家做主的平民之國家。作者行文流暢，文筆辛辣，充滿革命的熱情和社會規劃意識，在一定程度上宣揚了反對專制、救國救民的思想。受政論文時代的影響，文章篇幅長，晦澀難懂，忽略了當時大眾的文化知識水平，受眾範圍較小。

作者爲河南大學新聞與傳播學院 2015 屆碩士研究生

勸告亟行地方自治理由書

鴻　飛

完成新軍，期以三載，整理財政，術亦多方，實力進行，皇皇焉思突立於東亞者，非今日國家對於列強之兵戰、商戰耶？要求國會，鬨於朝野，預備立憲，見於詔疏，各持意見，靡靡焉猶競爭於朝堂者，非今日政府對於內治之革政振新耶？建設學校，提勵人智，擴張實業，鞏固民力，竭盡心思，孜孜焉以倡導於各地者，非今日志士對於地方之補本培元耶？綜是以觀，似亦可謂綽有條理矣。然以吾觀之，則猶以為未也。何則？國家之競爭，非不在新軍、財政也？內治之改革，非不在立憲國會也？地方之振興非不在教育實業也？然欲達此諸種之根本的進行，則實非地方自治莫為功也。茲為略述其大凡，以為我同胞抉擇焉。

夫今日之世界，誠國際競爭最激烈之秋也。然夷考其所以致此之由，則實因國民興亡之關係，而非因國家興亡之關係也。何則物競天擇優勝劣敗，達氏之言已成公例，不待言矣。因是之古人思圖存，不得不思，所以自衛，以蘄免於淘汰之列。而武力之一途，則為惟一無二之保障。故兵戰為先，至於兵事或有難於進行之時，而商戰復因之以繼行其後。蓋人口增加，食物減少，而國內之生產既不足以供其取求，勢不能不求之他國以為助。而此國之人民，苟不足以為抵禦，則其害亦興敗於兵者，無以異同為死亡流離而後已。故其競爭乃因國民之生存競爭，非為國家興亡之競爭。然又必言國際競爭，而不言國民競爭者，則以國民之為言，乃以個人為單位。其數至狹，而國家之為用，乃以全體為集合，其效至廣。苟徒持個人之力，以與彼國之人民抗，使彼國之人民亦以個人之力為抵抗，其為優劣，已無可言。然今日之勢，其最大之進行，恒籍團體之力以為擴張，設不以最大團體之力為對抗，則其亡也，亦可立而決。故國家之爲用，乃國民集多數以抵抗他國之護符。國家之興亡，即國民之興亡，不能驟分不可獨立。其爲用蓋有如此其切者，然有進言者，國家之興亡，非國家之自身司之實。國民之身出而運行之，國家不過擁表面之形式，而國民則負全體之實質。國家之興也，亦只爲徽章之榮譽。而運用其機關，實受其福利者，厥爲國民。國家之亡也，亦僅屬名詞之墮散而淪亡，其主權直被其慘毒者，亦爲國民。**故國民不能自立，即國家不能自立！則今日之對於國際的競爭，其惟求國民自立之一道而已**。例如兵戰也。訓練軍備，固國家之任務。然使民氣不張，仍以疲痺爲習慣，無論教授之方法未遽精，即令善焉，其能趨此不愛國、愛種者，以從事於疆埸耶？又如商戰也。國家經營自當有限，苟人民之知識不能達經濟之進行，縱各國不攘奪其利權，且將拋棄之而遺大患。況今日點滴之利益，皆不能退讓，尙何能使國民放棄而略無所顧惜耶。**則欲求兵戰、商戰以爲國際的競爭者，其惟亟行地方自治，以鼓勵其自立之國民斯可耳**。雖然，國家之力，亦不能鼓勵而及於國民，然其效至緩。且中國地域之廣大，爲環球各國所稀有。而國家之實力，亦未必遽至周到而無遺。兼以地方官吏之腐敗，復不能達國家之用意，而騷擾以侵民者且蹤相接。或間有能實體國家之意，亦不知於何年何月。而始爲次第以進行，是其遷延時日，誠恐有吾民亡不及待之勢矣。夫印度、緬甸、安南、朝鮮之亡也，固已於政府之放棄也，然實則國民之不能自立，故終不能以圖恢復也。使其國民精神稍振，則東亞之舊幫，又誰敢而悔之者。法蘭西累經大亂，而各國會不敢分其地。豈國家之力使然，抑亦人民有自立之精神耳。我同胞於此，盍亦知所自勉矣。凡此者，乃吾對於國際的競爭而不能不亟行地方自治也。

今者內政之改革，競言立憲矣，競言國會矣。然國會與立憲，苟能完全施行其一端，則其精神固無以異矣。蓋有主權之國會，即無實質之憲法（不成文的憲法），而國會亦能操縱之；或有美滿之憲法，而國會之特權，亦能保護之。故二者之名雖分，其效果則同。雙方並得，固吾人之希望，或僅得其一焉。若能實行保障我國民之幸福，抑吾人之所最禱祝者，今且無論政府不能予我也。（吾之意見，以爲現今政府之所謂立憲、所謂國會，其發表時必有不滿吾國民之意者，茲因無關於本論故置不言。）即令予我以完全之憲法國會，則欲運用此憲章及國會者，我國民當直接任其責，而此素未諳習之事，故其又將何以處此也。夫憲法之所以爲吾人之稱道者，以其能使人民參與政治也。然徒有其法，而我民復不能以運用之，則亦何貴而有此法也。今即究國會而論，彈劾政府，乃其特權。然必其質問洞中癥結，則其言論乃爲有效。若無辨別政治得失之能力，所爭論者皆微物細故。或爲其正當之行爲，而妄爲責備，而於其干法越權，及其他失敗之政策，反熟視而無睹。則政府之視議會，一若略無價値，輕蔑之心，勢所必至。而此議員之心意，又不能自悔己身之無識，復狂呼之而無忌，解散之途，自不能免。一度如此，再度如此，雖有良憲法，亦不能爲此輩之保障矣。至若法律案也，議員知識，苟屬幼稚。則政府所提出者，盲從焉，而不能贊一詞。或政府所提出極良之法案，不能知其精神之所在，而慢爲反對；或其自爲提出者，乃無謂而不可行，且自議決之。是議會乃爲亂國之媒，而亦何必增此禍端也！餘如預算案也。政府常思增加，國民常欲節減。自非碻知政治之大勢、社會生計之實質，亦必慢爲承諾，慢爲反對，皆於國家有極大之影響。其他若議員自治，亦爲必需。挾刀橫行，以肆已見，甚或出諸院內，而議長不能爲之彈壓捕逮之罰，亦所難免。而議員之聲名且狼藉矣。凡此所言，尤對於被選舉人而言也。至若選舉人，亦非可略無程度也。即如選舉權者，固含有義務性質之權利也，不可放棄，方爲合法。而在無識之民，每拋棄之而不過問。或其選舉者，又出於受賄賂被威逼，不能爲本意之投票。加以選舉之區競爭時有，在程度幼稚之國，常至出武力以擾亂秩序。或其所選舉之人，乃以私人之利害爲要挾，不知代表國民之公意。偶一不得相怨相仇，莫之或己。諸如此類，不可勝書。**總之，非先行地方自治養之於前，則欲國民之能運用憲法國會，乃爲萬不可得之勢。**誠以學古入官，古有明訓；事經越歷，方有指歸。縱屬至細至微之事，亦必習之有素，持之有方，而後不至於臨事以失常。況此立憲國會之最大要政，乃爲我中國數千年來所未聞。即今實行地方自治以爲啓提，竊恐於數年之間，而人民知識之澀鈍者，或恐所未及。況其漠不關心，而徒昌言立憲國會之名義。設一旦實行之期至，則試問猶有將何以處此立憲國會也。凡此者，乃吾對國內的改良而不能不亟行地方自治者也。

且吾聞之，人類之狀態，其所以異於諸動物者，以日日增長其進化也。今日者因世界之交通，種族之糅雜，而進行之方法，尤爲前此所未有。然人智愈開，文運愈隆，而政務日趨於紛繁，亦爲勢所必然之事。倘使一國之內，僻壤窮鄉，悉置百官政廳以爲統率，無論不堪其繁，亦且有爲不能之勢。蓋人民之智識既開，則悉有自爲處理之能力，因非若野蠻人類之絕無意識者可比。故國家之下，必分幾分之政務，委於地方以自理，而後人民之進化速，國家之根本亦鞏固矣。若夫事無大小，盡受中央政府之裁決，匪特無益，且又害之也。何則？全國面積之大，匪可以一二地概其。大凡土地山川之情況不同，人情風俗之好尚各異，苟從劃一之規定，乃爲勢所不能。或政府欲強之使行，其進步之遲鈍，固不待言。而騷擾之點，亦爲確不能免之事，例如教育也。國家之力，僅能於一縣中，強使設小學一所，其他雖或有間設者，亦爲例外之政。而司其事者，亦端賴其鄉人之經營。勿論事經官辦，恒多敷衍具文。即使其善良焉，而吾國每縣之大，率數百里，教育普及，洵非一學堂之所能奏效。則其他據城較遠之人民，其將置之於不顧乎？又如經濟也。吾國之生產，以個人之力，亦營口謀之而無所不至。然所以遲遲而不發達者，則以無各種之組合故也。國家雖能定爲條規，設爲獎勵，而強之使行，亦爲勢所難行之事。況某地適宜何種之辦法，國家亦無從周知。下此若農業、工業、商業等等改良之舉動，皆必賴人民之自爲進行。若全依賴於國家之處理，則又萬萬不能之事。變詞言之，**即地方之利益，非政府之能力所能予之，乃地方人民自動營謀之。然其營謀以達此利益之方法，雖其條理尚多，而先設自治機關，猶吾之所以爲第一著也**。蓋凡事之成立，必先有公共之機關以爲嚮導。然其公共機關，又必出於人民公意之接合，而後無隔閡之虞，而後有信用之效。不然前此之府廳州縣，固儼然一公共之機關也。而所行之政，乃多不與地方以實益。且因以貽地方莫大憂患者，則以獨斷獨行，非吾民之公意，認爲必要者也。今若行地方自治，則凡在地內之人民，自非無人格之人，皆有參與地方之權利。何利可興，何弊宜除，既由全體之議決，必爲其事之確有實利。且已經眾人之承諾，其進行之時，亦必無阻撓前途之慮。兼以籌款之方，亦易爲力益。人民既信任此團體之爲公益捐，輸之費，且將日多。況地方所行之政，如學校、道路、衛生、水道等，皆於其身實受其利益，而謂籌款一節，眾人有不踴躍從公者，吾竊有所未信也。因是以觀，地方自治，自易成立，則行之數年。吾知各種學校，林立地內；各方實業，均撚發皇，則國民能力，且將與各國爭長。而所謂局局一國、區區一鄉，以與彼輩競先後者，此又猶其小焉者也。故吾黨爲之言曰：**今日中國何地方先行自治，則他日人民之精神能力、經濟能力，即較各地爲遠過。至若地方自治，行之最後者，當亦與此成一反比律**。此理勢之必然，而不待予爲之附會其說者。凡此者，乃吾對於地方振興而不能不亟行地方自治者也。

上來所述，已可知地方自治之爲必要矣。惟是我國今日，黨派之爭，恒持意見。或主激烈，或持和平，或守中立，彼是此非，互相辦難。雖歸結之點，悉以國家公益爲前提。然組織一事，不問其良焉與否，惟因黨派而生激劇之衝突。甲黨舉辦，則乙黨起而反對之；乙黨主持，則丙黨出而阻撓之。而公益所存，乃反因此而爲障礙。雖吾人素志，亦於三黨中而自有所持。調和之點，且黨碻信其未有。然今日對於地方自治之事，亦不妨平其心、靜其氣，**大聲爲我同胞告曰：苟能亟行地方自治者，勿論何黨主持，何黨舉辦，皆當贊成**。不必因其爲與我異其黨見者，**起而反對，出而阻撓，蓋此事匪爲何黨一部之利益，乃各黨均分之利益。若猶持一派之意見，則是不知自利之人，吾亦無說以處此也**。特吾爲此說，吾實非作鄉愿語也。誠以激烈派之意見，原欲急劇而掃清政府，以重建最良之國家。然使人民之程度，猶是現今之低下。則破壞以後，竊恐難達圓滿共和之目的。國民自治者，乃預備建設共和政治材料也。至於和平派之宗旨，亦不過欲逐暫改革，以達於最善之境。然今日政府腐敗，已無可言。扶之於東，則倒之於西；得之於左，則失之於右。百孔千瘡，幾岌岌不可以終日。是法依賴於政府之進行，而置國民於無責任之地位，吾恐政府之不能振興，我民將亦隨之俱盡矣。夫中立派之趨向，惟以有益於前途爲方法，激烈和平皆應時以爲運用。然其視政府爲變幻，亦非爲其計之所得。故於三派之中，苟稍知事勢之所歸，則欲達其美滿之目的者，實捨地方自治，更無法以如將來之希望也。然吾猶有進言者，**其爲國家謀公益，而以政黨自命者，固當以亟行地方自治爲至計**。然等而下之，**即僅爲個人營私利者，亦當以亟行地方自治爲得策也**。誠以地方自治不成立，則教育實業，自難期以發達之境。而良師益友，縱爲其地所產出，亦因本地之不能駐留，復相率而他去。則子弟之欲求學，無少、無長皆必赴他處以教授，而己身因之而蒙損害者，亦爲通常必有之情。況乎現今地方之經濟，生產之數，日難供給。逞個人之能力，勞碌終歲，已駸駸有不能支持之觀。則愈去愈危，又不知若何底止？苟地方自治不亟爲施設，而生產之額，又無法而使增加。數年以後，惟有流爲餓莩之一法而已。因是而言，是地方自治，不徒言國家主義者有利益，即言個人主義者，亦有利益也。彼不知其義者，而惟施其無意識之反對焉。則觀此中之實質，當亦廢然返矣。

雖然，地方自治之有利益，如上所陳，亦可不贅言矣。獨是地方自治之四字，其淵源之所在，吾國乃襲之日本，而日本則從西文譯出。固非我國之固有之名詞，亦非日本固有之名詞也。在我國驟聞此義，固甚漠忽而無主。然日本於此學說，已自多端。且更求之西洋之意義，其歸宗亦未有一定也。吾嘗遍觀東西之各種國法學、政治學等書，其於地方自治之定義，爭論不一。甲是乙非，各肆己說；孰勝孰負，殆無定論。吾人爲實益起見，固不必旁徵學說，滋生疑竇。然欲釋公眾之惑，以擇所效法者，亦不可不紹介其意之大略焉。茲先舉各國事實之不同，致生學說之有異，末復伸明吾人之意見，以決定吾人仿傚之歸宗。雖其間與他人之說，多所不合，然要之爲對於中國現時之情形而言，縱有越軌之論，亦不過欲喚我同胞自立之精神。故於法理之稍有牴觸者，亦未皇多顧也。考西洋自治之原語，約有二種，（一）英文謂之Self-government，直譯之，則自爲政治之意也。蓋政治云者，凡國家統制之三作用：所謂立法、司法、行政，皆包含之。故英人用此意之於地方自治者，實有自爲一小國家之狀態也。今觀英國之自治制，其行政立法，自爲施行固不待言。即司法制度，如陪審也，乃選任人民爲名譽職，以決刑事被告人之有罪無罪。又如商事裁判，亦以商人爲名譽職，而使其陪席，凡其所定，皆莫不基於自治之觀念。故其自治體之決議，而官吏有不能不執行之義務，亦如其國會之決議，而君主有不能不執行之義務也。是英國之事實，乃全基於人民之自爲，除破壞國家治安外，官吏即不得而干涉之也。（二）曰德文Selbstverwaltung，直譯之，則自爲行政之意。蓋除立法、司法外，以行國家之事務者也，故其自治制。專爲行政，而不涉及於百般之事項。如其立法也，地方議會之議決按能行與否，皆聽官吏之制裁。而裁判之權，且爲人民之所萬不能干預。是德國之事實，乃爲國家分任機關，不過使人民略助辦理，非能使人民得自由行動也。綜觀兩者，各自不同，英則注重人民，德則注重政府。英宗於下，德緊於上；英故豔稱地方分權，德乃喜言中央集權。而學者所研究，乃亦遂因此爲分歧之點。若搿那斯得，得之大儒也。乃以自治者，須以法律定之決，非從習慣而成。並舉英之治安裁判，由國王欽命爲證。波倫哈克等承其流，乃竟以人民絕無權利之可言矣。是其爲說，原依德國之事實，其弊則過於服從。至於英儒樂士爾，則謂地方自治，宜以社會獨立爲本，必脫離政府警察權之干涉。而近世英國之學者，皆以此爲宗向，是其爲論。原本英國之事實，其弊又似流於放任。總之，兩說固皆自有所持，而一偏之誚，究難免也。惟是調和之說，層出遞起，或取英德之長，或抉英德之弊，持論不一。各非無見，究之中心之點，自難確言。不偏於上，則反於下；不戾於民，則背於官，公理難求，固如是矣。然吾聞之美洲制度，取法乎英。而地方自治，乃竟有一日千里之勢。大陸及日本制度，取法乎德。而地方自治，乃反有進行遲鈍之虞。是其學說，不必言，而其事實之得失，又可恍然矣。因是推之，則吾人今日之言地方自治，**當仿傚乎英美，不當模擬乎德意志及大陸日本諸國**。誠以學說之高尚，原無關乎事實之進行。吾人今日所持之論，惟以實利爲準則，固不論乎學說之偏畸。況英人之議論，又確能有完滿之理由，雖反對有詞，亦可置諸弗議、弗論之列也。加以實行地方自治，復有自動、被動之區別，其自動者莫如英美。當國家政治棼亂之時，種種之設施，皆未就緒。而其人民之於地方自治，已確有完全之精神。故一切組織，純爲人民之自定，而非依官府之勢力以成之。若夫德意志及大陸日本諸國，雖其先亦未嘗略無根基，然其組織完全，則全屬於政府發布地方自治之法規以後。是彼各國，乃官辦之地方自治，而人民之行爲，悉出於被動也。可知，今吾人欲亟行地方自治，準之各國情形，則惟能自動而不能被動。何則我國內治腐亂已極，其中央之爭論者，惟競之於憲法之一途。而地方自治之法規，尚未議及於發布。然今日時事之艱險，地方自治，又不可暫緩以須臾。則其組織以成立者，自爲自動的，而非被動的。然所謂自動的者，亦非謂與政府爲對敵，不過自謀利益，而脫卻其依賴政府之意。故政府於此，亦必不施以干涉。如吾政府，固欲假立憲之名行中央集權之實矣。既有其名，勢必粉飾其名，以行之故憲章未布，而自治之詔已見，特黨見分歧未。克急定法規以謀統一，勢不能不以此權擲之於人民。自爲經理，自爲抉擇，則吾人於此更當刷勵其精神，以圖進行。雖有政府之限制，且將猛進而取奪之。況爲政府所特別以予我者，則我輩又何可放棄之而不顧耶？且吾又審諸世界之大勢矣：地方自治就其目的言之，屬於自動者，其他日之幸福必多；屬於被動者，其他日之幸福必少。就其手段言之，屬於自動者，則前途之用力爲易；屬於被動者，則前途之用力爲難。何則？凡事之經民間自辦者，其布畫設施，恒出於人民之公意。則強制執行之行爲，自所稀見。若有官吏廁於其間，則事事遷掣，彼有意見。且厲行之而不顧眾怨，是其幸福之點，用力之間，皆因此爲斷絕。人非至愚，孰肯捨多取寡，去易就難。**則乘今日時機，亟行人民之自動的地方自治，而勿待他日成政府強迫之被動的地方自治者**，斯爲得也。此固吾主張仿傚英美地方自治之理由，然亦即爲亟行地方自治之惟一理由也。

獨是地方自治之名詞，我國書傳不經見。雖爲現世一般報紙所稱道，而其實體究未明言。則吾人之欲我同胞以亟行者，保無有鄉先輩聞而駭異，以為吾人徒慕西法，而不自知改良其固有之政也。於此問題，亦為我輩不可不研究者。蓋中國之物質文明，自當純效西人，固有之說，可不持也。若夫學術政治只須採用之，亦為平情之論。則今日吾人之對於地方，屬於政治方面，亦宜因其固有者，而發皇之，又何必兢兢焉而行。此地方自治之名目者，不知地方自治之內容求之中土，莫如保甲之法為差近。則辦地方自治，即名曰辦保甲，似乎可也。然其實究不能也，何也？地方自治，可以羅網乎保甲而保甲，不足以包孕乎。地方自治故也。（按：唐六典及文獻通考，以諸戶百戶為里，五里為鄉，四家為鄰，三家為保。每里設里正一人，按比戶口課植農桑，檢查非違，催納賦役，而以在邑居者為坊。坊有正在田野者為村，村有長，是其組，組及所辦之事，與近世東西之地方自治頗為相類。又明洪武二十七年，擇民間之年高公平而能任事者，令掌其鄉之詞訟。凡戶婚、田土、鬥毆等事件，許其會同里胥決之。不經其審判而出訴於州縣，以越訴論罰。則又各國地方自治，以無裁判權為原則者，我國且有之，是保甲亦可括地方自治矣。然皆為歷史上陳蹟，且為偶然之事，非能繼續於現在者，又其中欠解之點甚多，茲姑不贅。）

夫近世國家之所謂地方自治者，謂其團體為國法所認為有固有之生存目的，而處理其公共事務者也。非謂國家為補行政機關之不備，而令人民編成之為某制度也。若保甲者，乃為國家之達其自己之生存目的，此國法上不認其團體有固有之生存目的也。故保甲之制度，非眞實地方自治之制度。今觀其職，各地雖不一，而規定於國法者，則有警察、戶籍、稅收之三種。然自丁口稅並於地稅以來，編查戶籍，亦已廢弛。而徵收地稅，人多視為畏途。以致牌甲、保長，畏避承允。沿至嘉慶十九年，乃更有解除催徵錢糧之制。故嘉慶會典，惟有稽察犯令作匿者而報之之明文，是保甲之職務，又不過警察之一事耳。然其所謂警察，又非地方警察，僅受地方團體之支配，而其事權所歸，皆直接隸屬於國家機關之下。絲毫之意思，人民亦不能行使，是不過國家之附屬機關，而非國家內之獨立機關也。若夫現今之地方自治，則為國家內之團體，得以自己獨立之意思，處理公共之事務。若團體之意思，不能獨立，專由國家之指揮命令，以處理其事務時，即非地方自治。故所謂公共事務者，範圍極廣。如（一）發布條例（二）歲出入之預算決算（三）地方稅徵收方法及種類（四）公款之處分（五）營造物之管理（如建設各種學校、病院、博覽會、圖書館、博物館、公園、道路、堤防、水道等，皆在其內）等，皆得完全行使其意力，並非若昔之保甲，事事皆受官吏之命令。則其事權之大小，誠有至不相同者。惟是保甲之效用，有時亦自由行使其意力，而不受官吏之干涉，其獨力之情狀，且較地方自治爲完全。然不過爲僅見之事，而非通常之事也。且我國政治、人民休寂，恒與官吏之利害，嘗成一反比律。而此保甲團體，其辦理條規，復未得調和之方法，則欲保甲之獨立，遂不免儼有一小國王之狀態。既與官吏有對待之形，而衝突之點，亦所時有。小之激爲上控，奔走京省而無休；大之釀起事端，養成草澤伏莽之禍。而人民之幸禍，卒無補於萬一。推其弊之所至，猶較腐敗保甲爲尤勝也。準是而言，保甲之獨立，嘗與官吏爲衝突。而地方自治之獨立，則無是弊。誠以地方自治，雖云獨立，然實存在於國家之下，非對於國家有絕對獨立之團體也。

本此意義，即不能不於國家一定範圍內，受監督之責任。然又不被其脅迫，而復得自行其意思者，則以有全體之機關，以爲之維持也。例如，今日之辦地方自治，自當以一縣爲單位，而代國家行監督之權者。自爲縣官，究現在之機便言之，自治機關若成立，則縣官當爲督率。然其威權，亦不能濫用。皆須由合縣之公會決之，全體謂可，則官亦可；全體謂否，則官亦否。除違反國家之安寧，受其監督外，餘皆與通常人民建言無以異。不過，以位望之榮譽予彼耳。其或有惡劣官吏，擅作威福，不顧人民之公意而自是，則全體自有機關，行之與否，彼不能強。或更威逼，則以全體名義，上訴政府，而公意所在，政府亦不能護彼。是彼之官位且不保，或更欲尋仇執復於一二人。然此爲全體組織，則凡一邑人民，皆其對敵。執一不能，執多不可，若律以前此修怨於一二鄉紳之法，其勢蓋有不能者矣。蓋前此保甲之組織，僅有一團長當官吏之鋒，其禍福悉彼一人攖其責，而其附屬以和之者，又無一定之限制。故圖體恒易渙散其得利也，或能及於各個人之間。而受害之時，則惟茲一人負莫大之荼毒。道德之士，乃歎人心之不可恃，遂決然而不言鄉里之憂患；武斷之夫，更承其乏，以橫行於鄉閭而無忌。不惟不造人民之福，以與官吏爲爭攘。且利用官吏之威權，以遂其強梁之行爲，其弊亂之所極，乃愈增人民之痛苦。而保甲之制，亦遂成一最敗之惡法。故現今各地，或大紳有言整頓保甲者，而各鄉人民，咸皆觀望而不附其流。蓋已知其決對無益於各個人，惟能助長官吏之兇橫以凌制乎眾人也。至於地方自治，則有利於各個人，自不待言。即引而伸之，對於地方官吏，亦甚有利益也。何則？今日之地方官吏，凡屬於所定管理土地之下者，皆須其獨行經理。而事務之紛繁，且難治於已發現之事件。若未來之政治，雖有心焉，亦莫能分力以治及。其爲私囊不顧公益者不必言，苟稍存天理者，未有不引爲自咎者。今地方能組織機關、代理執行，則公共之幸福自得。而地方官且不勞而理，是不徒人民之大幸、亦地方官之大幸也。要之，保甲之制辦理而善，亦有弊端辦理不善，其害更不可言。故今日之言地方自治，即不可仍用保甲之制。必須確定其組織完全獨立，以自由行使其意思，爲人民謀至大之幸福。不責成於個人，須大衆以公任；不與地方官爲反對，亦不受地方官之脅迫；惟以我公共之團體，行我公共之利益，如是方謂地方自治。若夫敷衍其名，猶仍前此保甲之舊制，重標一名曰地方自治，是無異現今政府以資政院爲議會之根基、各省地方以書院爲學堂之變相。只須懸一招牌，亦不問內容之所在。且自矜爲能辦新政，本此主義，以應用於地方自治之上，則吾固主張亟行者。然若果如此，吾今可取消前說，願大衆勿言地方自治，仍言保甲可也。夫吾國之改革政治，言之者已數十年於茲矣。今日注重乎此，明日注重乎彼。其名目規定，皆仿法乎東西，而其中實所存，只循數百年之舊法而不異。勿怪乎朝野紛紜而終無一事，可謂告厥成功也。嗟乎！時至於今，世界之風雲亟矣，中國之危亡迫矣！人民之生命殆矣！不有良法，何圖將來；不先自興，奚問國是！今日已過，有待明日；今年已過，後待明年。遲之，又久而一事無成！或其自謂成者，又皆法鶩虛名，不崇實效，弊之所至，亦與不辦者者爲比率。吾恐亡國亡種之時，雖欲如此因循而不得，雖欲如此虛僞而不可也。有心世事者，尙其加意於斯哉！

地方自治爲根本的改革，近日各省實鮮注意。故此一篇專爲鼓吹亟行而發法理學說，亦鮮稱道至其組織方法，予擬著《地方自治辦法圖說》一篇，次第續出，以供採擇。凡我同胞其深注意。　著者誌

此文載第六期，作者張鍾端

地方自治，讓人民當家作主
——評《勸告亟行地方自治理由書》

王　爽

《勸告亟行地方自治理由書》一文，刊登在《河南》第六期的論著專欄，文章作者是《河南》雜誌的創辦人張鍾端先生。張鍾端，民主革命黨人。字毓厚，別號鳴飛，今河南許昌人。1905 年赴日留學，專供法政，不久後加入同盟會。1902 年，與劉積學等創辦《河南》雜誌。張善與曾這樣評價張鍾端：「殺身成仁，捨生取義。爲國捐軀，乃分內事。無虧厥躬，克成其志。日白天青，浩然正氣。」短短三十二字就概括了張鍾端壯烈的一生。

這篇《勸告亟行地方自治理由書》的寫作背景是革命人士要求開國會，進行預備立憲，傚仿日本、美國等國家，以圖振興國家，富強人民。然而各方意見不一，「見於詔疏，各持意見，靡靡焉」，各地也是「建設學校，提勵人智，擴張實業，鞏固民力，竭盡心思」，似乎這樣做是有條有理的，但在張鍾端看來，並非如此。作者認爲，當前國家競爭、內政改革和地方振興的重點不是新軍財政，不是立憲國會，也不是教育實業，而是要想解決根本問題，則地方自治是當務之急。

首先，張鍾端先生分析了當時中國以及世界的相關情形。國際競爭已經成爲當時整個世界的趨勢，而造成國際競爭日益激烈的原因，是國民興亡，而非國家興亡。在此，張鍾端爲當時革命人士和中國百姓糾正了「國際競爭在於國家興亡」這一偏頗的說法。文章解釋道，「故兵戰爲先，至於兵事或有難於進行之時，而商戰復因之以繼行其後。蓋人口增加，食物減少，而國內之生產既不足以供其取求，勢不能不求之他國以爲助。而此國之人民苟不足以爲抵禦，則其害亦與敗於兵者，無以異同，爲死亡流離而後已。故其競爭乃因國民之生存競爭，非爲國家興亡之競爭。」人民是國家的支柱，國民的精神能夠被喚醒，則東亞之邦不難屹立。正如法蘭西累經大亂，但是人民有自立的精神，因此各國會不敢分其地，卻不是因爲國家之力。於是，作者提出：「凡此者乃吾對於國際的競爭而不能不亟行地方自治也。」

既而，又講到了內政改革，要求國會立憲。政府對於議會的態度十分冷淡，認爲沒有價値，長此以往，勢必有輕蔑之心，而議員們也沒有自悔己身無識，解散也是有可能出現的結果。倘若再三出現這樣的狀況，即便是憲法再完美，也不能按照期望實行。政府提出的法案，但卻不知道其精神所在；議員雖在各自的職位上，卻聲名狼藉；無識之民，看似擁有選舉權，或是放棄選舉，或是不能出自本意投票。表面上國家擁有議會和議員，法案也似乎完備，但其實只是膚淺地傚仿，並沒有取得實際成果。作者對此也是噓唏不已，「凡此者，乃吾對國內的改良而不能不亟行地方自治者也。」

除了國際競爭和內政改革，張鍾端又分析了當時中國的地方建設，譬如：學校、衛生、道路等等。人之所以異於動物，且高於動物，就是因爲人類在不斷進化，「人智愈開，文運愈隆」，人民既然擁有了知識，處理事物的能力也需要具備，然而怎樣才能「自爲處理」呢？張鍾端先生提出：「故國家之下，必分幾分之政務，委於地方以自理，而後人民之進化速，國家之根本亦鞏固矣。」中國乃泱泱大國，土地廣袤，人口眾多，要想管理好這樣一個大國，其難度可想而知。與其國家管理、面面俱到，不如將政務分給地方自理，一來減少管理難度，二來可以根據實際情況酌情處理。正如文章所講到的：「若夫事無大小，盡受中央政府之裁決，匪特無益，且又害之也。何則？全國面積之大，匪可以一二地概其。大凡土地山川之情況不同，人情風俗之好尚各異，苟從劃一之規定，乃爲勢所不能。或政府欲強之使行，其進步之遲鈍，固不待言。而騷擾之點，亦爲碻不能免之事。」又舉例教育一事來佐證其觀點，有理有據，地方自治亟行勢在必得。「今日中國何地方先行自治，則他日人民之精神能力、經濟能力，即較各地爲遠過。至若地方自治，行之最後者，當亦與此成一反比律。此理勢之必然，而不待予爲之附會其說者。凡此者，乃吾對於地方振興而不能不亟行地方自治者也。」

作者三次說道：「凡此者，乃吾對於地方振興而不能不亟行地方自治者也。」可見，國家競爭、內政改革和教育實業這三大方面要想盡早實現，就必須亟行地方自治。

對於「地方自治」一詞的來源，一是英文的 Self-government，譯爲自爲治之意；二是德文的 Selbstverwaltung，譯爲則自爲行政之意。英國的地方自治，不如說是小國家情形下的自治；而德國的地方自治，人民是無權干預的。兩者不同，「英則注重人民，德則注重政府。英宗於下，德緊於上；英故豔稱地方分權，德乃喜言中央集權。」作者認爲，地方自治應該傚仿英美，而不是德意志或是日本。這樣一來，就明確了地方自治的方向，重心在於人民，而非政府。這一點十分重要，關乎地方自治在中國的性質和進行。「地方自治就其目的言之，屬於自動者，其他日之幸福必多；屬於被動者，其他日之幸福必少。就其手段言之，屬於自動者，則前途之用力爲易；屬於被動者，則前途之用力爲難。」張鍾端先生在分析出適合中國地方自治的類型後，說道：「乘今日時機亟行人民之自動的地方自治，而勿待他日成政府強迫之被動的地方自治者。」這句話可以看做整篇文章的中心，也是作者論說的要點，更是作者提倡傚仿英美地方自治的理由和亟行地方自治的惟一理由。

《勸告亟行地方自治理由書》一文，通過分析當時中國的國家競爭、內政改革和教育實業等方面的實際狀況，指出解決國家問題之根本，必須亟行地方自治。從地方自治的淵源上，對地方自治的性質和類型做了比較和分析，認爲適合中國的地方自治應該是注重人民，而不是政府說了算的地方自治。張鍾端先生作爲一位革命進步人士，認識到了中國發展遲緩的原因，並根據中國的實際情況提出了解決方案，爲地方自治做了導航。

作者爲河南大學新聞與傳播學院 2015 屆碩士生

二十世紀之黃河

悲　谷

黃河，中國腹心之患，自古云然。故其勢如急風驟雨，一經沖決，泛溢肆虐。智者失其謀，勇者失其力。即平時無事，而河防修葺，增卑培薄。一入伏秋，而創險之處，年有所聞。耗費不資絕未有持久之計，以爲黃河流域福。故說者謂治河無一勞永逸之功，惟有補偏救弊之策。不可有喜新炫奇之謀，惟當收安長處順之休。循兩河之故智，守先哲之成規，便是行所無事，捨此他圖所謂惡其鑿矣。噫！豈果其然乎？抑腐儒拙守之見，不知變通者也！世界文明日進，天下無不可去之害，況山川水土。萬國公認爲天地自然之利，獨黃河。一任其爲患，豈非大憾事！不才生於河濱，長於河濱，黃河之利弊頗聞一二，將博徵古今來治河得失，採訪東西洋治河新法，以除千古害，與萬世利。將興航運、開輪駛爲中國父老便；將用水力機械興製造、建工場使黃河兩岸爲工業會歸之區；將藉水力摩擦電氣使電車、電信、電話、電燈等四通八達遍國中。夫航運通，則潼洛鐵路、開濟鐵路可勿修，水力借則嵩嶽、太行、泰岱煤礦可從緩。此說也，非徒託諸空談，而實有其理，非妄也。今人不爲，後人必爲之。吾人不爲，外人必爲之。何必將此大功大利推於後人、讓於外人也？請臚陳管見。

一、交通上之黃河

太平洋海航交通，而日本海、朝鮮海、黃海、渤海汽船縱橫往來如絲網。如大連、旅順、營口、大沽、芝罘、長江、香港、汕頭皆各國大輪輻輳之區，就表面觀之，商業之發達、文明之壯觀。在中國，固屬交通會流之地，然此皆沿海邊陲，而內地大陸受其影響實鮮。雖鐵路貫輸南北，僅河南、直隸而已，而山東、山西、陝西、甘肅受其影響實鮮。如長江通而江蘇、浙江、江西、安徽、兩湖、四川便，閩江通而福建便，珠江通而兩廣便，白河通而天津、北京便，黑龍江、鴨綠江通而滿洲便。唯青、豫、晉、秦、隴爲中國之腹心，臨一黃河未能得其利，反任其蹂躪，爲千古莫禦之患。譬如人之畏虎勢使然也，設虎一入我檻穽則必搖尾乞憐於我矣。又如強漢懼婦，養使然也。設男兒剛德自振打破牢籠之網，婦亦何敢侮夫。而人之畏河不治，非畏虎之比，實懼婦之比。非勢使然，乃養使然。何則我之勢終不敵彼之勢，曰勢使然。我之勢本大於彼之勢，而反居彼勢下，曰養使然。養使然者使我勢張則彼勢殺，鐵橋其一徵也。數千年來，治河者不思遠謀，圖邀近功，致使其威頻逞，一沖莫遏，黃河永遠之害，遂定爲鐵案。故一言治河興利，莫不嗤之以鼻，此失於不知河之虛實；有慮夫費鉅功大，此失於不知河之交通之要。黃河通航，內而五省血脈流通，外而六州文明輸入，使支那半部機關靈活，在此一舉。否則長江以北如病廢，猶人痹痿不仁、指臂不顧，遑言振興以禦強敵。吾曰：「欲中國不亡，亦不得少此一舉。」

二、通商貿易上之黃河

沿邊各大商埠，貿易日盛，聲勢日隆。然據每年調查表，則出口貨實不及進口貨之多。試觀各處大商店、大洋行盡皆洋貨，而中國出品物陳列於外國者實不多見。如綢鞋、古瓷器、雕刻等類間有長於洋貨，然實未能暢行於外洋，不過作爲備觀而已。惟絲、茶、棉、米、羊毛、牛皮等類出口最多，因外洋人眾土寡出產不附用，此等物較外國實價低不下十倍。而人買此作爲物品原質，稍加製造則種種用品通行外洋，如皮靴及毛絲織物等，蓋彼一則獲利，二則便民。此汽船之所以四運不絕也，中國因而物價稍漲固頗受其影響。

出進口諸貨價值表

	洋貨進口價值（兩）	土貨出口價值（兩）
光緒 26 年	211070422	158996752
光緒 27 年	268302905	169656757
光緒 28 年	315363905	214181584
光緒 29 年	326739133	242152467
光緒 30 年	357444663	239486683
光緒 31 年	402199592	289582212

其影響於此，又有二故：一是土產之不研究，致人、物、土皆曠廢；二是搬運不靈，腳料又加數倍。雖京漢鐵路通，而運料未見大減，使黃河一治則直接通運。中國地大物博，土特產出口雖不多，本無足慮，況獲利又厚，以有易無何施不可。人民趨利或藉此而生勤，物更倍出，久之或研究製造之法，不期而漸自進步矣。而陝山富商大賈、中原陶晏鉅手，從此露首面於各國、稱手段於環球，中國國旗飛揚海上、遍及外洋，在此一舉，也亦未可知。

三、經濟上之黃河

中國國帑空乏則惟知剝民。滿清入關以後，賦稅已達極點，又虛為飾詞以博民惠，曰後世如再加賦，非吾子孫也。抑知不加賦之加賦，更有重於加賦者。如正賦以外民間每年支軍、支馬、支軍需、支學務差、支流行差，更有奸吏惡役費，一徵十，種種名目以騷擾鄉里。或按地畝均攤或按戶口照算，雜徭幾適正賦，且有適正賦數倍之時。至近外交屢敗，用度更形不支。乃有良臣為之謀：不加賦而加稅。故自大而鹽商礦產，小而柴草斗糧，凡一買一賣，莫不有稅。一加再加至無可加，猶不足也。又有良臣為之謀：迫捐。視縣之肥瘦，則每縣能鬻若干份，一委之知縣，知縣委之村長、裏正，而迫鬻於民間。嗟！不知為民開生財之路，但知剝民以拆東補西，此國之所由弱也。各國之賦稅，則因利面抽非硬加也，如鐵路、輪船等類，則人須納通行稅。然乘車、坐船納之於定價之中，買賣兩不以為苦。設黃河一通，則稅關必設出口稅也、進口稅也、通行稅也，反思以前每年所賠者而比例之，當為經濟上添一大段公案。況沿岸商業、工業發達更有無窮之利益，此較之於民間、商間小買小賣者，加稅為何如也。

四、軍事上之黃河

守穴待斃，軍家大忌。豫、晉、秦、隴四省不臨海，無論山河之險不足恃，即人眾財豐亦不足稱雄，若不急擴張軍務，是與守穴待斃無異。惟黃河通運，尚可望鋪海軍於東海與南閩、北燕相聯屬。一旦有事，則陸軍亦運輸靈捷，或不慮有鞭長莫及之患，且兩河士民招募徵調易於集合。夫然後如身之使臂，臂之使指也。否則釜中魚、岸上肉，而人之攫食於垂手之間耳！

五、過去之治河得失

黃河自禹功告成之後，迄元明，凡五大徙，而忽決忽塞者不與焉。蓋西北地高，東南地低，水之必就下者勢也。《史記·河渠書》謂：河所從來者高，水湍悍，難以行平地，乃北載之高地，斯言不亦鑿乎？禹之治水也，順水耳。故禹貢所載砥柱，孟津、洛汭皆在河南府。至大伾則在浚縣界北，洚過水又北播九河，同爲逆河入於海，此古黃河道也。禹能順其勢而導之就下，所以歷兩千年而無水患。至周定王五年，河徙自宿胥口而東北、合漳水至章武入於海，自此而黃河始多事矣。漢成帝時，馮逡奏言：下流土壤輕脆易傷，向所以無大害者，以屯氏河通兩川分流也。今屯氏河塞，必有潰決之患，宜濬屯氏河以分殺水力，議不行果決東郡金堤。按馮逡之言，固見於一時水勢大而未知河決之病源也。使其策果行，則水勢殺而沙愈停滯，是更速其決也。哀帝時，賈讓治河三策：上策則激而放之，使北入於海，此禹故智也。然防運河、害民生，壞城郭、廬墓。漢之時，非禹之時也，此不可行。中策謂據堅地，作石堤、開水門、穿溝渠，此與馮逡議同。不知河流日久則土愈鬆，愈鬆水愈濁，平時之水以斗計之，沙居其六，至伏秋則居其八。以二升之水載八升之沙，非急湍流急必難刷沙。故水分則流緩，流緩則沙停。任伯雨曰，河流混濁，泥沙相半，流行既久，迤邐淤澱，則久必決者，勢也。此中策更不可行。惟下策則繕堤勞費，而後世永遠行之，不知至今日而仍當有所變通矣。《元史》賈魯《至正河防記》，殆庶乎幾溯。夫治河有疏、有濬、有塞，三者異焉。釃河之流因而導之謂之疏，去河之淤因而深之謂之濬，抑河之暴因而扼之謂之塞。疏濬之別有四：曰生地、曰故道、曰河身、曰減水。河生地高者平之以趨卑，高卑相就，則高不壅、卑不潴，慮夫壅生潰，潴生湮也；河身者，水雖通行，身有廣狹，狹難受水，水益悍，故狹者以計闢之；廣難爲岸，岸善崩，故廣者以計禦之。減水河者，水放曠則以治其狂，水隳突則以殺其怒。塞者治堤，堵口是也，有創築、修築、補築之名。有刺水堤、有截河堤、有護岸堤、有縷水堤、有石船堤。堵口有岸埽、水埽、龍尾埽、欄頭埽、馬頭埽，其爲取臺及推捲、牽制、埋掛之法，有用土、用石、用鐵、用草、用木、用杙、用絙之方。決口有缺口、豁口、龍口。缺口者，已成川；豁口者，舊嘗爲水所豁，水退則口下於堤，水漲則溢出於口；龍口者，水之所會，自新河入故道之潨眾也。此歷來河工大概情形如此，其詳細情形，筆不勝舉。迨明劉大夏之治河一疏，潘季馴之治河兩議，及清張鵬翮奏工事八宜，李鴻章上勘河四端，莫不大同小異，各因當時情形少爲增損而已。自禹治水之後，歷五千年而未敢大有所變更也，此其中蓋有由焉：一是歷代治河大員未有專門研究河務而起身者，黃河情弊，不惟不知，亦且不聞；二是一旦有事則翻幾本成書拾他人之腐說，奉之以爲箴銘，胸無成竹絕不敢別開生面；三是治河者莫非敷衍塞責、暫顧一時之效以邀功賞，並非爲國計民生計久遠也，此河之所以永爲中國腹心之患也。

六、世界開鑿之大運河

亞細亞、亞非利加之間則蘇彝士海峽也，經法人佛埃爾及南勒塞普士開一運河，名蘇彝士運河。東通紅海，西通地中海，初由中國繞非洲至歐洲，費三月餘始可達。此河一開，則一月內即可徑至歐洲，其便利爲何如也。此河之開也煞費周折，自西曆千八百五十八年創議，至千八百八十年始告成，河之長僅百哩。而費二十餘年之久者，蓋蘇彝士係土耳其與埃及兩國之地，而勒塞普士則法人也。加各強國之掣肘，利此害彼之議紛紛不一，勒塞普士奔走各國之間，游說運動至千八百七十五年，始獲認可。於是立會社、賣券招股，又二三年始興工，河之開僅一二年之工耳。現亞美利加巴拿馬地狹，在太平洋、大西洋之間又從事於開鑿矣。蓋生地而尚開爲運河，非深知利益大、關係重者胡爲事此。況河川者，猶人身之血派，所以商業也、運輸也、灌溉也，西人相依以爲命者也。故如來因河之上中下三段，長七百六十哩，寬八十六哩，跨瑞、德、法三國之間，其沿岸商業之富、人煙之密、風景之宏、地味之饒，誠爲世界大觀。其他如多瑙河、城堡噶河、也得牟斯河、麥而及河皆與來因河相頡頏。故論者謂此歐洲之三大動脈、二大貿易河也。近而如我之揚子江，稱曰：中國寶庫。貿易交通之事業日形繁盛，獨黃河兩岸長而數千里，寬而數十里，一望平攤，無人敢近，其黯淡淒慘境況，令人望之寒心噫。抑何相去之遠也？

七、現在之黃河情弊

《治河金鑒》曰：毋惜費，毋掣肘。嗟！此二言也，予兩河職工開無限財源，不知黃河猶是水也。河南自洛、沁併入，其流始急，然未有不可抵制之說。常見一柴埽經數十年而不壞，一石壩經數百年而不少動者有之。所謂土堤一日而刷數尺、河水一日而漲數丈者，此容有之說不常見者也。取利者藉此以威人，不知者遂受其所威而畏之。予自有知以來，每患河水之小而船運不便，未曾患河水之大也。間有伏秋大雨而河輒增二三尺、三四尺者，不過數次。所謂黃水漲溢平南北堤，此好事者之笑談，千年未有之事也，而不知者已信為眞而畏如虎矣。故善為政者曰築堤、曰設防，更加職官夫役以守之。以河南一省計之，河南管河兵備道一員，（今裁併）分守河北河務兵備道一員，上下南北河管、河同知六員，州判一員，通判四員，縣丞二十三員，主簿十四員，巡檢典史共三員，河營守備二員，千總四員，把總四員，河兵千餘名，堡夫一千四百餘名。現在雖不無少有變遷，而每年所需之款，不少省也。嗟！以如許職員依之以防河者，不知適以害河耳。所謂河兵、堡夫，空有其名！試觀沿河兩岸，堤數千里，堡房坍塌或空閒，何嘗有一人以看守也？管料者則尅公自肥，一旦有事，無料可支，甚至虧空大者，付之一炬以泯劣跡；或虐民過甚，則民火其料以報之。如前年祥河廳之連燒七墩，所毀不下數十萬，此中不無情弊也！管河渡者勒索行人，攫十報一。其他如補葺堤岸、繕修船隻、建太王廟與河神祠，每年耗費不貲，此常事也。至於盜決黃河，延緩塞口，尤為可殺不可赦者！如《河防志》，盜決有數端：坡水難消決而泄，之一也；地土磽薄決而淤，之二也；仇家相傾決而灌，之三也；至於伏秋水漲、處處危急，鄰堤官陰老伺便處，盜而泄之，諸堤皆宜保守，四也。此四者，尚不在其例：河岸尚有一種無賴之夫、窮迫之徒，藉此以謀利者，蓋河一決，則彼等之飯碗就矣。至河之略有創險，不過十人之力、一日之功即可補救者，則大呼小怪，恐喝聾瞶，馴而上下其手，積至於耗費鉅萬。更有胥吏猾役通同作弊、狼狽為奸，口之塞也，一時即可合龍，故為違誤，甚至數旬累月不能塞。蓋口一塞，則彼等之飯碗去矣。此黃河之所以可懼、所以難治也！

八、河渡之野蠻

《說文》：古者共鼓貨狄（黃帝臣），刳木為舟，剡木為楫，以濟不通。又《墨子》：古之民未知為舟車時，重任不移，遠道不至。故聖王因水為舟以便民之事，是知船渡原以便民、非以禦民也。《月令》乃命舟牧覆舟（注：舟牧，主舟之官），《詩》：招招舟子。《傳》：舟人之濟渡者。是知古之有舟牧、舟子，以監引之，而民乃實得其便。今之管河委員及船頭豈非猶是舟牧、舟子之意乎？乃兩岸渡口勒索訛詐與禦人行劫者無類也。如河南之柳園口、黑坑口、孟津口則官口也，特設有八府官船以便來往官商、過客過河，分官車、貨車，官車一套（即騾馬一頭）制錢一百；貨車一套制錢二百，此定價也。其他如擔推食力之人，概無船費。而今不然，所謂官車，則貨車以外，如人坐行李皆官車也，而今則大有分別焉。有勢力、有威權者，則官車無論出錢與否，又作威、又急渡，否則雖人坐行李與貨車等，或分外要求，如買簽錢、上船酒錢、裝卸車酒錢、拉騾酒錢，種種難以屢晳。更有鄉野村戶，素未曾過河者，名之曰牛車，其勒索更甚。貨者車一套兩百，此平時耳。若逢風雨天氣及河漲落不定、稍為涉險之時則無定價也，加倍或加兩倍之時皆有之。至於推擔食力之人更苦，有出錢數次者，有錢少而抽貨留物者，使人吞聲隱忍，敢怒不敢言，種種惡現象眞令人望之髮指！推原其弊，則官河委員非有大差，從不到河口一望，任一幕友或一僕人，一聽其與船頭作弊。再，船雖係官，而一切船夫水手無工錢也。故載車，則委員、船頭、稍公折分餘，船夫水手則惟意外勒索及擔推食力之人耳。然反思此等船夫水手亦甚苦，黃河船有順風則借帆力，否則惟人力。人力非篙撐、即纜拉，故無論天氣如何嚴寒、河水如何冰冽，苟無順風或水淺，必須赤身下水拉船，此亦誠非易易！若不痛除宿弊，急為改良，廿世紀之人間，烏能容此等野蠻現象乎？

九、黃河之航路無定

黃河無一定航路，故無一定渡口，忽上忽下，不時遷移，因河水攜沙而至，下流稍為緩滯，上流沙即擱停。故今日雖為數丈之河，明日即可成土灘。故渡河者對岸不過里餘，而曲繞或至二三十里不等。順時則二三小時即可渡，不順則一二日甚至十數日及月餘尚不能渡者（如河冰結船不能行），故擱淺之虞時有所聞。凍冰之患年有所見，此皆黃河不治、河身太寬之病也。嘗觀黃河之正河流處不過數十丈，以數十丈之河而普漫至於數里，身太寬則流緩，流緩則沙停，沙停則航路塞，此勢之所必至也，欲治黃河其惟有束之之一策乎？（載第一期，未完）

十、現黃河所經之路及其形勢

河源發於崑崙，至積石而入中國，又東經河州城北大夏河（即灕水）入焉，又東北經蘭州境。「其西則湟水合浩亹水注之，其南則洮河流入焉。」又東北經全鄉縣北六十里入亂山中。危湍仄澗，東北凡二百里而入靖虜衛界，又東北經寧夏中衛南，又東經靈州衛北，又東北經寧夏衛東南。「河至此，土民多引水溉田，因上源勢緩而無泛漲，且泥沙未甚，故引河爲宜也。」又東北入榆林西境，經古三受降城南，又東折而南經榆林之東。「大河自榆北至山西太原府河曲縣境，期間曲折迴環幾三千里，古爲朔方地，今謂之河套，乃中外之巨防也。」又南經府谷縣東，又經神木縣南，而入葭州境東。河之東岸爲山西臨縣及永寧州寧鄉縣，又南經清澗縣東，又南經延川縣及延長縣東，河之東岸爲山西之石樓縣及永和縣、大寧縣境。「清澗縣東無定河自西北入焉。」又南經宜川縣東，河之東岸爲山西吉州及寧鄉西境。「至吉州宜川境，有孟門山、壺口山在焉，南爲寧鄉縣至韓城，兩岸群山列峙，稱險固焉。」又南經韓城東及郃陽縣東，河之東岸爲山西河津縣（即古耿邑商祖乙都）及滎河縣臨晉縣西境。「大河在韓城東北八十里，龍門山在焉，滎河縣西去大河不及一里，汾水自西北入等。」又南經朝邑縣東，又南經華陰縣東北，而渭水入焉（即禹貢導渭入河處）。河之東岸，爲山西蒲州，又南過雷首山，乃折而東也。「山西之蒲津關亦曰臨津關，與朝邑之臨晉關夾河相對，爲古今設險之處。又南則涑水流入焉，經雷首山折而東，其地謂之河曲，即春秋秦晉戰於河曲之地。河流自東滕州折而南幾千八百里，自壺口龍門以至潼關兩岸，重山翼帶深險，而華山復橫亙其中，河於是復幾折而東入河南界。」兩岸自陝西潼關入閿鄉縣境。「衛志城北一里，水中有石，高出丈餘，河水漲，其石不沒，亦謂砥柱石，西有潼水，源出潼谷入河。」、「按東南有潼關故城，古挑林塞，即崤函也，亦曰函谷。」、「秦志函谷關在漢宏農縣，即今靈寶縣西南十一里，漢武帝徙新安，即今新安縣東一里故關是也。隋大業七年，移於南北鎮城間。唐天授二年，又移向北近河爲路，即今關也。其地上躋高嵎，俯視洪水，河之北岸爲風陵津，又北至蒲關六十里，河山之險，迤邐相屬。」又經靈寶、陝州、澠池、新安、孟津、鞏縣。「靈寶西有至澗水、全鳩水、郎水，東有盤澗水，西南有阿對泉，東南有峴山——曹陽水出此入河；西南有石堤山——相穀水出此入河；又有石燭山——燭水出此入河；又有門水——自洛南縣流入，亦名宏農澗；又有豐盛等五十渠，引山水灌田。陝州東北四十里有砥柱山，在黃河中，即禹貢所謂砥柱也。又有公主河在三門山左。唐開元中，藉此通漕以避三門山之險，約百丈許，復入於河。西有七里澗，自南山入河。西南有譙水，東有淆水，自永寧流北入於河。澠池東有澠池山，澗水出焉；西南有馬頭山，穀水出焉。黃河自三門集津下迄釣魚嘴，奔流迅急，舟筏難渡。孟津兩岸平闊，河勢漸盛，潰決之患，從此而始。唐時築石堤，當河陽、平津兩縣，岸高五丈，闊如之，延六七十里，今南岸尚有二三里因無人修繕，盡廢。鞏縣亂石山下有五泉入洛。」又東經汜水河，陰至滎澤而南岸，始有堤工（以下言堤）。北岸自山西垣曲縣入濟源縣境，經孟縣、溫縣、武陟。「濟源北有濟瀆，東南流入孟縣。禹貢導沇水，東流爲濟。西南淇水，東經孟縣入河，西南有湛水注河，西有漭水入沁，北有沁水自陽城流河內，孟縣南有孟津，一名陶渚，西南有冶阪津，北有沇水，即濟水也，又有淇水，合流入河。溫縣西有濟水入河，武陟南有清風嶺，瀕河東有沁水，自河內縣至南賈村入河，其支流入縣北東引灌田二千餘頃。」北岸至武陟，而始有堤工（以下言堤）。自此而鄭州、原武、湯武、中牟、祥符、陳留、封丘、蘭儀入山東直隸界。

十一、黃河之堤

黃河之堤，亦工政一大問題。僅就河南而論，兩岸其長不下千里。南岸大堤自滎澤舊民堤起，至江南碭山縣止，通長五百二十六里四十八丈五尺。月槐等堤通長一百三十九里十一丈五尺。北岸大堤自武陟沁堤頭起至山東曹州堤界，合遙月堤、月格堤、石撐堤，通長四百二十八丈。其築法以就近挑挖之土，方一丈、高一尺爲一方，然有上方下方之別，有專挑兼築之分。又挑河有起淺深之不同，築堤亦有運土主客之不同，其土方工價更有人力強弱之不同。初堤基之土用大石夯硪之，或以七寸爲一層，夯至五寸；或以一尺爲一層，夯至七寸，然後加土如前法。每堤高一尺，兩面坦坡寬尺如；高一丈，築寬六丈之堤，再加堤身二丈，則頂寬二丈底寬八丈。高一丈，用勾股法計之，每丈計築成上方土五十方，每方工價銀一錢五分，需銀七兩五錢，此主土也。至於客土者，迤遠挑運之土爲準者也。定例以五十大蘿爲一方，每蘿重二百餘斤，每方約重萬斤，合計運、搬、夯、硪需銀二錢一分，只築成上方土七分，此客土也。專挑者止挑去河身之土，而不係築堤者也。兼築者用挑河之土，以築堤也。上方下方者，以築成堤之實土爲上方，土塘所取之鬆土爲下方。然一堤之中，又有上方下方之分。如築堤一丈，則以平地起至五尺爲下方，自六尺至一丈爲上方；如築堤一丈二尺，則以六尺以下爲下方，七尺以上爲上方，此堤工之情形大概也。至於堤之種類則有四等：曰遙、曰逼、曰曲、曰直，防河者因變從權，四者並用，非不爲善。徒以土堆遠爲防衛，終非永久純全善法也。蓋遙者，利於守堤而不利於深河；逼者，利於深河而不利於守堤；曲者，束河雖便而費鉅；直者，費省而束河不便。故太遙則水漫流而河身必墊，太直則水溢洲而河身必淤。是以創險之處時有所見，乃一聽其衝突而不可過。南岸逼近省城北岸、迫近漕河，皆吃緊處也。如滎澤之小院村，中牟之黃煉集，祥符之瓦子坡、槐疙疸、劉獸醫口、陶家店、張家灣、和驛、兔伯岡、埽頭集，陳留之王家樓，蘭儀之趙皮寨，儀封之李景高口、普家營，商丘之揚先口，此皆南岸最險處也。又滎澤之甄家莊、郭家潭，湯武之脾沙，原武之屆王口，封丘之於家店、司寨、中欒城、荊隆口，祥符之黃淩岡、陳橋、貫臺馬家口、陳留塞，蘭陽之銅瓦廂、板廠樊家莊、馬妨營，儀封之挖泥河、煉城口、三家莊，考城之陳陸莊、芝麻莊、考城口，此北岸最險處也。夫治河如治病，不探其源窮其委，僅就一時一處形勢上治河，此所以至今險處仍如此，其眾勞費仍如此，其無已時也。故萬恭《治水筌蹄》有曰：黃河自宿遷而下，河博而流泛，治法宜縱之，必勿堤宿遷。而上河窄而流舒，治法宜束之，亟堤可也。又徐邳水高而勢平，氾濫之患在上，宜築堤以制其上；河南水平而勢高，沖刷之患在下，宜捲埽以制其下。不知者河南以堤治，是滅踵崇頂者也。徐邳以埽治，是摩頂擁踵者也，其失策一也。

十二、治河以所得足償所失

黃河南北堤相距約四十餘里，河身寬五里至十五里，水深三尺至二十餘尺不等。若河身縮至三里，別水之平均約深四十餘尺，黃河兩堤以內，皆肥沃之地，而新現出之灘更佳。使河身縮至三里，則黃河兩岸可得沃田兩萬餘方里，約六七萬頃。每畝以賣價五圓計之，約得六七千萬圓，治河每里工費以五萬圓，則千里之河，始用五千萬耳，似此以所應得之地即可償治河之工費而有餘。河南、山東黃河一治，則蘭州五千餘里通航運易如反掌耳。合盧、開濟、開潼、西洛諸鐵路之價值尚不及此，何竟捨之不顧也。

十三、治河初著手之大要

兩岸均自滎澤起工，著手之大要有十：一、必繪所擬河身之寬度及相近河濱之圖，並圖內須記各處河水之深數；二、必指出秋冬水之漲落最大之數，又河底用鑽法查得其爲何種泥、何種石料，近岸之處所有土石，屬於何層、何類及其河底爲宜於挖泥或打樁、或做泥水工、或船拋錨與否，所擬做之工程，此項最要；三、其河水內所有活動之沙，或移動之礫生，或含在水內之沙，及水漲或河流動之方向，並前多年所改變之事，並河岸或漲或坍，均須指明；四、必指出常吹風之方向，並受最大風浪之方向，又如有極大之風，則必指出其性情及力量。又冬凍冰之厚薄遠近久暫，及每年風火時及風浪靜時之日數，從此可推算河底做工程之時；五、必擇要口建埠築港，其港口內所能容出入之船歸何種類裝，若干噸數、入水若干深。又其港口，如已經有便於往來船貿易及起落貨物之法，並堆儲貨物之棧房等事，亦須指出；六、所有馬路、鐵路於他小河道或相通者，指明其高於黃河面若干尺，便於造若干高之港；七、如擬做工程之處，有連根之大石或能移之石、或舊工程之遺址、或別種阻礙打樁及阻泥水工之各事，皆須指明；八、工程所需用之機器及一切器具等事，以及用挖泥機器挖起之泥沙，必運到深洋若干遠，方可放下；九、須言明本處之水土及天氣如何，又常用建造之材料與人工，並本處能否得材料與人工，又必特言何種土石、何種水內能結之灰為最易得者。又本處有無乾淨礫石及沙子，便於合灰成大料之用。又本處所能得之木料便於打樁及做架子，又木料能否合用，有被木蟲、白蟻或天氣侵蝕之事否；十、須指明其新工程所定之章程，有准行之憑據，又擬用何法等類。又用何法得利，並一切與各事相關者，俱要言之，然後實行。開辦庶估計有端，而首緒可就也。

十四、治河開始之要工

治黃河必先使河深而歸於一道。各國挑河，用挖泥機器，其器在千八百七十七年之前，七年內大有進益，所以港口河道工程更易辦理。近來挖泥之費比運到別處之費更省，所以不必用從前在河口築壩做堤等法。在舊法因其何水距海更遠，而欲收窄其口，則水流更速，藉以沖刷泥沙。但近來用挖泥機器，隨時開濬河口，便於船隻出入更為便宜。此種工程，尋常辦法有兩種：一令挖泥船自行到深洋放泥；一用駁泥小輪船運泥放入海洋。如英國哥來的河與帶尼兩河，近來所造工程，令各等船便於出入，俱因多用挖泥船為之。又河道彎曲船不便繞行者，則開灣取徑，以彼岸之泥補此岸之灣，令船直行，此皆挖泥機器之力，治黃河所不可少者也。然黃河又不可專賴此也。蓋黃河水流甚急，能將其底之泥抉起則即順水流去，宜用汽船耙將水底之泥耙起，使隨水去，較工費尤省。一段一段，自下而上，愈深則河面自窄，夫然後可以言築堤岸矣。築堤岸者，即減河水之界限，以減陸地之界限也。而堤體最重要之事有二：一、必使能當河水之壓力及風浪之壓力；二、必使能壓堤內之沙，令外面之沙所含之水與內面之沙所含之水不相通也。近愛爾蘭海，有人曾見浪高十五丈，司低分孫論海口之書云：亞非利加此阿爾及大風時，浪動深至六十尺。蓋浪之高與速，依成浪後時之若干，並成浪後已過路之若干爲準，其海浪之高大若此。西國尚建爲海塘以成陸地，吾謂黃河築堤岸，宜照各國築塘之法，未有不成者也。試詳言之：一、壓水機器宜購置也。近來壓水機器大有進益。如開閉閘門之機器與起重架之機器，現在均用壓水之法。如起重架，現在所能起落之重，幾乎無限。又如船塢與港內，令輪船速於起落貨物尤爲極要，所以設立汽機，或壓水器。又其起重架必能移動，便於移至各船艙口，除非起最重之架係暫時用者，則可不移動之，此物治河最爲利用也；二、水內做工之便法，不可不急求也。近來又設便當之法在水內做工，或用大泳氣鍾，人在鍾內照常工作。或穿入水衣出於鍾外做工。或用大筒入水內，能有法去水噴氣，令人在筒內做工，此各法俱爲便當。至若干深爲度即如海底築堤，從前只能將碎石亂拋水內，被浪激動之，令其成應有之式。近來用一定之法，在水中做，更有把握，此治河尤爲利用也；三、風浪激刷之力，亟宜講求也。築堤固以擋河水，而所擋尋常流水猶爲小事。因有風之時，則河水爰風之壓力而成浪，浪爰風之壓力其行更速，從遠處而來，其激沖之力，非得極堅固之堤則不能擋。故所築之堤，其重與堅不第於尋常時求之，必得於大風浪並水流急速之時求之，方爲有用之堤也；四、堤基不可不深且固也。河岸之崩裂每由於水先刷穿其底，查黃河兩岸俱爲垂直壁立之狀，此所以不耐沖刷也。今築堤宜照築塘之法，臨河一旁斜面合式能令堤體穩固，此爲不可忽略之事。依水勢自然之斜度，及築堤所用之材料，如草木土石等類。其斜度略每寬三尺、高一丈，用此數作斜面最相宜。若大於此數則極費工料，小於此數而河堤斜面無遮蔽之物，則不足以御河流之沖刷；五、堤體之厚數，不可拘泥一是也。沿河一邊鋪石，其厚與重無一定之數，必以浪行流沖之速率與體積爲準，如河底不過對二三百里之水面，則水浪之來，亦不過行二三百里，石厚八寸至十二寸已足禦河水之沖刷矣。如英吉利愛爾蘭有數處大海口之塘，石面雖有三倍之厚，尚虞其不足也。如阿里特港之海面，其石每塊必重十二噸，小於此者，必爲浪所動搖。又如法蘭西捨婆爾割與馬緩勒兩處，有大石重十五噸至十八噸，此種皆爲護衛海口之用。而黃河作堤岸，亦依此比例而爲之可也。又堤工厚薄，必須斟酌得當，務使於方向、位置、水流之緩急一一關合交黏，須以破除成見爲是；六、堤之高度宜有餘也。河堤岸之總高，必依二要事：一是伏秋大水所漲之尺數，二是歷年所記極大水之高數。知極大水高數之界限可定鋪石面高數之界限，又必問土著耆舊水至何處爲最高之限，必取其最高者爲準；七、方向曲直之當酌宜也。築堤之方向尋常之人不甚留意，不知此事關係甚大。此方向線，非但宜酌堤內地面之大小而定，又必知恒風浪與急流方向而定之。最合宜之方向不當與恒風浪急流爲正角之方向，而略與恒風浪急流爲同方向，且不可成一平行線，則必爲向內外彎曲之。形而以凸衛凹，其凸處不可成銳角，必帶圓鈍之形，水浪急流之來過凸處即分散其力，而凹處不致受風急流之大力也。

十五、各物料築堤之利弊

（一）用沙築堤。築堤材料最難用者、最不足恃者，沙也。設用純沙築堤，則水流之沖刷必被洗蝕，若糖紛之過水而化也，每洗蝕一次必再令其聚合，無論築堤之沙或濕或乾，時時消滅。干時偶遇堤之外殼有一孔，沙即漏出，被風吹去；濕時則漸低而成平面，可見用沙築堤斷不可恃。然有時其地無別材料，則不得已而用沙，必增堤之闊與高，堤面或鋪韌泥、或鋪草面、或鋪重石，令人防守極嚴，偶有小傷痕，速即補之，然此法備而不用可也；（二）用韌泥築堤。韌泥較善於沙，雖沙之最合用者亦不能及也，其體積可小於沙堤，而沿河一邊斜面可更短，如鋪石於堤面，尚可略短也。此種材料，初挖起時，極濕而重，成塊形。每一手車能裝若干塊，推至築堤之處，則將大鐵叉用力投之於應置之方位，每塊相砌甚緊。但干時縮小，塊間必有裂縫，可用濕泥鋪滿。設所鋪之泥塊不甚合法，令河堤之重不足以壓緊干時，尚有裂縫，則沿河一邊，水能滲入，陸地一邊，鼠穴於中，其縫更大。若不速即補平，則水能浸入，久之堤爲水沖一孔矣。若用韌泥與有黏力之重土，最要者堤必築之甚高，令其重與黏力足抵急流之沖刷而止；（三）用草木築堤。用積濕草木料以作河堤岸頗爲合宜，濕時鋪好，黏力大而能相連，略成大塊，不易分散，然其弊亦復不少。因其質甚輕，必多加石料，且干時亦有裂縫，水能滲入。又有一病，因積濕草木料，能枯爛變成黑土，但變黑土必先久過空氣與冷熱等，事方成，故不致甚速。有人用以作塘後十七年取出觀之，毫無改變。此塘之上鋪大石與礫石一層，深一尺至三尺，其方位橫當沙面海口而作之，因沙塘不足恃，故不敢用沙而用此也；（四）用石築堤。有數處全須用石作堤，然石不能相砌甚緊，水能入流石罅，久之則塘亦潰。即如英國客爾那爾芬省之脫理埋陀地方所作大塘，因此未成。總之，石料便於護衛堤之沿河一邊，而不便於爲堤之內質，且用石爲堤經費極大，幾不能用也；（五）用礫石築堤。用礫石築堤亦爲最好之材料，且尋常時極易得之。礫石之用甚廣，堤面鋪礫石一層則成一路，人馬往來，堤底之沙可以壓緊。堤之內面，亦加礫石甚妙。若將礫石鋪於大塊石之面，則可鋪平石罅，較之用灰等法，更能堅結。礫石不多用於堤之內面者，因堤內之材料應有大黏力也。然未鋪石面之時，應先於河底打木樁若干深，次鋪礫石數寸厚，然後可以永固無虞也。（載第二期　未完）

十六、拒絕外人之要求

近聞白耳義要求黃河運權，由山西蒲州以北通行輪船約二十四時間之久，倏聞之不勝驚駭。謹告外交諸公，此權如未許之耶，切不可輕易許之；如已許之耶，尚望竭力生法挽回，決不可使彼開運。蓋黃河數千里皆費工，惟此段兩岸山巔對峙，開通省力，而復將此利讓於外人，則吾黃河爲中國害，將永爲中國害矣。雖目下軍事、學務、外交諸要政自待舉，固不暇計及黃河，然亦不可輕易棄之。況且任何要政其舉也均必須鉅款，黃河雖亦須款，成功後即可獲巨利。是黃河一通，則郵傳部從此添一公案，即度支部亦從此添一公案。孔子富而後教，執政者當知所先後矣。

十七、開工

開工之始，宜先由下流海口近處（第十三款言著手辦法，蓋自滎澤以下兩岸皆平地，故堤岸必自滎澤起，至海口止，此言實行開工辦法，故必自下而上，以勢順利），測定一段距海口三十里或五十里紮工。兩岸設法截水勿過陡，使成百五十度角。（如下圖）漸漸由上而下，建壩築堤，又必詳細測定水

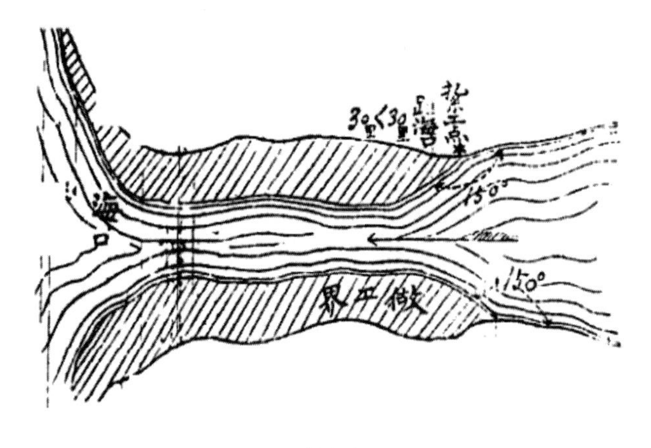

圖 1

量，以伏秋正盛時爲度。同時用扢泥機械船耙，使深其底，壩堤根基盤定後，約高於水面，即可用河底兜出之泥，以起重機運於兩岸上，和土以增培堤身。一段成後，即一面通輪，一面再由上游測一段如法修之。又各國法律，凡犯罪之人，皆按其罪之輕重使作苦工。中國正當法律改良時，即使犯罪之人按其罪之輕重使作黃河工，此亦節款之一法也。

十八、運權

輪船通行之後必嚴訂約章，絕不許外國軍艦、輪船任意出入，以重國防，以保利權。凡商船進口必須納通行稅，各停泊渡口皆設關卡，貨物出入均必納稅以補黃河需費。不然如揚子江毫無把握，各國汽船任意駛航，則每年利益外溢，不知幾何萬萬也，豈可蹈其覆轍哉？

十九、兩岸工廠建置

凡製革、造紙、紡絲絨、棉布、製粉（即磨面）諸工事，需水甚夥，且必運輸靈通、出入輕便，故皆宜建諸河濱。河南土產如牛皮及雜牲皮所出甚盛，則製革工廠宜立也；又麥稈、稻草諸原料最多，則造紙工廠宜立也；又絲綿羊毛所出極眾，則紡織工廠宜立也；其他如紅花籽、芝麻、落花生、油菜籽等，又河南之特產，則榨油工廠宜立也。大河兩岸遠近數百里，食麵粉家十居八九，況水磨則中國舊法也，擴充之可也。

二十、水力機械之附設

日本大阪市西區神戶寶三郎者，數年來苦心結果，成一神戶式輕便水力發電船，亦既獲實用特許新案。其造法，普通船體長十五間（每間六尺），寬一間半，直徑十五尺、寬四尺之水力車。四個一組，自水面吃三尺以上之水，各備於兩側，其運轉借水流之力、水車之力，裝置於船內，以導發電機任意繫留，各隨所用。電力容易供給各種工業需用，固不待言。將來電燈、電車且必多受其影響，此船不日竣工，將於澱川上流實地試驗。論世者則以謂現今機械世界也，然運動機械者火力也，則煤炭盛行焉，而地之所藏日掘月採終必有盡之之日。於是煤炭不給，則繼以薪，再不足則不得不思變計而借力於天然之水也。黃河天然水之大者也，即用神戶式水力發電船以供兩岸工廠用，甚爲便宜。然而，尚未見實施，不敢即據以爲的，徒恃此而不他求。是以必竭力研究水力機械之所以裝置法，以變通而用之。日本工學士關盛治者，深於水力機械者也，謹就其言者，譯述其大要於下，以備我黃河採擇施行。（按本文宜參照不烈恩氏之《水力機械學》、尹斯氏之《喞筒》與《臥輪水車》等書，更爲一目了然）

附：《水力機械學》

（一）保一定水頭、依自己壓力生出之運動情況

如第一圖，以水槽傍置一嘴以 A 代之，而注水於槽內，自嘴之先端至槽

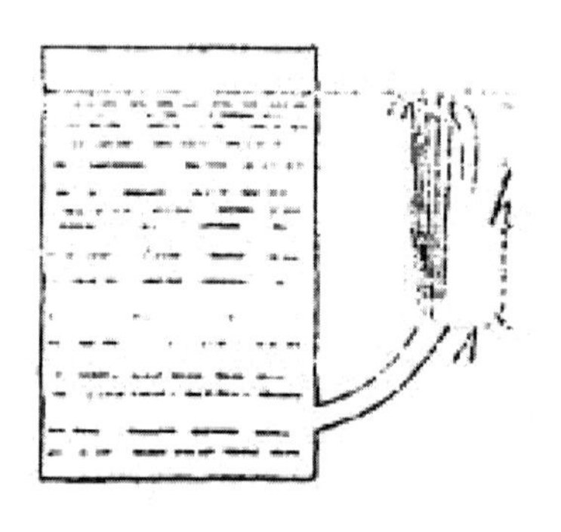

第一圖

內之水面，有 H 尺之高度。槽內所儲之水自嘴內流出，同時用他機水以補槽內之水，使常有一定之高度，則槽內之水因自己之重量所起之壓力，由嘴直沖流出，其時之速度正與物體 h 由尺高處落下情形相同，如下之方程序：

$$U=\sqrt{2gh}=\sqrt{2\times 32\times h}=8\sqrt{h}$$

式中 U 者以表水之速度也，其單位如一秒時間若干尺，g 者依地球之引力所起之加速度也，即每秒時間約增加三十二尺之速度，此式極爲簡單，爲初入手易於解釋。故一切摩擦阻滯之事皆省略之，且水之各分子，例如皆由同一方向平行流出也。

今就水流之重量以 W 斤計之，其所欲成之工程則 wh 斤也。假使水之運動不生抵抗，而 U 速度流出時所生之活勢，即 Wh^2／29 斤也（注意：注勢者即物體之質量，其速度自乘之半分是也）。然因 $U=8\sqrt{h}$ ，故以之變上式則成 We^2／29=h，此即不生抵抗時，其活勢與工程互相等是也。

第一圖之嘴內水流狀態已顯然易見，今將其水管放大如第二圖，水之各

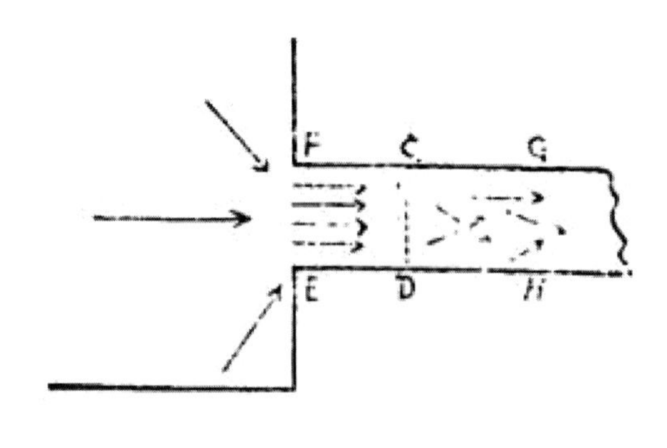

第二圖

分子常沿水管之周壁平行流動，則水過 C 之切口時，其水之量每秒必有 AU 立方尺也（因 CD 之切口有 A 平方尺之面積）。然實在情狀嘴之入口 EF 處，水之各分子皆欲爭先流出，故其方向即漸錯亂，分子即各起左右撞擊運動。如 GH 處所示之形狀，是以一過 CD 處時，不但水之速度減殺，而各分子間互相摩擦擊撞，則抵抗之事起，各分子浪費其力，故流出時之速度亦必減殺，此自然之勢也。所以非如前所示以某系數與 U 相乘，必不能得實量之速度也。系數 CU 之文字代之，次又以所流出之速度噴出時，即此孔之形狀觀之，其變態如第三圖所示：

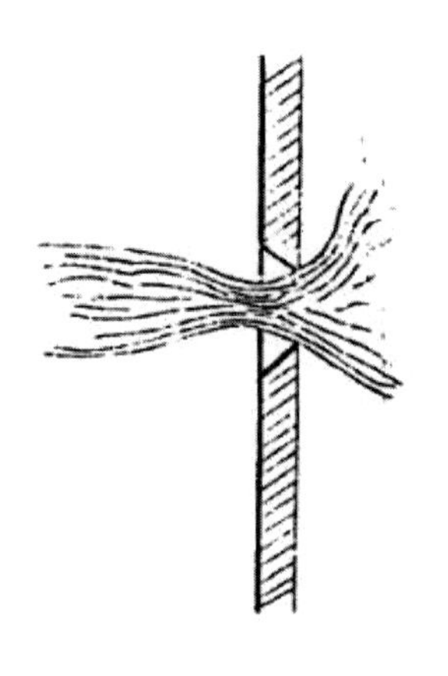

第三圖

譬作一薄刃之孔，其情狀易見，孔之近處、水之各分子左右下上，四面八方皆欲爭先流出，其勢急欲外噴，所以體積之潤度，頓時爲減縮。水流出之橫

斷面積較孔之面積必少細焉。此亦如速度之情狀，非以某系數與 U 相乘不可之一又證也。此以系數代用 Cc 文字，總括以上之說明觀之，其實一秒時間，流出之水量如以 Q 立方尺計之，如下式：

$$Q = Ce \times CcA = CeCcA\sqrt{2hg} = 8CAh$$

C 者，與 Cc 相乘之積，所謂水流出之系數是也，因實驗得 C 與 Cu 之值則如次。

Cu=.97 此如第三圖所示，流水口之邊緣如薄刃之情形。

Ce=.6 乃至.63 此長方孔之情形。

Ce=.64 此圓孔之情形。

C=.6 此四角孔，削邊緣爲薄刃之情形。

C=.582 此長方孔，削邊緣爲薄刃之情形。

C=168 乃至.62 此圓孔，削邊緣爲薄刃之情形。

此等實驗極多，謹擇其曉者表示之，乃知流水口其孔之周緣，凡削如薄刃者，水流之闊度較爲減縮，則 Cu 亦因之而小也。又依第四圖所示嘴之製造法，其流出之水量，又大爲變相，如於 B 處流出系數 C，.815 是已，此時 Cc 之值將近整數一，而 A 則嘴在水槽內，與 B 全相反對，是以 Cc 恰如.815—.5 即水流之闊度，當 B 之半分。要之，無論如何情形，水噴出時之闊度與流出口各分子突進時之角度，有平均之關係，一見即可了然也。

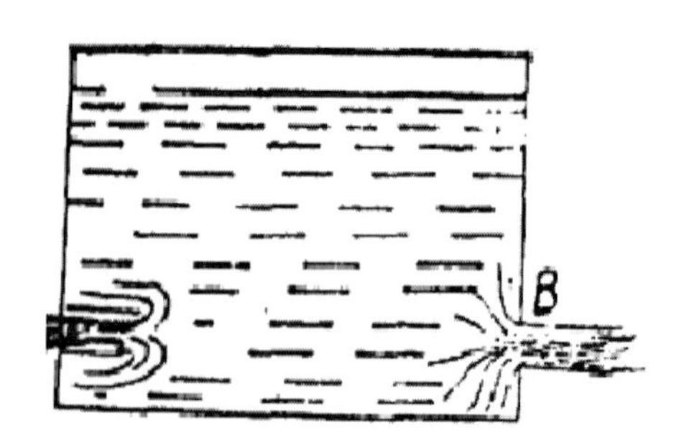

第四圖

假使水由橫斷積 A，或較 A 之橫斷面積尤小，如向 a 口流動之情形，依蘭金氏之說系數 Cc 其式如：$Cc = \dfrac{1}{\sqrt{2.618 - 1.618\dfrac{a^2}{A^2}}}$

此式中以 A 爲無線大之情形觀之，即水由水槽直向 a 孔流出之情形相等，如上式.618 是也。

以上說明之外，對於流水尤當注意者，抗抵力也。是以因水流動見觀其速度大小，其本體所俱之力及消失之量可知其消失之量，即以其速度自乘而比例之。今有 W 斤重量之水，以流動時 U 之速度計也，則其所消失之力量：

$$\mathrm{W}\frac{\mathrm{U}^2}{2\mathrm{g}}\times F$$

此式中（w／g）者，W 斤水之質量，故 U^2／2g 者，則 W 斤水所有之活勢也，因其活勢有幾分消失，故必與某系數 F 相乘，其所表之實量始得。今就 W 斤之水而論，由 h 尺高處落下時其功用應得之量，即 wh 斤。若僅一斤之水，其功應得之量 h 斤是也。然後知一斤之水有 h 尺高度時，即俱 h 斤之伏勢，其落下時即變態而有同量之活勢焉。其落下之際，既如前所言，因種種抵抗以殺其力，就其力所消失以表其水頭量，如下式：

$$F\frac{U^2}{2g}=h'$$

即 h' 者，將摩擦及其他諸種抵抗皆打過之，因落下時所費之水頭之一部是已。如前所言，以 U 爲水由槽內流出之速度，以水頭爲 h 尺計之，即得：

$$\mathrm{V}=\sqrt{2\mathrm{gh}}$$

之式。將一斤之水所有之活勢以水頭之量表之，始下式：

$$\frac{U}{2g}=\frac{(CuV)^2}{2g}=\frac{Cu^2V^2}{2g}=Cu^2h$$

$$又\ h=\frac{U^2}{2gCc^2}$$

此活勢以 h 尺之水頭所俱之水，將種種抵抗打過，因而流動之時則成：

$$h-h'=\frac{U^2}{2g}$$

與前式相連結，其結果遂成：

$$\frac{U^2}{2gCc^2}-F\frac{U^2}{2g}=\frac{U^2}{2g}$$

$$\therefore F=\left(\frac{1}{Cu^2}-1\right)$$

（二）流水之測定

欲借水力以運轉機械，第一必先測定水流之力如何。是以一分間或一秒間，所流之水量及其落下之高度，即因水頭而定。測高度者，則以水準器測定之，而測流水之量者，水量微小時，依前章水槽上造一嘴，同一方法以測定之。水量眾多時，則必於板上穿一圓孔，由其孔流出之水量測定之。一般最盛行極簡便之法，則於水之流口作爲直角，假如設一堰，其中央作一流口，由此口測其流出之量。其口之形，以四角或三角爲主，如第五、六、七圖：

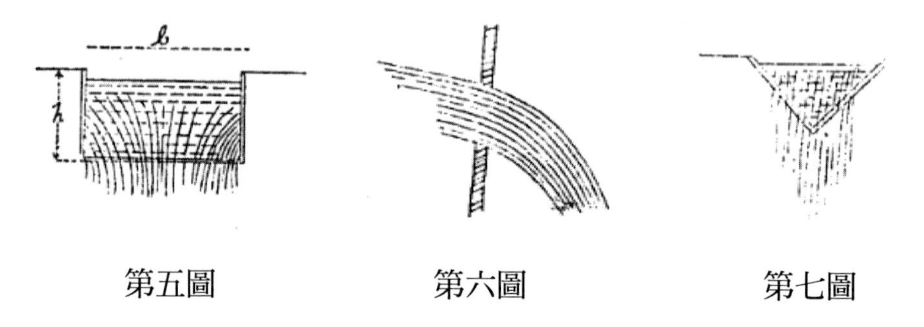

第五圖　　第六圖　　第七圖

普通用薄鐵板作堰，取其峻削，則水流出時不減縮其闊度，依之而得次之算式。就長方形嵌造之欠邊量水板，則如：

$$Q=\frac{2}{3}Cbh\sqrt{2gh}=5.53Cbh\sqrt{h}$$

式中 Q 者，一秒間流出水量若干立方尺也，b 者切口之幅也，h 者由切口之底面至水面之高度也，皆以尺計之。C 者即前章所述流出系數是也，依實驗結果，則 b 如當堰之廣幅 1／4 時，則 C=.595；又 b 如與堰相等，則 C=.667；又 b 幅若適當乎其間，則由 $C=57+\frac{b}{10B}$ 之式算出。而式中 B，即堰之幅也。又欠邊量水板上嵌造三角形，其水由切口流出之形，亦必沿其邊而成三角形也，即：

$$Q=\frac{8}{15}C\frac{bh}{2}\sqrt{2gh}$$

又別法以 h 作高度計之，將尺垂直立於水底，徐徐於水面運動量算，盡其全部而止。然而水不斷有高低之變化，故非屢次盡其精密測量不可。若遇極大水流之時，則非前所述之輕便法所能測定也。必於其水流之橫斷面積一段一段區分之，於各段小區分之速度測定。且平均其高度，則全體之流水量可知，即：

$$Q=A_1U_1+A_2U_2+\cdots\cdots$$

式中 A_1A_2 等，即橫斷面中之一段小區分之面積也，而 U_1U_2 等即其各區分之速度也。測流水之量即取一橫斷面，將其內之平均速度測定，再與其全橫斷面積相乘，此較爲簡便，亦無甚大差。然此實非正確之法，雖簡便，較亦可用，終不如前所述之爲精細也。近來爲此問題特造有測水機械，曰「水速計」，最爲利用。

（三）因水噴射所生之推進力

以盛水器之一部穿一孔，使水由此孔噴射時，其流接續不斷之間。此盛水器與水流出之方向，正相反對，而押退之力現焉。其力即因水之噴射所起之反動力也。如第八圖。設一極簡單之裝置而實驗得之，即用一盛水器，以

第八圖

繫弔而垂之，器之一部分穿一細尖噴射口 N，又別由水管 P 處，不絕將水供給於水槽內。先將噴射口閉之，定其重心點之位置，而後開其口，則水槽之水噴出時，恰如第八圖點線之位置。即水流出之方向，全與正反對之方向相推進，因之此時之重心點，不在先定之點，而必移於 C 點也。至於推進力之多寡，即如弔垂之繫，由所結之支點至重心點之長度，以 U 代之，以 W 代水槽與水之重量，以 F 作由噴水口所起之反動力（即噴射力），則水槽被推進之情形，支點與 O 點、C 點，三點相連結，而得一三角形。由此三角形而引出次之關係：$\frac{F}{W}=\frac{oc}{e}$ 或 $F=W\times\frac{oc}{e}$ 槽中之水，保其不絕有同一之 h 高度，以 Q 作一秒間，每噴出之水量（立方米計之），以 A 平方尺計算噴射水之橫斷面積，

則每秒由水槽噴射出之運動量$=Q\times\frac{62.4}{32.2}\times U$，$\left(Q\times\frac{62.4}{32.2}\right)$者，質量也。此運動量每秒噴出時雖少有所失，同時與相等之反動力給與水槽內，即得推進力。

$$推進力\ \mathrm{F}=\left\{\frac{62.4}{32.2}\times(A\times U)\right\}\times U=\frac{62.4}{32.2}\times AU^2$$
$$=\frac{62.4}{32.2}\times A\times(2gh)$$
$$=\frac{62.4}{32.2}\times A\times 2\times 32.2\times h$$
$$=2\times 62.4\times A\times h$$

若將此水槽浮於水上，前後左右動轉自由，則水槽因水噴射而向後，每秒以 A 尺之速力動焉。其所成之工程 F×V，而摩擦省略之，依噴射所得之馬力：

$$HP\frac{F\times V}{550}=.227\times A\times h\times V$$

（四）反動水車（即柏哈氏之水車）

柏哈氏之水車，如前章既說明，依噴射生出之推進理由，則因之應用。此車所起之回轉力（即推進力），與槽內水之高度相關係，如第九圖所示：

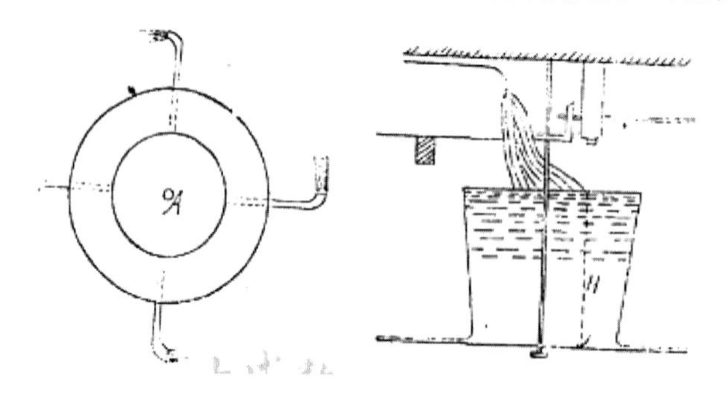

第九圖

此水車之立面及平面圖也。水槽之外別有水管以補槽內之水，至其構造法極簡單。以 B 圖圓錐形之水槽，水由其底之四方之管噴射而出，其噴口之尖端，曲而爲直角形勢。車與水噴射之方向，全相反對。因之而起反動回轉，其軸安置於水槽之底。軸之上部設以歪齒輪，從此而力傳達於所要之機械處。噴射管內先端，因屈曲之故，而由水槽流出之水，急向所流之方向直行，忽逢屈曲、不能輒爲變轉，因之而水力或少有所消失。而此且將消失省略以研究之，噴射水之速度，假使不能令車回轉成靜止狀時，則如$U=\sqrt{2gH}$之式。而一秒間流出之水量，則成 Q=AU 之式。水之系數亦省略之也，已顯然矣。（未完）

此文載一、二、六期，作者陳伯昂。雖標「未完」，但沒有後續。

知河、治河、養河、護河
——評陳伯昂的《二十世紀之黃河》

曹辰波　董秋爽

當代歷史經濟地理和河渠水利研究專家鄒逸麟曾指出：「要瞭解中華民族的歷史，就必須首先瞭解黃河流域的歷史，而要瞭解黃河流域的歷史，自然也就離不開黃河的歷史。」《河南》雜誌作為一份以政論為主的革命刊物，除了刊發大量針砭時弊、令人警醒、飽含革命思想的作品外，還登載了不少與河南歷史、地理有關的文章。時任《河南》雜誌的編輯、國內發行聯絡負責人陳伯昂就曾以「太憨」為筆名撰寫了《二十世紀之黃河》（以下簡稱《黃河》）一文，在《河南》上連載三期。全文以治理黃河的必要性、可行性、以及在當時可行的治河科技為支撐，從經濟關係、政治現狀、社會民生、國家情勢、科學技術等各方面充分論證了黃河必須治理、也是可以治理的。

在經濟方面，《黃河》首先從國際貿易（皮毛絲織原料）順差和逆差與國家經濟根本的關係入手，點明了自光緒二十六年（1900 年）至光緒三十一年（1905）我國對外貿易始終是逆差，且呈日漸增大之勢。須知，在當時銀本位的經濟環境下，單此一項，在很大程度上加大了白銀外流的趨勢。當然，在絲質毛皮問題方面，很大程度上是因為黃河沿途農工不振、商旅凋敝引起的國內民用工業（民族資本產業）不發達，這也是逆差的直接原因之一；而國民工業的不發達則又導致國家稅收的嚴重縮水。為此，作者提出了兩點應對之策：一是精耕細作，深挖土特產產業價值，避免勞動力、物資和土地資源曠廢的弊病，如河南可因地制宜地在沿岸設置製革、造紙、紡絲絨、棉布、製粉廠等；二是疏通並發揮黃河的航運貿易功能，青、豫、晉、秦、隴之製品，「露首面於各國、稱手段於環球，中國國旗飛揚海上、遍及外洋」。

在軍事方面，《黃河》開門見山地指出，黃河沿線諸省人眾財豐與軍務廢弛的現狀與守穴待斃無異，乃軍家大忌。解決這一問題，唯有疏通河道，發揮黃河重要的軍事作用。倘若一旦發生戰爭，中國沿黃腹地的軍資可通過航運南接沿海、北濟京津，提供源源不斷的後方支持。否則，前線則等同於「釜中魚、岸上肉，外敵可攫食於垂手之間耳」。

在社會政治現狀方面，就當時而言，國家已呈衰敗之勢，故文章作者申明治理黃河的自主與獨立的重要性。提出防止外人（列強）染指黃河的治理、修繕、開發的建議：「蓋黃河數千里皆費工，惟此段兩岸山巓對峙，開通省力，而復將此利讓於外人，則吾黃河爲中國害，將永爲中國害矣。雖目下軍事、學務、外交諸要政自待舉，固不暇計及黃河，然亦不可輕易棄之。況且任何要政其舉也均必須鉅款，黃河雖亦須款，成功後即可獲巨利。」、「輪船通行之後必嚴訂約章，絕不許外國軍艦、輪船任意出入，以重國防，以保利權。凡商船進口必須納通行稅，各停泊渡口皆設關卡，貨物出入均必納稅以補黃河需費。不然如揚子江毫無把握，各國汽船任意駛航，則每年利益外溢，不知幾何萬萬也，豈可蹈其覆轍哉？」避免國家治理黃河的最後成了爲外人（列強）作嫁衣裳。即作者闡明的治河終極目標——富民強國，以禦外侮。

在社會民生方面，作者指出了當時黃河管理方面存在的問題。比如管理黃河的職位設置、管理制度等等。在職位設置上，從官員到河兵，各以盤剝百姓商旅爲能事，不知河不治河，不養河不護河，卻以「吃河」爲寄生之法；在渡口問題上，官兵一體設置各種苛捐雜稅，與奸民一道，上下其手，吃空額，尅公自肥，極大地削弱了農工商的發展基礎。而且，由之引起的生活悲苦的百姓，必將鋌而走險，導致社會動盪。如此，一增一減，對民生、財政有著極大的損害而無一益，嚴重妨礙了地方財政和國家稅收的良性增加以及社會穩定。

在國家情勢方面，由經濟、政治、民生等方面綜合引發的社會問題必將導致國家貧弱、社會動盪。而在當時國際關係中，清廷處於受宰割的地位自不待言，所以治河便也就和經濟國防、政治國防、軍事國防相互緊密聯繫而成一體。

簡而言之，黃河能否得到有效治理，直接關係到經濟、民生等社會各個方面。黃河治，則農工振，農工振則商旅興，商旅興則生民富，生民富則國家強，國家強則外侮可禦矣。

但是，如果文章到此爲止，也就僅僅是一篇簡單的政論文章而已，與以前治理黃河的書簡沒有什麼不同。《黃河》最爲出彩的地方在於作者用了大量篇幅對歷代治河得失和治河要旨做了詳細闡述。正「因河水攜沙而至，下流稍爲緩滯，上流沙即擱停。故今日雖爲數丈之河，明日即可成土灘」，作者一語道破治河的根源在於治沙，而如何治沙，作者則認爲修築黃河之堤乃萬全之策，並爲此算了一筆經濟賬：以南北四十餘里的河堤爲例，河身寬五里至十五里，水深三尺至二十餘尺不等。若河身縮至三里，黃河兩堤以內則會出現肥沃的灘塗六萬頃，可創造價值六千萬圓。築堤治河的工費按每里五萬圓計，千里之河的總成本爲五千萬圓，「似此以所應得之地即可償治河之工費而有餘。」（前 130 頁十二下）接著，《黃河》一文對黃河流經之路及其形勢、築堤治河準備工作、治河的詳細步驟、築堤所選材料的利弊等做了釋解。

值得一提的是，作者對當時（二十世紀初）國際治水現狀甚至科學技術的動態頗爲明晰，並恰當地運用到治河計劃中。尤其是對明代萬恭年間的《治水筌蹄》的古爲今用，具體給出治河之法，表明作者確實下了大工夫：對黃河的前世今生、國外大河的治理及利用情況，用功之深，可追專業人士。文中的許多觀點、治理及利用黃河之法，在今天仍有借鑒意義。

作者爲鄭州財稅金融職業學院講師、
河南大學新聞與傳播學院 2016 屆碩士研究生

摩羅詩力說

令　飛

求古源盡者將求方來之泉，將求新源。嗟我昆弟，新生之作，新泉之湧於淵深，其非遠矣。——尼佉

一

人有讀古國文化史者，循代而下，至於卷末，必凄以有所覺。如脫春溫而入於秋肅，勾萌絕朕，枯槁在前，吾無以名，姑謂之蕭條而止。蓋人文之留遺後世者，最有力莫如心聲。古民神思，接天然之閟宮，冥契萬有，與之靈會，道其能道，爰爲詩歌。其聲度時劫而入人心，不與緘口同絕；且益曼衍，視其種人。遞文事式微，則種人之運命亦盡，群生輟響，榮華收光；讀史者蕭條之感，即以怒起，而此文明史記，亦漸臨末頁矣。凡負令譽於史初，開文化之曙色，而今日轉爲影國者，無不如斯。使舉國人所習聞，最適莫如天竺。天竺古有《韋陀》四種，瑰麗幽敻，稱世界大文。其《摩訶波羅多》暨《羅摩衍那》二賦，亦至美妙。厥後有詩人加黎陀薩者出，以傳奇鳴世，間染抒情之篇；日耳曼詩宗瞿提，至崇爲兩間之絕唱。降及種人失力，而文事亦共零夷，至大之聲，漸不生於彼國民之靈府，流轉異域，如亡人也。次爲希伯來，雖多涉信仰教誡，而文章以幽邃莊嚴勝，教宗文術，此其源泉，灌溉人心，迄今茲未艾。特在以色列族，則止耶利米之聲，列王荒矣，帝怒以赫，耶路撒冷遂隳，而種人之舌亦默。當彼流離異地，雖不遽忘其宗邦，方言正信，拳拳未釋，然《哀歌》而下，無賡響矣。復次爲伊蘭埃，皆中道廢弛，有如斷綆，燦爛於古，蕭瑟於今。若震旦而逸斯列，則人生大戩，無適於此。何以故？英人加勒爾曰：得昭明之聲，洋洋乎歌心意而生者，爲國

民之首義。意太利分崩矣，然實一統也，彼生但丁，彼有意語。大俄羅斯之笱爾，有兵刃炮火，政治之上，能轄大區，行大業。然奈何無聲？中或有大物，而其爲大也喑。（中略）迨兵刃炮火，無不腐蝕，而但丁之聲依然。有但丁者統一，而無聲兆之俄人，終支離而已。

尼佉不惡野人，謂中有新力，言亦確鑿不可移。蓋文明之朕，固孕於蠻荒；野人狉獉其形，而隱曜即伏於內；文明如華，蠻野如蕾；文明如實，蠻野如華。上徵在是，希望亦在是。惟文化已止之古民，不然，發展既央，隳敗隨起。況久席古宗祖之光榮，嘗首出周圍之下國，暮氣之作，每不自知，自用而愚，污如死海。其煌煌居歷史之首，而終匿形於卷末者，殆以此歟？俄之無聲，激響在焉。俄如孺子，而非喑人；俄如伏流，而非古井。十九世紀前葉，果有鄂戈理者起，以不可見之淚痕悲色，振其邦人；或以擬英之狹斯丕爾，即加勒爾所讚揚崇拜者也。顧瞻人間，新聲爭起，無不以殊特雄麗之言，自振其精神而紹介其偉美於世界；若淵默而無動者，獨前舉天竺以下數古國而已。嗟夫！古民之心聲手澤，非不莊嚴，非不崇大，然呼吸不通於今，則取以供覽古之人，使摩挲詠歎而外，更何物及其子孫？否亦僅自語其前此光榮，即以形邇來之寂寞，反不如新起之邦，縱文化未昌，而大有望於方來之足致敬也。故所謂古文明國者，悲涼之語耳，嘲諷之辭耳！中落之冑，故家荒矣。則喋喋語人，謂厥祖在時，其爲智慧武怒者何似。嘗有閎宇崇樓，珠玉犬馬，尊顯勝於凡人。有聞其言，孰不騰笑？夫國民發展，功雖有在於懷古，然其懷也，思理朗然，如鑒明鏡。時時上徵，時時反顧，時時進光明之長途，時時念輝煌之舊有，故其新者日新，而其古亦不死。若不知所以然，漫誇耀以自悅，則長夜之始，即在斯時。今試履中國之大衢，當有見軍人蹀躞而過市者，張口作軍歌，痛斥印度波闌之奴性；有漫爲國歌者亦然。蓋中國今日，亦頗思歷舉前有之耿光，特未能言，則姑曰左鄰已奴，右鄰且死，擇亡國而較量之，冀自顯其佳勝。夫二國與震旦究孰劣，今姑弗言；若云頌美之什，國民之聲，則天下之詠者雖多，固未見有此做法矣。詩人絕跡，事若甚微，而蕭條之感，輒以來襲。意者欲揚宗邦之眞大，首在審己，亦必知人，比較既周，爰生自覺。自覺之聲發，每響必中於人心，清晰昭明，不同凡響。非然者，口舌一結，眾語俱淪，沉默之來，倍於前此。蓋魂意方夢，何能有言？即震於外緣，強自揚厲，不惟不大，徒增欷耳。故曰國民精神發揚，與世界識見之廣博有所屬。

今且置古事不道，別求新聲於異邦，而其因即動於懷古。新聲之別，不可究詳；至力足以振人，且語之較有深趣者，實莫如摩羅詩派。摩羅之言，假自天竺，此云天魔，歐人謂之撒但，人本以目裴倫。今則舉一切詩人中，凡立意在反抗，指歸在動作，而爲世所不甚愉悅者悉入之。爲傳其言行思惟，流別影響，始宗主裴倫，終以摩迦（匈加利）文士。凡是群人，外狀至異，各稟自國之特色，發爲光華；而要其大歸，則趣於一：大都不爲順世和樂之音，動吭一呼，聞者興起，爭天拒俗，迄於死亡，而精神復深感後世人心，綿延至於無已。雖未生以前，解脫而後，或其聲爲不足聽；若其生活兩間，居天然之掌握，輾轉而未得脫者，則使之聞之，固聲之最雄桀偉美者矣。然以語平和之民，則言者滋懼。

二

平和爲物，不見於人間。其強謂之平和者，不過戰事方已或未始之。外狀若寧，暗流仍伏，時劫一會，動作始矣。故觀之天然，則和風拂林，甘雨潤物，似無不以降福祉於人世。然烈火在下，出爲地囪，一旦僨興，萬有同壞。其風雨時作，時暫伏之見象，非能永劫安易，如亞當之故家也。人事亦然，衣食家室邦國之爭，形現既昭，已不可以諱掩；而二士室處，亦有吸呼，於是生顥氣之爭，強肺者致勝。故殺機之昉，與有生偕；平和之名，等於無有。特生民之始，既以武健勇烈，抗拒戰鬥，漸進於文明矣。化定俗移，轉爲新儒，知前徵之至險，則爽然思歸其雌。而戰場在前，復自知不可避，於是運其神思，創爲理想之邦。或託之人所莫至之區，或遲之不可計年以後。自柏拉圖《邦國論》始，西方哲士，作此念者不知幾何人。雖自古迄今，絕無此平和之朕，而延頸方來神馳所慕之儀的，日逐而不捨，要亦人間進化之一因子歟？吾中國愛智之士，獨不與西方同。心神所注，遼遠在於唐虞。或逕入古初，遊於人獸雜居之世；謂其時萬禍不作，人安其天，不如斯世之惡濁阽危，無以生活。其說照之人類進化史實，事正背馳。蓋古民曼衍播遷，其爲爭抗劬勞，縱不厲於今，而視今必無所減；特歷時既永，史乘無存，汗迹血腥，泯滅都盡，則追而思之，似其時爲至足樂耳。倘使置身當時，與古民同其憂患，則頹唐侘傺，復遠念盤古未生，斧鑿未經之世，又事之所必有者已。故作此念者，爲無希望，爲無上徵，爲無努力，較以西方思理，猶水火然。非自殺以從古人，將終其身更無可希冀經營，致人我於所儀之主的，束手浩歎，神質同隳焉而已。且更爲忖度其言，又將見古之思士，決不以華土爲可樂，如今人所張皇。惟自知良儒無可爲，乃獨圖脫屣塵埃，惝恍古國，任人群墮於蟲獸，而己身以隱逸終。思士如是，社會善之，咸謂之高蹈之人，而自云我蟲獸我蟲獸也。其不然者，乃立言辭，欲致人同歸於樸古，老子之輩，蓋其梟雄。老子書五千語，要在不攖人心；以不攖人心故，則必先自致槁木之心，立無爲之治。以無爲之爲化社會，而世即於太平。其術善也。然奈何星氣既凝，人類既出面後，無時無物，不稟殺機，進化或可停，而生物不能返本。使拂逆其前徵，勢即入於苓落，世界之內，實例至多。一覽古國，悉其信證。若誠能漸致人間，使歸於禽蟲卉木原生物，復由漸即於無情，則宇宙自大，有情已去，一切虛無，寧非至淨。而不悻進化如飛矢，非墮落不止，非著物不止，祈逆飛而歸弦，爲理勢所無有。此人世所以可悲，而摩羅宗之爲至偉也。人得是力，乃以發生，乃以曼衍，乃以上徵，乃至於人所能至之極點。

中國之治，理想在不攖，而意異於前說。有人攖人，或有人得攖者，爲帝大禁，其意在保位，使子孫王千萬世，無有底止。故性解之出，必竭全力死之。有人攖我，或有能攖人者，爲民大禁，其意在安生，寧蜷伏墮落而惡進取，故性解之出，亦必竭全力死之。柏拉圖建神思之邦，謂詩人亂治，當放域外。雖國之美污，意之高下有不同，而術實出於一。蓋詩人者，攖人心者也。凡人之心，無不有詩。如詩人作詩，詩不爲詩人獨有。凡一讀其詩，心即會解者，即無不自有詩人之詩。無之何以能解？惟有而未能言，詩人爲之語，則握撥一彈，心弦立應，其聲澈於靈府，令有情皆舉其首，如睹曉日，益爲之美偉強力高尚發揚，而污濁之平和，以之將破。平和之破，人道蒸也。雖然，上極天帝，下至輿臺，則不能不因此變其前時之生活。協力而夭閼之，思永保其故態，殆亦人情已。故態永存，是曰古國。惟詩究不可滅盡，則又設範以囚之。如中國之詩，舜云言志。而後賢立說，乃云持人性情，三百之旨，無邪所蔽。夫既言志矣，何持之云？強以無邪，即非人志。許自繇於鞭策羈縻之下，殆此事乎？然厥後文章，乃果輾轉不逾此界。其頌祝主人，悅媚豪右之作，可無俟言。即或心應蟲鳥，情感林泉，發爲韻語，亦多拘於無形之囹圄，不能舒兩間之眞美。否則，悲慨世事，感懷前賢，可有可無之作，聊行於世。倘其囁嚅之中，偶涉眷愛，而儒服之士，即交口非之。況言之至反常俗者乎？惟靈均將逝，腦海波起，通於汨羅，返顧高丘，哀其無女，則抽寫哀怨，郁爲奇文。茫洋在前，顧忌皆去。懟世俗之渾濁，頌己身之修能。懷疑自遂古之初，直至百物之瑣末，放言無憚，爲前人所不敢言。然中亦多芳菲淒惻之音，而反抗挑戰，則終其篇未能見，感動後世，爲力非強。劉彥和所謂才高者菀其鴻裁，中巧者獵其豔辭，吟諷者銜其山川，童蒙者拾其香草。皆著意外形，不涉內質。孤偉自死，社會依然。四語之中，函深哀焉。故偉美之聲，不震吾人之耳鼓者，亦不始於今日。大都詩人自倡，生民不耽。試稽自有文字以至今日，凡詩宗詞客，能宣彼妙音，傳其靈覺，以美善吾人之性情，崇大吾人之思理者，果幾何人？上下求索，幾無有矣。第此亦不能爲彼徒罪也，人人之心，無不泐二大字曰：實利。不獲則勞，既獲便睡。縱有激響，何能攖之？夫心不受攖，非槁死則縮朒耳。而況實利之念，復黏黏熱於中。且其爲利，又至陋劣不足道。則馴至卑懦儉嗇，退讓畏葸，無古民之樸野，有末世之澆漓，又必然之勢矣。此亦古哲人所不及料也！夫云將以詩移人性情，使即於誠善美偉強力敢爲之域，聞者或哂其迂遠乎？而事復無形，效不顯於頃刻。使舉一密栗之反證，殆莫如古國之見滅於外仇矣。凡如是者，蓋不止笞擊縻縶，易於毛角而已，且無有爲沉痛著大之聲，攖其後人，使之興起。即間有之，受者亦不爲之動。創痛少去，即復營營於治生。活身是圖，不恤污下，外仇又至，摧敗繼之。故不爭之民，其遭遇戰事，常較好爭之民多。而畏死之民，其苓落殞亡，亦視強項敢死之民眾。

千八百有六年八月，拿坡侖大挫普魯士軍。翌年七月，普魯士乞和，爲從屬之國。然其時德之民族，雖遭敗亡窘辱，而古之精神光耀，固尚保有而未隳。於是有愛倫德者出，著《時代精神篇》，以偉大壯麗之筆，宣獨立自繇之音，國人得之，敵愾之心大熾。已而爲敵覺察，探索極嚴，乃走瑞士。遞千八百十二年，拿坡侖挫於墨斯科之酷寒大火，逃歸巴黎。歐土遂爲雲擾，競舉其反抗之兵。翌年，普魯士帝威廉三世乃下令召國民成軍，宣言爲三事戰，曰自由正義祖國，英年之學生詩人美術家爭赴之。愛倫德亦歸，著《國民軍者何》暨《萊因爲德國大川特非其界》二篇，以鼓青年之意氣。而義勇軍中，時亦有人曰臺陀開納，慨然投筆，辭維也納劇場詩人之職，別其父母愛者，遂執兵行。作書貽父母曰：普魯士之鷲，已以鷙擊誠心，覺德意志民族之大望矣。吾之吟詠，無不爲宗邦憧。吾將捨所有福祉歡欣，爲宗國戰死。嗟夫！吾以明神之力，已得大悟。爲邦人之自由與人道之善故，犧牲孰大於是？熱力無量，湧吾靈臺，吾起矣！後此之《豎琴長劍》一集，亦無不以是精神，凝爲高響。展卷方誦，血脈已張。然時之懷熱誠靈悟如斯狀者，蓋非止開納一人也。舉德國青年，無不如是。開納之聲，即全德人之聲；開納之血，亦即全德人之血耳。故推而論之，敗拿坡侖者，不爲國家，不爲皇帝，不爲兵刃，國民而已。國民皆詩，亦皆詩人之具，而德卒以不亡。此豈篤守功利，擯斥詩歌，或抱異域之朽兵敗甲，冀自衛其衣食室家者，意料之所能至哉？然此亦僅譬詩力於米鹽，聊以震崇實之士，使知黃金黑鐵，斷不足以興國家。德法二國之外形，亦非吾邦所可活剝。示其內質，冀略有所悟解而已。此篇本意，固弗在是也。

三

由純文學上言之，則以一切美術之本質，皆在使觀聽之人，爲之興感怡悅。文章爲美術之一，質當亦然。與個人暨邦國之存，無所繫屬，實利離盡，究理弗存。故其爲效，益智不如史乘，誡人不如格言，致富不如工商，弋功名不如卒業之券。特世有文章，而人乃以幾於具足。英人道覃有言曰，美術文章之桀出於世者，觀誦而後，似無裨於人間者，往往有之。然吾人樂於觀誦，如遊巨浸，前臨渺茫，浮遊波際，游泳既已，神質悉移。而彼之大海，實僅波起濤飛，絕無情愫，未始以一教訓一格言相授。顧遊者之元氣體力，則爲之陡增也。故文章之於人生，其爲用決不次於衣食、宮室、宗教、道德。蓋緣人在兩間，必有時自覺以勤勉，有時喪我而惝恍，時必致力於善生，時必並忘其善生之事而入於醇樂，時或活動於現實之區，時或神馳於理想之域。苟致力於其偏，是謂之不具足。嚴冬永留，春氣不至，生其軀殼，死其精魂，其人雖生，而人生之道失。文章不用之用，其在斯乎？約翰穆黎曰，近世文明，無不以科學爲術，合理爲神，功利爲鵠。大勢如是，而文章之用益神。所以者何？以能涵養吾人之神思耳。涵養人之神思，即文章之職與用也。

此他麗於文章能事者，猶有特殊之用一。蓋世界大文，無不能啓人生之閟機，而直語其事實法則，爲科學所不能言者。所謂閟機，即人生之誠理是已。此爲誠理，微妙幽玄，不能假口於學子。如熱帶人未見冰前，爲之語冰，雖喻以物理生理二學，而不知水之能凝、冰之爲冷如故。惟直示以冰，使之觸之，則雖不言質力二性，而冰之爲物，昭然在前，將直解無所疑沮。惟文章亦然，雖縷判條分，理密不如學術，而人生誠理，直籠其辭句中，使聞其聲者，靈府朗然，與人生即會。如熱帶人既見冰後，曩之竭研究思索而弗能喻者，今宛在矣。昔愛諾爾特氏以詩為人生評騭，亦正此意。故人若讀鄂謨以降大文，則不徒近詩，且自與人生會，歷歷見其優勝缺陷之所存，更力自就於圓滿。此其效力，有教示意；既為教示，斯益人生；而其教復非常教，自覺勇猛發揚精進，彼實示之。凡苶落頽唐之邦，無不以不耳此教示始。

顧有據群學見地以觀詩者，其為說復異：要在文章與道德之相關。謂詩有主分，曰觀念之誠。其誠奈何？則曰為詩人之思想感情，與人類普遍觀念之一致。得誠奈何？則曰在據極溥博之經驗。故所據之人群經驗愈溥博，則詩之溥博視之。所謂道德，不外人類普遍觀念所形成。故詩與道德之相關，緣蓋出於造化。詩與道德合，即為觀念之誠，生命在是，不朽在是。非如是者，必與群法僢馳。以背群法故，必反人類之普遍觀念；以反普遍觀念故，必不得觀念之誠。觀念之誠失，其詩宜亡。故詩之亡也，恒以反道德故。然詩有反道德而竟存者奈何？則曰，暫耳。無邪之說，實與此契。苟中國文事復興之有日，慮操此說以力削其萌蘖者，尚有徒也。而歐洲評騭之士，亦多抱是說以律文章。十九世紀初，世界動於法國革命之風潮，德意志、西班牙、意太利、希臘皆興起，往之夢意，一曉而蘇。惟英國較無動。顧上下相迕，時有不平，而詩人裴倫，實生此際。其前有司各德輩，為文率平妥翔實，與舊之宗教道德極相容。迨有裴倫，乃超脫古範，直抒所信，其文章無不函剛健抗拒破壞挑戰之聲。平和之人，能無懼乎？於是謂之撒但。此言始於蘇惹，而眾和之。後或擴以稱修黎以下數人，至今不廢。蘇惹亦詩人，以其言能得當時人群普遍之誠故，獲月桂冠，攻裴倫甚力。裴倫亦以惡聲報之，謂之詩商。所著有《納爾遜傳》今最行於世。

《舊約》記神既以七日造天地，終乃摶埴為男子，名曰亞當。已而病其寂也，復抽其肋為女子，是名夏娃，皆居伊甸。更益以鳥獸卉木，四水出焉。伊甸有樹，一曰生命，一曰知識。神禁人勿食其實，魔乃半蛇以誘夏娃，使食之，爰得生命知識。神怒，立逐人而詛蛇，蛇腹行而土食。人則既勞其生，又得其死，罰且及於子孫，無不如是。英詩人彌耳敦，嘗取其事作《失樂園》，有天神與撒但戰事，以喻光明與黑暗之爭。撒但為狀，復至獰厲。是詩而後，人之惡撒但遂益深。然使震旦人士異其信仰者觀之，則亞當之居伊甸，蓋不殊於籠禽。不識不知，惟帝是悅，使無天魔之誘，人類將無由生。故世間人，當蔑弗秉有魔血，惠之及人世者，撒但其首矣。然為基督宗徒，則身被此名，正如中國所謂叛道，人群共棄，艱於置身，非強怒善戰豁達能思之士，不任受也。亞當、夏娃既去樂園，乃舉二子，長曰亞伯，次曰凱因。亞伯牧羊，凱因耕植是事，嘗出所有以獻神。神喜脂膏而惡果實，斥凱因獻不視。以是，凱因漸與亞伯爭，終殺之。神則詛凱因，使不獲地力，流於殊方。裴倫取其事作傳奇，於神多所詰難。教徒皆怒，謂爲瀆聖害俗，張皇靈魂有盡之詩，攻之至力。迄今日評騭之士，亦尙有以是難裴倫者。爾時獨穆亞及修黎二人，深稱其詩之雄美偉大。德詩宗瞿提，亦謂爲絕世之文。在英國文章中，此爲至上之作。後之勸遏克曼治英國語言，蓋即冀其直讀斯篇云。《約》又記凱因既流，亞當更得一子，歷歲永永，人類益繁，於是心所思惟，多涉惡事。主神乃悔，將殄之。有挪亞獨善事神，神令致亞斐木爲方舟，將眷屬動植，各從其類居之。遂作大雨四十晝夜，洪水汜濫，生物滅盡，而挪亞之族獨完，水退居地，復生子孫，至今日不絕。吾人記事涉此，當覺神之能悔，爲事至奇。而人之惡撒但，其理乃無足詫。蓋既爲挪亞子孫，自必力斥抗者，敬事主神，戰戰兢兢，繩其祖武，冀洪水再作之日，更得密詔而自保於方舟耳。抑吾聞生學家言，有云反種一事，爲生物中每現異品，肖其遠先，如人所牧馬，往往出野物，名芝不拉，蓋裴馴以前狀，復現於今日者。撒但詩人之出，殆亦如是，無足異也。獨眾馬怒其不伏箱，群起而交踶之，斯則奇爾。

四

裴倫名喬治戈登，係出司堪第那比亞海賊蒲隆族。其族後居諾曼，從威廉入英，遞顯理二世時，始用今字。裴倫以千七百八十八年一月生於倫敦，十二歲即爲詩。長遊堪勃力俱大學不成，漸決去英國，作汗漫遊，始於波陀牙，東至希臘突厥及小亞細亞，歷審其天物之美，民俗之異，成《哈洛爾特遊草》二卷，波譎雲詭，世爲之驚絕。次作《不信者》暨《阿畢陀斯新婦行》二篇，皆取材於突厥。前者記不信者（對回教而言）通哈山之妻，哈山投其妻於水，不信者逸去，後終歸而殺哈山，詣廟自懺。絕望之悲，溢於毫素，讀者哀之。次爲女子蘇黎加愛舍林，而其父將以婚他人，女偕舍林出奔，已而被獲，舍林鬥死，女亦終盡，其言有反抗之音。迫千八百十四年一月，賦《海賊》之詩。篇中英雄曰康拉德，於世已無一切眷愛，遺一切道德，惟以強大之意志，爲賊渠魁，領其從者，建大邦於海上。孤舟利劍，所向悉如其意。獨家有愛妻，他更無有；往雖有神，而康剌德早棄之，神亦已棄康剌德矣。故一劍之力，即其權利。國家之法度，社會之道德，視之蔑如。權力若具，即用行其意志，他人奈何，天帝何命，非所問也。若問定命之何如？則曰，在鞘中，一旦外輝，彗且失色而已。然康剌德爲人，初非元惡，內秉高尚純潔之想，嘗欲盡其心力，以致益於人間。比見細人蔽明，讒諂害聰。凡人營營，多猜忌中傷之性。則漸冷淡，則漸堅凝，則漸嫌厭。終乃以受自或人之怨毒，舉而報之全群，利劍輕舟，無間人神，所向無不抗戰。蓋復仇一事，獨貫注其全精神矣。一日攻塞特，敗而見囚。塞特有妃愛其勇，助之脫獄，泛舟同奔，遇從者於波上，乃大呼曰：「此吾舟，此吾血色之旗也，吾運未盡於海上！」然歸故家，則銀釭暗而愛妻逝矣。既而康剌德亦失去，其徒求之波間海角，蹤跡奇然，獨有以無量罪惡，繫一德義之名，永存於世界而已。裴倫之祖約翰，嘗念先人爲海王，因投海軍爲之帥。裴倫賦此，緣起似同。有即以海賊字裴倫者，裴倫聞之竊喜，則篇中康剌德爲人，實即此詩人變相，殆無可疑已。越三月，又作賦曰《羅羅》，記其人嘗殺人不異海賊，後圖起事，敗而傷，飛矢來貫其胸，遂死。所敘自尊之夫，力抗不可避之定命，爲狀慘烈，莫可比方。此他猶有所制，特非雄篇。其詩格多師司各德，而司各德由是銳意於小說，不復爲詩，避裴倫也。已而裴倫去其婦，世雖不知去之之故，然爭難之。每臨會議，嘲罵即四起，且禁其赴劇場。其友穆亞爲之傳，評是事曰：「世於裴倫，不異其母，忽愛忽惡，無判決也。」顧窘戮天才，殆人群恒狀，滔滔皆是，寧止英倫。中國漢晉以來，凡負文名者，多受謗毀。劉彥和爲之辯曰：人稟五才，修短殊用，自非上哲，難以求備。然將相以位隆特達，文士以職卑多誚，此江河所以騰涌，涓流所以寸析者。東方惡習，盡此數言。然裴倫之禍，則緣起非如前陳，實反由於名盛。社會頑愚，仇敵窺覗，乘隙立起，眾則不察而妄和之。若頌高官而厄寒士者，其污且甚於此矣。顧裴倫由是遂不能居英，自曰：「使世之評騭誠，吾在英爲無值；若評騭謬，則英於我爲無值矣。吾其行乎？然未已也，雖赴異邦，彼且躡我。」已而終去英倫，千八百十六年十月，抵意太利。自此，裴倫之作乃益雄。

裴倫在異域所爲文，有《哈洛爾特遊草》之續，《堂祥》（人名）之詩，及三傳奇稱最偉，無不張撒但而抗天帝，言人所不能言。一曰《曼弗列特》，記曼以失愛絕歡，陷於巨苦，欲忘弗能。鬼神見形問所欲，曼云欲忘。鬼神告以忘在死，則對曰，死果能令人忘耶？復衷疑而弗信也。後有魅來降曼弗列特，而曼忽以意志制苦，毅然斥之曰：「汝曹決不能誘惑滅亡我。」（中略）「我自壞者也。行矣，魅眾！死之手誠加我矣，然非汝手也。」意蓋謂己有善惡，則褒貶賞罰，亦悉在己，神天魔龍，無以相淩，況其他乎？曼弗列特意志之強如是，裴倫亦如是。論者或以擬瞿提之傳奇《法斯忒》（人名義云拳）云。二曰《凱因》，本事已述於前分，中有魔曰盧希飛勒。導凱因登太空，爲論善惡生死之故，凱因悟，遂師摩羅。比行世，大遭教徒攻擊，則作《天地》以報之。英雄爲耶彼第，博愛而厭世，亦以詰難教宗，鳴其非理者。夫撒但何由昉乎？以彼教言，則亦天使之大者，徒以陡起大望，生背神心，敗而墮獄，是云魔鬼。由是言之，則魔亦神所手創者矣。已而潛入樂園，至善美安樂之伊甸，以一言而立毀，非具大能力，何克至是？伊甸，神所保也，而魔毀之，神安得云全能？況自創惡物，又從而懲之，且更瓜蔓以懲人，其慈又安在？故凱因曰：神爲不幸之因。神亦自不幸，手造破滅之不幸者，胡幸福之可言？而吾父曰，神全能也。問之曰，神善，何復惡耶？則曰，惡者，就善之道爾。神之爲善，誠如其言：先以凍餒，乃與之衣食；先以癘疫，乃施之救援；手造罪人，而曰吾赦若矣。人則曰，神可頌哉，神可頌哉！營營而建伽蘭焉。

盧希飛勒不然，曰吾誓之兩間，吾實有勝我之強者，而無有加於我之上位。彼勝我故，名我曰惡，若我致勝，惡且在神，善惡易位耳。此其論善惡，正異尼佉。尼佉意謂強勝弱故，弱者乃字其所爲曰惡，故惡實強之代名，此則以惡爲弱之冤謚。故尼佉欲自強，而並頌強者；此則亦欲自強，而力抗強者，好惡至不同，特冀強則一而已。人謂神強，因亦至善。顧善者乃不喜華果，特嗜腥羶。凱因之獻，純潔無似，則以旋風振而落之。人類之始，實自主神，一拂其心，即始洪水，並無罪之禽蟲卉木而殄之。人則曰，爰滅罪惡，神可頌哉！耶彼第乃曰：汝得救孺子眾！汝以爲脫身狂濤，獲天幸歟？汝曹偷生，逞其食色，目擊世界之亡，而不生其憫歎。復無勇力，敢當大波，與同胞之人，共其運命。偕厥考逃於方舟，而建都邑於世界之壟上，竟無慚耶？然人竟無慚也，方伏地讚頌，無有休止，以是之故，主神遂強。使眾生去而不之理，更何力之與有？人既授神力，復假之以厄撒但；而此種人，又即主神往所殄滅之同類。以撒但之意觀之，其爲頑愚陋劣，何可言耶？將曉之歟，則音聲未宣，眾已疾走，內容何若，不省察也。將任之歟，則非撒但之心矣，故復以權力現於世。神，一權力也；撒但，亦一權力也。惟撒但之力，即生於神，神力若亡，不爲之代；上則以力抗天帝，下則以力制眾生，行之背馳，莫甚於此。顧其制眾生也，即以抗故。倘其眾生同抗，更何制之云？裴倫亦然，自必居人前，而怒人之後於眾。蓋非自居人前，不能使人勿後於眾故。

任人居後而自為之前，又為撒但大恥故。故既揄揚威力，頌美強者矣。復曰，吾愛亞美利加，此自由之區，神之綠野，不被壓制之地也。由是觀之，裴倫既喜拿坡侖之毀世界，亦愛華盛頓之爭自由；既心儀海賊之橫行，亦孤援希臘之獨立，壓制反抗，兼以一人矣。雖然，自由在是，人道亦在是。（未已）

五

自尊至者，不平恒繼之，忿世嫉俗，發為巨震，與對跖之徒爭衡。蓋人既獨尊，自無退讓，自無調和，意力所如，非達不已。乃以是漸與社會生衝突，乃以是漸有所厭倦於人間。若裴倫者，即其一矣。其言曰，磽確之區，吾儕奚獲耶？（中略）凡有事物，無不定以習俗至謬之衡，所謂輿論，實具大力，而輿論則以昏黑蔽全球也。此其所言，與近世諾威文人伊孛生所見合。伊氏生於近世，憤世俗之昏迷，悲眞理之匿耀，假《社會之敵》以建言，立博士斯托克曼為全書主者，死守眞理，以拒庸愚，終獲群敵之謚。自既見放於地主，其子復受斥於學校，而終奮鬥，不為之搖。末乃曰，吾又見眞理矣。地球上至強之人，至獨立者也！其處世之道如是，顧裴倫不盡然。凡所描繪，皆稟種種思、具種種行，或以不平而厭世，遠離人群，寧與天地為儕偶，如哈洛爾特；或厭世至極，乃希滅亡，如曼弗列特；或被人天之楚毒，至於刻骨，乃咸希破壞，以復仇讎，如康剌德與盧希飛勒；或棄斥德義，蹇視淫遊，以嘲弄社會，聊快其意，如堂祥。其非然者，則尊俠尚義，扶弱者而平不平，顛僕有力之蠢愚，雖獲罪於全群無懼，即裴倫最後之時是已。彼當前時，經歷一如上述書中眾士，特未欷歔斷望，願自逖於人間，如曼弗列特之所為而已。故懷抱不平，突突上發，則倨傲縱逸，無恤人言，破壞復仇，無所顧忌。而義俠之性，亦即伏此烈火之中，重獨立而愛自繇，苟奴隸立其前，必衷悲而疾視。衷悲所以哀其不幸，疾視所以怒其不爭，此詩人所為援希臘之獨立，而終死於其軍中者也。蓋裴倫者，自繇主義之人耳。嘗有言曰，若為自由故，不必戰於宗邦，則當為戰於他國。是時意太利適制於墺，失其自由，有秘密政黨起，謀獨立，乃密與其事，以擴張自由之元氣者自任，雖狙擊密偵之徒，環繞其側，終不為廢遊步馳馬之事。後秘密政黨破於墺人，前望悉已，而精神終不消。裴倫之所督勵，力直及於後日，起馬志尼，起加富爾，於是意之獨立成。故馬志尼曰：意太利實大有負於裴倫。彼起吾國者也！蓋誠言已。裴倫平時，又至有情愫於希臘，思想所趣，如磁指南。特希臘時自由悉喪，入突厥版圖，受其羈縻，不敢抗拒。詩人惋惜悲憤，往往見於篇章。懷前古之光榮，哀後人之零落，或與斥責，或加激勵，思使之攘突厥而復興，更睹往日耀燦莊嚴之希臘。如所作《不信者》暨《堂祥》二詩中，其怨憤譙責之切，與希冀之誠，無不歷然可徵信也。比千八百二十三年，倫敦之希臘協會馳書託裴倫，請援希臘之獨立。裴倫平日，至不滿於希臘今人，嘗稱之曰世襲之奴，曰自由苗裔之奴，因不即應。顧以義憤故，則終諾之，遂行。而希臘人民之墮落，乃誠如其說，勵之再振，爲業至難，因羈滯於克茀洛尼亞島者五月，始向密淑倫其。時海陸軍方奇困，聞裴倫至，狂喜，群集迓之，如得天使也。次年一月，獨立政府任以總督，並授軍事及民事之全權。而希臘是時，財政大匱，兵無宿糧，大勢幾去。加以式列阿忒傭兵見裴倫寬大，復多所要索，稍不滿，輒欲背去。希臘墮落之民，又誘之使窘裴倫。裴倫大憤，極詆彼國民性之陋劣。前所謂世襲之奴，乃果不可猝救如是也。而裴倫志尚不灰，自立革命之中樞，當四圍之艱險，將士內訌，則爲之調和。以己爲楷模，教之人道，更設法舉債，以振其窮。又定印刷之制，且堅堡壘以備戰。內爭方烈，而突厥果攻密淑倫其，式列阿忒傭兵三百人，復乘亂佔要害地。裴倫方病，聞之泰然，力平黨派之爭，使一心以面敵。特內外迫拶，神質劇勞，久之疾乃漸革。將死，其從者持楮墨，將錄其遺言。裴倫曰否，時已過矣。不之語，已而微呼人名，終乃曰，吾言已畢。從者曰，吾不解公言。裴倫曰，吁，不解乎？嗚呼晚矣！狀若甚苦。有間，復曰，吾既以吾物吾時暨吾康健，悉付希臘矣，今更付之吾生。他更何有？遂死。時千八百二十四年四月十八日夕六時也。今爲反念前時，則裴倫抱大望而來，將以天縱之才，致希臘復歸於往時之榮譽，自意振臂一呼，人必將靡然向之。蓋以異域之人，猶憑義憤爲希臘致力。而彼邦人，縱墮落腐敗者日久，然舊澤尚存，人心未死，豈意遂無情愫於故國乎？特至今茲，則前此所圖，悉如夢迹，知自由苗裔之奴，乃果不可猝救有如此也。次日，希臘獨立政府爲舉國民喪，市肆悉罷，炮臺鳴炮三十七，如裴倫壽也。

吾今爲按其爲作思惟，索詩人一生之內閟，則所遇常抗，所向必動，貴力而尚強，尊己而好戰。其戰復不如野獸，爲獨立自由人道也，此已略言之前分矣。故其平生，如狂濤如厲風，舉一切僞飾陋習，悉與蕩滌，瞻顧前後，素所不知；精神郁勃，莫可制抑，力戰而斃，亦必自救其精神；不克厥敵，戰則不止。而復率眞行誠，無所諱掩，謂世之毀譽褒貶是非善惡，皆緣習俗而非誠，因悉措而不理也。蓋英倫爾時，虛僞滿於社會，以虛文縟禮爲眞道德，有秉自由思想而探究者，世輒謂之惡人。裴倫善抗，性又率眞，夫自不可以默矣，故託凱因而言曰，惡魔者，說眞理者也。遂不恤與人群敵。世之貴道德者，又即以此交非之。遏克曼亦嘗問瞿提以裴倫之文，有無教訓。瞿提對曰，裴倫之剛毅雄大，教訓即函其中。苟能知之，斯獲教訓。若夫純潔之云，道德之云，吾人何問焉。蓋知偉人者，亦惟偉人焉而已。裴倫亦嘗評朋思曰：斯人也，心情反張，柔而剛，疏而密，精神而質，高尚而卑，有神聖者焉，有不淨者焉，互和合也。裴倫亦然，自尊而憐人之爲奴，制人而援人之獨立，無懼於狂濤而大儆於乘馬，好戰崇力，遇敵無所寬假，而於累囚之苦，有同情焉。意者摩羅爲性，有如此乎？且此亦不獨摩羅爲然，凡爲偉人，大率如是。即一切人，若去其面具，誠心以思，有純稟世所謂善性而無惡分者，果幾何人？遍觀眾生，必幾無有，則裴倫雖負摩羅之號，亦人而已，夫何詫焉？顧其不容於英倫，終放浪顛沛而死異域者，特面具爲之害耳。此即裴倫所反抗破壞，而迄今猶殺眞人而未有止者也。嗟夫！虛僞之毒，有如是哉！裴倫平時，其製詩極誠，嘗曰：英人評騭，不介我心。若以我詩爲愉快，任之而已。吾何能阿其所好爲？吾之握管，不爲婦孺庸俗，乃以吾全心全情感全意志，與多量之精神而成詩，非欲聆彼輩柔聲而作者也。夫如是，故凡一字一辭，無不即其人呼吸精神之形現，中於人心，神弦立應，其力之曼衍於歐土，例不能別求之英詩人中。僅司各德所爲說部，差足與相裴倫比而已。若問其力奈何？則意太利希臘二國，已如上述，可毋贅言。此他西班牙、德意志諸邦，亦悉蒙其影響。次復入斯拉夫族而新其精神，流澤之長，莫可闡述。至其本國，則猶有修黎一人。契支雖亦蒙摩羅詩人之名，而與裴倫別派，故不述於此。

六

修黎生三十年而死，其三十年悉奇蹟也，而亦即無韻之詩。時既艱危，性復狷介，世不彼愛，而彼亦不愛世；人不容彼，而彼亦不容人。客意太利之南方，終以壯齡而夭死，謂一生即悲劇之實現，蓋非誇也。修黎者，以千七百九十二年生於英之名門，姿狀端麗，夙好靜思。比入中學，大爲學友暨校師所不喜，虐遇不可堪。詩人之心，乃早萌反抗之朕兆。後作說部，以所得値饗其友八人，負狂人之名而去。次入惡斯佛大學，修愛智之學，屢馳書乞教於名人。而爾時宗教，權悉歸於冥頑之牧師，因以妨自由之崇信。修黎蹶起，著《無神論之要》一篇，略謂惟慈愛平等三，乃使世界爲樂園之要素，若夫宗教，於此無功，無有可也。書成行世，校長見之大震，終逐之。其父亦驚絕，使謝罪返校，而修黎不從，因不能歸。天地雖大，故鄉已失，於是至倫敦，時年十八，顧已孤立兩間，歡愛悉絕，不得不與社會戰矣。已而知戈德文，讀其著述，博愛之精神益張。次年入愛爾蘭，檄其人士，於政治宗教，皆欲有所更革，顧終不成。逮千八百十五年，其詩《阿剌斯多》始出世，記懷抱神思之人，索求美者，遍歷不見，終死曠原，如自敘也。次年乃識裴倫於瑞士；裴倫深稱其人，謂奮迅如獅子，又善其詩，而世猶無顧之者。又次年成《伊式闌轉輪篇》。凡修黎懷抱，多抒於此。篇中英雄曰羅昂，以熱誠雄辯，警其國民，鼓吹自由，顛覆壓制，顧正義終敗，而壓制於以凱還，羅昂遂爲正義死。是詩所函，有無量希望信仰，暨無窮之愛，窮追不捨，終以殞亡。蓋羅昂者，實詩人之先覺，亦即修黎之化身也。

至其傑作，尤在劇詩。厥中之偉者二，一曰《解放之普洛美迢斯》，一曰《煔希》。前者事本希臘神話，意近裴倫之《凱因》。假普洛美迢爲人類之精神，以愛與正義自由故，不恤艱苦，力抗壓制主者僦畢多，竊火貽人，受縶於山頂，猛鷲日啄其肉，而終不降。僦畢多爲之辟易，普洛美迢乃眷女子珂希亞，獲其愛而畢。珂希亞者，理想也。《煔希》之篇，事出意太利。記女子煔希之父，酷虐無道，毒虐無所弗至，煔希終殺之，與其後母兄弟，同戮於市。論者或謂之不倫。顧失常之事，不能絕於人間。即中國《春秋》，修自聖人之手者，類此之事，且數數見。又多直書無所諱，吾人獨於修黎所作，乃和眾口而難之耶？上述二篇，詩人悉出以全力，嘗自言曰：吾詩爲眾而作，讀者將多。又曰，此可登諸劇場者。顧詩成而後，實乃反是，社會以謂不足讀，伶人以謂不可爲。修黎抗僞俗弊習以成詩，而詩亦即受僞俗弊習之夭閼，此十九祺上葉精神界之戰士，所爲多抱正義而駢殞者也。雖然，往時去矣，任其自去，若夫修黎之眞値，則至今日而大昭。革新之潮，此其巨派，戈德文書出，初啓其端，得詩人之聲，乃益深入世人之靈府。凡正義自由眞理以至博愛希望諸說，無不化而成醇，或爲羅昂，或爲普洛美迢，或爲伊式闌之壯士，現於人前，與舊習對立，更張破壞，無稍假借也。舊習既破，何物斯存，則惟改革之新精神而已。十九世紀機運之新，實賴有此。朋思唱於前，裴倫修黎起其後，掊擊排斥，人漸爲之倉皇。而倉皇之中，即亟人生之改進。

故世之嫉視破壞，加之惡名者，特見一偏而未得其全體者爾。若爲桉其眞狀，則光明希望，實伏於中。惡物悉顚，於群何毒？破壞之云，特可發自冥頑牧師之口，而不可出諸全群者也。若其聞之，則破壞爲業，斯愈益貴矣！況修黎者，神思之人，求索而無止期，猛進而不退轉，淺人之所觀察，殊莫可得其淵深。若能眞識其人，將見品性之卓，出於雲間，熱誠勃然，無可沮遏，自趁其神思而奔神思之鄉。此其爲鄉，則爰有美之本體。奧古斯丁曰：吾未有愛而吾欲愛，因抱希冀以求足愛者也。惟修黎亦然。故終出人間而神行，冀自達其所崇信之境。復以妙音，喻一切未覺，使知人類曼衍之大故，暨人生價値之所存。揚同情之精神，而張其上徵渴仰之思想，使懷大希以奮進，與時劫同其無窮。世則謂之惡魔，而修黎遂以孤立，群復加以排擠，使不可久淹於人間。於是壓制凱還，修黎以死，蓋宛然阿剌斯多之殞於大漠也。

雖然，其獨慰詩人之心者，則尙有天然在焉。人生不可知，社會不可恃，則對天物之不僞，遂寄之無限之溫情。一切人心，孰不如是。特緣受染有異，所感斯殊。故目睛奪於實利，則思驅天然爲之得金資；智力集於科學，則思制天然而見其法則。若至下者，乃自春徂冬，於兩間崇高偉大美妙之見象，絕無所感應於心，自墮神智於深淵。壽雖百年，而迄不知光明爲何物，則所謂臥天然之懷，作嬰兒之笑矣。修黎幼時，素親天物。嘗曰：吾幼即愛山河林壑之幽寂，遊戲於斷崖絕壁之爲危險，吾伴侶也。考其生平，誠如自述。方在稚齒，已盤桓於密林幽谷之中，晨瞻曉日，夕觀繁星。俯則瞰大都中人事之盛衰，或思前此壓制抗拒之陳蹟。而蕪城古邑，或破屋中貧人啼饑號寒之狀，亦時復歷歷入其目中。其神思之澡雪，既至異於常人。則曠觀天然，自感神閟，凡萬匯之當其前，皆若有情而至可念也。故心弦之動，自與天籟合調，發爲抒情之什，品悉至神，莫可方物。非狹斯丕爾暨斯賓塞所作，不有足與倫比者焉。比千八百十九年春，修黎定居羅馬，次年遷畢撒。裴倫亦至，此他之友多集，爲其一生中至樂之時。迨二十二年七月八日，偕其友乘舟泛海，而暴風猝起，益以奔電疾雷，少頃波平，孤舟遂杳。裴倫聞信大震，遣使四出偵之，終得詩人之骸於水裔，乃葬羅馬焉。修黎生時，久欲與生死問題以詮解，自曰：未來之事，吾意已滿於柏拉圖暨培庚之所言，吾心至定，無畏而多望。人居今日之軀殼，能力悉蔽於陰雲，惟死亡來解脫其身，則秘密始能闡發。又曰：吾無所知，亦不能證，靈府至奧之思想，不能出以言辭，而此種事，縱吾身亦莫能解爾。死生之事大矣，而理至閟，置而不解，詩人未能，而解之之術，又獨有死而已。故修黎曾泛舟墜海，乃大悅呼曰：今使吾釋其秘密矣！然不死。一日浴於海，則伏而不起，友引之出，施救乃蘇。曰：吾恒欲探井中，人謂誠理伏焉，當我見誠，而君見我死也。然及今日，則修黎眞死矣。而人生之閟，亦以眞釋。特知之者，亦獨修黎已耳。

七

若夫斯拉夫民族，思想殊異於西歐，而裴倫之詩，亦疾進無所沮核。俄羅斯當十九世紀初葉，文事始新，漸乃獨立，日益昭明。今則已有齊驅先覺諸邦之概，令西歐人士，無不驚其美偉矣。顧夷考權輿，實本三士：曰普式庚，曰來爾孟多夫，曰鄂戈理。前二者以詩名世，均受影響於裴倫；惟鄂戈理以描繪社會人生之黑暗著名，與二人異趣，不屬於此焉。

普式庚，以千七百九十九年生於墨斯科，幼即爲詩，初建羅曼宗於其文界，名以大揚。顧其時俄多內訌，時勢方亟，而普式庚詩多諷喻，人即借而擠之，將流鮮卑，有數耆宿力爲之辯，始獲免，謫居南方。其時始讀裴倫詩，深感其大，思理文形，悉受轉化，小詩亦嘗摹裴倫。尤著者有《高加索累囚行》，至與《哈洛爾特遊草》相類。中記俄之絕望青年，囚於異域，有少女爲釋縛縱之行，青年之情意復蘇，而厥後終於孤去。其《及潑希》一詩亦然。及潑希者，流浪歐洲之民，以游牧爲生者也。有失望於世之人曰阿勒戈，慕是中絕色，因入其族，與爲婚姻。顧多嫉，漸察女有他愛，終殺之。女之父不施報，特令去不與居焉。二者爲詩，雖有裴倫之式，然又至殊。凡厥中勇士，等是見放於人群，顧復不離亞歷山大時俄國社會之一質分，易於失望，速於奮興，有厭世之風，而其志至不固。普式庚於此，已不與寄之同情，諸凡切於報復而觀念無所勝人之失，悉指謫不爲諱飾。故社會之僞善，既灼然現於人前，而及潑希之樸野純全，亦相形爲之益顯。論者謂普式庚所愛，漸去裴倫式勇士而向祖國純樸之民，蓋實自斯時始也。爾後巨製，曰《阿內庚》，詩材至簡，而文特富麗。爾時俄之社會，情狀略具於斯。惟以推敲八年，所蒙之影響至不一，故性格遷流，首尾多異。厥初二章，尚受裴倫之感化，則其英雄阿內庚爲性，力抗社會，斷望人間，有裴倫式英雄之概。特已不憑神思，漸近眞然，與爾時其國青年之性質肖矣。厥後外緣轉變，詩人之性格亦移，於是漸離裴倫，所作日趣於獨立。而文章益妙，著述亦多。至與裴倫分道之因，則爲說亦不一：或謂裴倫絕望奮戰，意向峻絕，實與普式庚性格不相容。曩之信崇，蓋出一時之激越，迨風濤大定，自即棄置而返其初；或謂國民性之不同，當爲是事之樞紐，西歐思想，絕異於俄。其去裴倫，實由天性。天性不合，則裴倫之長存自難矣。凡此二說，無不近理。特就普式庚個人論之，則其對於裴倫，僅摹外狀，迨放浪之生涯畢，乃驟返其本然。不能如來爾孟多夫，終執消極觀念而不捨也。故當旋墨斯科後，立言益務平和，凡足與社會生衝突者，咸力避而不道，且多讚誦，美其國之武功。千八百三十一年，波闌抗俄，西歐諸國右波闌，於俄多所憎惡。普式庚乃作《俄國之讒謗者》暨《波羅及諾之一週年》二篇，以自明愛國。丹麥評騭家勃闌兌思於是有微辭，謂惟武力之恃而狼藉人之自由，雖云愛國，顧爲獸愛。特此亦不僅普式庚爲然，即今之君子，日日言愛國者，於國有誠爲人愛而不墜於獸愛者，蓋僅見也。及晚年，與和闌公使子覃提斯迕，終於決鬥被擊中腹，越二日而逝，時爲千八百三十七年。俄自有普式庚，文界始獨立。故文史家芘賓有謂眞之俄國文章，實與斯人偕起也。而裴倫之摩羅思想，則又經普式庚而傳來爾孟多夫。

來爾孟多夫生於千八百十四年，與普式庚略並世。其先來爾孟斯氏，英之蘇格蘭人。故每有不平，輒云將去此冰雪警吏之地，歸其故鄉。顧性格全如俄人，妙思善感，惆悵無間，少即能綴德語成詩。後入大學被黜，乃居陸軍學校二年，出爲士官，如常武士，惟自謂僅於香賓酒中，加少許詩趣而已。及爲禁軍騎兵小校，始仿裴倫詩紀東方事，且至慕裴倫爲人。其自記有曰，今吾讀《世冑裴倫傳》，知其生涯有同我者；而此偶然之同，乃大驚我。又曰，裴倫更有同我者一事，即嘗在蘇格蘭，有媼謂裴倫母曰：此兒必成偉人，且當再娶。而在高加索，亦有媼告吾大母，言與此同。縱不幸如裴倫，吾亦願如其說。顧來爾孟多夫爲人，又近修黎。修黎所作《解放之普洛美迢》，感之甚力，於人生善惡競爭諸問，至爲不寧，而詩則不之仿。初雖摹裴倫及普式庚，後亦自立。且思想復類德之哲人勖賓赫爾，知習俗之道德大原，悉當改革，因寄其意於二詩：一曰《神摩》，一曰《謨嚌黎》。前者託旨於巨靈，以天堂之逐客，又爲人間道德之憎者。超越凡情，因生疾惡，與天地鬥爭，苟見眾生動於凡情，則輒旋以賤視。後者一少年求自由之呼號也。有孺子焉，生長山寺。長老意已斷其情感希望，而孺子魂夢，不離故園。一夜暴風雨，乃乘長老方禱，潛遁出寺。彷徨林中者三日，自由無限，畢生莫倫。後言曰：爾時吾自覺如野獸，力與風雨電光猛虎戰也。顧少年迷林中不能返，數日始得之。惟已以鬥豹得傷，竟以是殞。嘗語侍疾老僧曰，丘墓吾所弗懼，人言畢生憂患，將入睡眠，與之永寂，第憂與吾生別耳。……吾猶少年。……寧汝尚憶少年之夢，抑已忘前此世間憎愛耶？倘然，則此世於汝，失其美矣。汝弱且老，滅諸希望矣。少年又爲述林中所見，與所覺自由之感，並及鬥豹之事曰：汝欲知吾獲自由時，何所爲乎？吾生矣。老人，吾生矣。使盡吾生無此三日者，且將慘淡冥暗，逾汝暮年耳。及普式庚鬥死，來爾孟多夫又賦詩以寄其悲，末解有曰：汝儕朝人，天才自由之屠伯，今有法律以自庇，士師蓋無如汝何。第猶有尊嚴之帝在天，汝不能以金資爲賂。……以汝黑血，不能滌吾詩人之血痕也。詩出，舉國傳誦，而來爾孟多夫亦由是得罪，定流鮮卑。後遇援，乃戍高加索，見其地之物色，詩益雄美。惟當少時，不滿於世者義至博大，故作《神摩》，其物猶撒但，惡人生諸凡陋劣之行，力與之敵。如勇猛者，所遇無不庸儒，則生激怒。以天生崇美之感，而眾生擾擾，不能相知，爰起厭倦，憎恨人世也。顧後乃漸即於實，凡所不滿，已不在天地人間，退而止於一代。後且更變，而猝死於決鬥。決鬥之因，即肇於來爾孟多夫所爲書曰《並世英雄記》。人初疑書中主人，即著者自序。迨再印，乃辨言曰，英雄不爲一人，實吾曹並時眾惡之象。蓋其書所述，實即當時人士之狀爾。於是有友摩爾迭諾夫者，謂來爾孟多夫取其狀以入書，因與索鬥。來爾孟多夫不欲殺其友，僅舉槍射空中。顧摩爾迭諾夫則擬而射之，遂死，年止二十七。

前此二人之於裴倫，同汲其流，而復殊別。普式庚在厭世主義之外形，來爾孟多夫則直在消極之觀念。故普式庚終服帝力，入於平和；而來爾孟多夫則奮戰力拒，不稍退轉。汲覃勖迭氏評之曰：來爾孟多夫不能勝來追之運命，而當降伏之際，亦至猛而驕。凡所爲詩，無不有強烈弗和與踔厲不平之響者，良以是耳。來爾孟多夫亦甚愛國，顧至不同普式庚，不以武力若何，形其偉大。凡所眷愛，乃在鄉村大野，及村人之生活，且推其愛而及高加索土人。此土人者，以自由故，力敵俄國者也。來爾孟多夫雖自從軍，兩與其役，然終愛之。所作《伊思邁爾培》一篇，即紀其事。來爾孟多夫之於拿坡侖，亦稍異裴倫。裴倫初嘗責拿坡侖對於革命思想之謬，及既敗，乃有憤於野犬之食死獅而崇之。來爾孟多夫則專責法人，謂自陷其雄士。至其自信，亦如裴倫。謂吾之良友，僅有己人。又負雄心，期所過必留影迹。然裴倫所謂非憎人間，特去之而已。或云吾非愛人少，惟愛自然多耳等意，則不能聞自來爾孟多夫。彼之平生，常以憎人者自命。凡天物之美，足以樂英詩人者，在俄國英雄之目，則長此黯淡，濃雲疾雷而不見霽日也。蓋二國人之異，亦差可於是見之矣。

八

丹麥人勃闌兌思，於波闌之羅曼派，舉密克威支、斯洛伐支奇、克剌旬斯奇三詩人。密克威支者，俄文家普式庚同時人，以千七百九十八年生於札希亞小村之故家。村在列圖尼亞，與波闌鄰比。十八歲出就維爾那大學，治言語之學。初嘗愛鄰女馬理・維來蘇薩加，而馬理他去，密克威支爲之不歡。後漸讀裴倫詩，又作詩曰《死人之祭》。中數份敘列圖尼亞舊俗，每十一月二日，必置酒果於壟上，用享死者。聚村人牧者術士一人，暨眾冥鬼，中有失愛自殺之人，已經冥判。每屆是日，必更歷苦如前此，而詩止斷片未成。爾後居加夫諾爲教師，二三年返維爾那。遞千八百二十二年，捕於俄吏。居囚室十閱月，窗牖皆木製，莫辨晝夜。乃送聖彼得堡，又徙阿兌塞，而其地無需教師，遂之克利米亞。攬其地風物以助詠吟，後成《克利米亞詩集》一卷。已而返墨斯科，從事總督府中，著詩二種。一曰《格羅蘇那》，記有王子烈泰威爾，與其外父域多勒特迕，將乞外兵爲援。其婦格羅蘇那知之，不能令勿叛，惟命守者，勿容日耳曼使人入諾華格羅迭克。援軍遂怒，不攻域多勒特而引軍薄烈泰威爾，格羅蘇那自擐甲，僞爲王子與戰，已而王子歸。雖幸勝，而格羅蘇那中流丸，旋死。及葬，縶發炮者同置之火，烈泰威爾亦殉焉。此篇之意，蓋在假有婦人，第以祖國之故，則雖背夫子之命，斥去援兵，欺其軍士，瀕國於險，且召戰爭，皆不爲過。苟以是至高之目的，則一切事，無不可爲者也。一曰《華連洛德》，其詩取材古代，有英雄以敗亡之餘，謀復國仇。因僞降敵陣，漸爲其長，得一舉而復之。此蓋以意太利文人摩契阿威黎之意，附諸裴倫之英雄，故初視之亦第羅曼派言情之作。檢文者弗喻其意，聽之付梓，密克威支名遂大起。未幾得間，因至德國，見其文人瞿提。此他猶有《佗兌支氏》一詩，寫蘇孛烈加暨訶什支珂二族之事，描繪物色，爲世所稱。其中雖以佗兌支爲主人，而其父約舍克易名出家，實其主的。初記二人熊獵，有名華伊斯奇者吹角，起自微聲，以至洪響。自榆度榆，自檞至檞，漸乃如千萬角聲，合於一角。正如密克威支所爲詩，有今昔國人之聲，寄於是焉。諸凡詩中之聲，清澈弘厲，萬感悉至，直寄波蘭一角之天，悉滿歌聲，雖至今日，而影響於波蘭人之心者，力猶無限。令人憶詩中所云，聽者當華伊斯奇吹角久已，而尚疑其方吹未已也。密克威支者，蓋即生於彼歌聲反響之中，至於無盡者夫。

密克威支至崇拿坡侖，謂其實造裴倫，而裴倫之生活暨其光耀，則覺普式庚於俄國，故拿坡侖亦間接起普式庚。拿坡侖使命，蓋在解放國民，因及世界，而其一生，則爲最高之詩。至於裴倫，亦極崇仰，謂裴倫所作，實出於拿坡侖，英國同代之人，雖被其天才影響，而卒莫能並大。蓋自詩人死後，而英國文章，狀態又歸前紀矣。若在俄國，則善普式庚，二人同爲斯拉夫文章首領，亦裴倫分支，逮年漸進，亦均漸趣於國粹。特所異者，普式庚少時欲畔帝力，一舉不成，遂以鎩羽，且感帝意，願爲之臣，失其英年時之主義。而密克威支則長此保持，洎死始已也。當二人相見時，普式庚有《銅馬》一詩，密克威支則有《大彼得像》一詩爲其記念。蓋千八百二十九年頃，二人嘗避雨像次，密克威支因賦詩紀所語。假普式庚爲言，末解曰，馬足已虛，而帝不勒之返。彼曳其枚，行且墜碎。歷時百年，今猶未墮，是猶山泉噴水，著寒而冰，臨懸崖之側耳。顧自由日出，薰風西集，寒沍之地，因以昭蘇，則噴泉將何如、暴政將何如也？雖然，此實密克威支之言，特託之普式庚者耳。波蘭破後，二人遂不相見，普式庚有詩懷之。普式庚傷死，密克威支亦念之至切。顧二人雖甚稔，又同本裴倫，而亦有特異者。如普式庚於晚出諸作，恒自謂少年眘愛自繇之夢，已背之去，又謂前路已不見儀的之存。而密克威支則儀的如是，決無疑貳也。

斯洛伐支奇，以千八百九年生克爾舍密涅克，少孤，育於後父。嘗入維爾那大學，性情思想如裴倫。二十一歲入華騷戶部爲書記，越二年，忽以事去國，不能復返。初至倫敦，已而至巴黎，成詩一卷，仿裴倫詩體。時密克威支亦來相見，未幾而迕。所作詩歌，多慘苦之音。千八百三十五年去巴黎，作東方之遊，經希臘、埃及、敘利亞，三十七年返意太利。道出曷爾愛列須阻疫，滯留久之，作《大漠中之疫》一詩。記有亞剌伯人，爲言目擊四子三女，洎其婦相繼死於疫。哀情湧於毫素，讀之令人憶希臘尼阿孛事，亡國之痛，隱然在焉。且又不止此苦難之詩而已，凶慘之作，恒與俱起，而斯洛伐支奇爲尤。凡詩詞中，靡不可見身受楚毒之印象或其見聞，最著者或根史實。如《克壘勒度克》中所述俄帝伊凡四世，以劍釘使者之足於地一節，蓋本諸古典者也。

波蘭詩人多寫獄中、戍中刑罰之事，如密克威支作《死人之祭》第三卷中，幾盡繪己身所歷，使讀其《契珂夫斯奇》一章，或《娑波盧夫斯奇》之什，記見少年二十橇，送赴鮮卑事，不爲之生憤激者蓋鮮也。而讀上述二人吟詠，又往往聞報復之聲。如《死人祭》第三篇，有囚人所歌者，其一央珂夫斯奇曰，欲我爲信徒，必見耶穌馬理，先懲污吾國土之俄帝而後可。俄帝若在，無能令我呼耶穌之名。其二加羅珂夫斯奇曰，設吾當受謫放，勞役縲紲，得爲俄帝作工，夫何靳耶？吾在刑中，所當力作。自語曰，願此蒼鐵，有日爲帝成一斧也。吾若出獄，當迎韃靼女子，語之曰，爲帝生一巴棱（殺保羅一世者）。吾若遷居植民地，當爲其長，盡吾隴畝，爲帝植麻。以之成一蒼色巨索，織以銀絲，俾阿爾洛夫（殺彼得三世者）得之，可繯俄帝頸也。末爲康拉德歌曰：吾神已寂，歌在墳墓中矣。惟吾靈神，已嗅血腥，一躍而起，有如血蝠，欲人血也。渴血渴血，復仇復仇！仇吾屠伯！天意如是，固報矣；即不如是，亦報爾！報復詩華，蓋萃於是，使神不之直，則彼且自報之耳。

如上所言報復之事，蓋皆隱藏，出於不意，其旨在凡窘於天人之民，得用諸術，拯其父國，爲聖法也。故格羅蘇那雖背其夫而拒敵，義爲非謬，華連洛德亦然。苟拒異族之軍，雖用詐僞，不云非法。華連洛德僞附於敵，乃殲日耳曼軍，故土自由，而自亦懺悔而死。其意蓋爲一人苟有所圖，得當以報，則雖降敵，不爲罪愆。如《阿勒普耶羅斯》一詩，益見其意。中敘摩亞之王阿勒曼若，以城方大疫，且不得不以格拉那陀地降西班牙。因夜出，西班牙人方飲，忽白有人乞見，來者一阿剌伯人。進而呼曰，西班牙人，吾願奉汝明神，信汝先哲，爲汝奴僕！眾識之，蓋阿勒曼若也。西人長者抱之爲吻禮，諸首領皆禮之。而阿勒曼若忽仆地，攫其巾大悅呼曰，吾中疫矣！蓋以彼忍辱一行，而疫亦入西班牙之軍矣。斯洛伐支奇爲詩，亦時責奸人自行詐於國，而以詐術陷敵，則甚美之。如《闌勃羅》、《珂爾強》皆是。《闌勃羅》爲希臘人事，其人背教爲盜，俾得自由以仇突厥，性至凶酷，爲世所無，惟裴倫東方詩中能見之耳。珂爾強者，波蘭人謀刺俄帝尼可拉二世者也。凡是二詩，其主旨所在，皆特報復而已矣。

上二士者，以絕望故，遂於凡可禍敵，靡不許可。如格羅蘇那之行詐，如華連洛德之僞降，如阿勒曼若之種疫，如珂爾強之謀刺，皆是也。而克拉旬斯奇之見，則與此反。此主力報，彼主愛化。顧其爲詩，莫不追懷絕澤，念祖國之憂患。波蘭人動於其詩，因有千八百三十年之舉。余憶所及，而六十三年大變，亦因之起矣。即在今茲，精神未亡，難亦未已也。

九

若匈加利當沉默蜷伏之頃，則興者有裴象飛，沽肉者子也，以千八百二十三年生於吉思珂羅。其區爲匈之低地，有廣漠之普斯多（此翻平原），道周之小旅以及村舍，種種物色，感之至深。蓋普斯多之在匈，猶俄之有斯第孛（此亦翻平原），善能起詩人焉。父雖賈人，而殊有學，能解臘丁文。裴象飛十歲出學於科勒多，既而至阿瑣特，治文法三年。然生有殊稟，摯愛自繇，願爲俳優，天性又長於吟詠。比至舍勒美支，入高等學校三月，其父聞裴象飛與優人伍，令止讀，遂徒步至菩特沛思德，入國民劇場爲雜役。後爲親故所得，留養之，乃始爲詩詠鄰女，時方十六齡。顧親屬謂其無成，僅能爲劇，遂任之去。裴象飛忽投軍爲兵，雖性惡壓制而愛自由，顧亦居軍中者十八月，以病瘧罷。入巴波大學，時亦爲憂，生計極艱，譯英法小說自度。千八百四十四年徒步至菩特沛思德，訪偉羅思摩諦。爲梓其詩，自是遂專力於文，不復爲憂。此其半生之轉點，名亦陡起，眾目爲匈加利之大詩人矣。次年春，其所愛之女死，因旅行北方自遣，及秋始歸。洎四十七年，乃訪詩人阿闌尼於薩倫多，而阿闌尼傑作《約爾提》適竣，讀之歎賞，訂交焉。四十八年以始，裴象飛詩漸傾於政事，蓋知革命將興，不期而感，猶野禽之識地震也。是年三月，墺大利人革命報至沛思德，裴象飛感之，作《興矣摩迦人》一詩，次日誦以徇眾，至解末迭句云，誓將不復爲奴！則眾皆和，持至檢文之局，逐其吏而自印之，立俟其畢，各持之行。文之脫檢，實自此始。裴象飛亦嘗自言曰：「吾琴一音，吾筆一下，不爲利役也。居吾心者，愛有天神，使吾歌且吟。天神非他，即自由耳。」顧所爲文章，時多過情，或與眾忤；嘗作《致諸帝》一詩，人多責之。裴象飛自記曰，去三月十五數日而後，吾忽爲眾惡之人矣。褫奪花冠，獨研深谷之中，顧吾終幸不屈也。比國事漸急，詩人知戰爭死亡且近，極思赴之。自曰：「天不生我於孤寂，將召赴戰場矣。吾今得聞角聲召戰，吾魂幾欲驟前，不及待令矣。」遂投國民軍中，四十九年轉隸貝謨將軍麾下。貝謨者，波蘭武人，千八百三十年之役，力戰俄人者也。時軻蘇士招之來，使當脫闌希勤伐尼亞一面，甚愛裴象飛，如家人父子然。裴象飛三去其地，而不久即返，似或引之。是年七月三十一日，舍俱思跋之戰，遂歿於軍。平日所謂爲愛而歌、爲國而死者，蓋至今日而踐矣。裴象飛幼時，嘗治裴倫暨修黎之詩，所作率縱言自由，誕放激烈，性情亦彷彿如二人。曾自言曰：「吾心如反響之森林，受一呼聲，應以百響者也。」又善體物色，著之詩歌，妙絕人世，自稱爲無邊自然之野花。所著長詩，有《英雄約諾斯》一篇，取材於古傳，述其人悲歡畸跡。又小說一卷曰《縊吏之繯》，記以眷愛起爭，肇生孽障，提爾尼阿遂終陷安陀羅奇之子於法。安陀羅奇失愛絕歡，廬其子壟上，一日得提爾尼阿，將殺之。而從者止之曰：敢問死與生之憂患孰大？曰：生哉！乃縱之去。終誘其孫令自經，而其爲繩，即昔日繯安陀羅奇子之頸者也。觀其首引耶和華言，意蓋云厥祖罪愆，亦可報諸其苗裔，受施必復，且不憯烈焉。至於詩人一生，亦至殊異，浪遊變易，殆無寧時。雖少逸豫者一時，而其靜亦非眞靜，殆猶大海漩洑中心之靜點而已。設有孤舟，捲於旋風，當有一瞬間忽爾都寂。如風雲已息，水波不興，水色青如微笑。顧漩洑偏急，舟復入捲，乃至破沒矣。彼詩人之暫靜，蓋亦猶是焉耳。

上述諸人，其爲品性言行思惟，雖以種族有殊，外緣多別，因現種種狀，而實統於一宗：無不剛健不撓，抱誠守眞；不取媚於群，以隨順舊俗；發爲雄聲，以起其國人之新生，而大其國於天下。求之華土，孰比之哉？夫中國之立於亞洲也，文明先進，四鄰莫之與倫；蹇視高步，因益爲特別之發達。及今日雖凋零，而猶與西歐對立，此其幸也。顧使往昔以來，不事閉關，能與世界大勢相接，思想爲作，日趣於新。則今日方卓立宇內，無所愧遜於他邦，榮光儼然，可無蒼黃變革之事，又從可知爾。故一爲相度其位置，稽考其邂逅，則震旦爲國，得失滋不云微。得者以文化不受影響於異邦，自具特異之光采，近雖不振，亦世希有。失者則以孤立自是，不遇校讎，終至墮落而之實利。爲時既久，精神淪亡，逮蒙新力一擊，即砉然而冰泮，莫有起而與之抗。加以舊染既深，輒以習慣之目光，觀察一切。凡所然否，謬解爲多，此所爲呼維新既二十年，而新聲迄不起於中國也。夫如是，則精神界之戰士貴矣。英當十八世紀時，社會習於僞，宗教安於陋，其爲文章，亦摹故舊而事塗飾，不能聞眞之心聲。於是哲人洛克首出，力排政治宗教之積弊，唱思想言議之自由，轉輪之興，此其播種。而在文界，則有農人朋思生蘇格闌，舉全力以抗社會，宣眾生平等之音，不懼權威，不跽金帛，灑其熱血，注諸韻言。顧精神界之偉人，不遂即人群之驕子，轗軻流落，終以夭亡。而裴倫、修黎繼起，轉戰反抗，俱如前陳。其力如巨濤，直薄舊社會之柱石。餘波流衍，入俄則起國民詩人普式庚，至波蘭則作報復詩人密克威支，入匈加利則覺愛國詩人裴象飛。其他宗徒，不勝具道。顧裴倫、修黎，雖蒙摩羅之諡，亦第人焉而已。凡其同人，不必曰摩羅宗，苟在人間，必有如是。此蓋聆熱誠之聲而頓覺者也，此蓋同懷熱誠而互契者也。故其平生，亦至神肖，大都執兵流血，如角劍之士，轉輾於眾之目前，使抱戰慄與愉快而觀其鏖撲。故無流血於眾之目前者，其群禍矣。特有而眾不之視，或且進而殺之，斯其為群，乃愈益禍而不可救也！

今索諸中國，為精神界之戰士者安在？有作至誠之聲，致吾人於善美剛健者乎？有作溫煦之聲，援吾人出於荒寒者乎？家國荒矣，而賦最末哀歌，以訴天下貽後人之耶利米，且未之有也。非彼不生，即生而賊於眾，居其一或兼其二，則中國遂以蕭條。勞勞獨軀殼之事是圖，而精神日就於荒落，新潮來襲，遂以不支。眾皆曰維新，此即自白其歷來罪惡之聲也，猶云改悔焉爾。顧既維新矣，而希望亦與偕始，吾人所待，則有介紹新文化之士人。特十餘年來，介紹無已，而究其所攜將以來歸者，乃又舍治餅餌守囹圄之術而外，無他有也。則中國爾後，且永續其蕭條，而第二維新之聲，亦將再舉，蓋可準前事而無疑者矣。俄文人凱羅連珂作《末光》一書，有記老人教童子讀書於鮮卑者，曰：書中述櫻花黃鳥，而鮮卑沍寒，不有此也。翁則解之曰，此鳥即止於櫻木，引吭為好音者耳。少年乃沉思。然夫，少年處蕭條之中，即不誠聞其好音，亦當得先覺之詮解。而先覺之聲，乃又不來破中國之蕭條也。然則吾人，其亦沉思而已夫，其亦惟沉思而已夫！

此文載《河南》二、三期，作者魯迅

浪漫背後的抗爭
——評魯迅的《摩羅詩力說》

莫　凡

「求古源盡者將求方來之泉，將求新源。嗟我昆弟，新生之作，新泉之湧於淵深，其非遠矣。」這是魯迅在《河南》雜誌第二期上發表《摩羅詩力說》中的第一段話，這段引文出自德國哲學家尼采的代表作《查拉圖斯特拉如是說》，其意思大概可以翻譯爲：探求那古老源泉已經窮盡了，將要去追尋未來的源泉，兄弟們呵，新生命爲之興起，新的泉水將從深淵中噴湧出來，那樣的日子不會遙遠了。《河南》雜誌是清末部分豫籍留日學生創辦的反對清朝統治、宣傳愛國思想的革命刊物，在中國久處各種內憂外患的背景下，從魯迅所引的這段哲理思考中，可以感知到魯迅在中國救亡圖存道路上探索的迫切心情。《摩羅詩力說》是魯迅用文言文寫就的藝術文論，該文不僅是對西方浪漫主義詩人的介紹，更是探尋浪漫派詩人背後的不屈吶喊，從而激起當時國人的愛國之心，十分貼合《河南》雜誌的辦刊宗旨。

作爲魯迅早期文藝思想的代表作品，《摩羅詩力說》是他拿起文學武器戰鬥的開端。在這篇文章中，魯迅首先表達了文化對民族的重要性：「其聲度時劫而入人心，不與緘口同絕；且益曼衍，視其種人。遞文事式微，則種人之運命亦盡，群生輟響，榮華收光；讀史者蕭條之感，即以怒起，而此文明史記，亦漸臨末頁矣。」即一個民族的發展需要文化的支撐，文化不死，民族的命運便也可以流傳下去，文化的傳承與發展，需有一種清晰可辯的聲音發散出來，「得昭明之聲，洋洋乎歌心意而生者，爲國民之首義。」然而，僅僅爲其發聲是不夠的，隨波逐流的和平歡樂之歌有時只會讓民族沉迷其中，感受不到外界的悸動，甚至災難將臨也無法警醒：「大都不爲順世和樂之音，動吭一呼，聞者興起，爭天拒俗，而精神復深感後世人心，綿延至於無已。」

在文中，魯迅對歐洲的浪漫派詩人進行了介紹和評論，分別是拜倫、雪萊、普希金、萊蒙托夫、密茨凱維支、斯洛伐斯基、克拉辛斯基和裴多菲，他們也是魯迅言中爲解決「中國蕭條」所探索出的「異邦新聲」。關於浪漫派詩人，魯迅這樣描述道：「今則舉一切詩人中，凡立意在反抗，指歸在動作，而爲世所不甚愉悅者悉入之。爲傳其言行思惟，流別影響，始宗主裴倫，終以摩迦（匈加利）文士。凡是群人，外狀至異，各稟自國之特色，發爲光華；而要其大歸，則趣於一，大都不爲順世和樂之音，動吭一呼，聞者興起，爭天拒俗，而精神復深感後世人心，綿延至於無已。」浪漫派詩人擁有著眞誠的心胸，不與世俗同流合污，發出振聾發聵的聲音，其剛健、不屈不撓的精神滋養著國家民族的新生。通過對拜倫等八位浪漫派詩人的介紹，魯迅揭示出西方浪漫詩派不屈不撓、追求自由與解放的精神內涵。難能可貴的是，魯迅將其浪漫背後抗爭的精神特質與彼時的中國現狀聯繫起來，號召國民敢於抗爭精神，解救中國的危亡，並對當時國民「民主、自由」的思想啓蒙及人民意識的開化，起到了積極作用。

> 在文學層面，這篇文論體現了魯迅當時先進的美學思想，是其對於詩歌、文學於民族重要性的解讀。該文也映像出魯迅早期的浪漫主義並未脫離時代，而是根植於社會現狀中，並因此成爲魯迅最早吹響的文學戰鬥號角。文章的結尾使人感慨萬千，魯迅列出這樣一則故事：「俄文人凱羅連珂作《末光》一書，有記老人教童子讀書於鮮卑者，曰：書中述櫻花黃鳥，而鮮卑冱寒，不有此也。翁則解之曰，此鳥即止於櫻木，引吭爲好音者耳。少年乃沉思。然夫，少年處蕭條之中，即不誠聞其好音，亦當得先覺之詮解；而先覺之聲，乃又不來破中國之蕭條也。然則吾人，其亦沉思而已夫，其亦惟沉思而已夫！」這段結尾讀來非常有畫面感，在西伯利亞寒冷無邊的荒野，人們從未看到過春天的景象，而孩童雖也未曾感受過花朵與鳥鳴，但受到先覺者的啓迪而陷入深深的沉思。

天下興亡，匹夫有責，當目及國內混沌而不自知的國民，魯迅就像一名孤獨的戰士，舉目四望卻似乎感受不到任何希望。胸懷家國天下的悲憤強烈情感在最後一節噴湧而出，他向國民及各界人士不斷發問：「今索諸中國，爲精神界戰士者之安在？有作至誠之聲，至吾人與善美剛健者乎？有作溫煦之聲，援吾人處於荒寒者乎？」在特定的時代情境下，回答這一系列問題既是有志之士的責任，也是《摩羅詩力說》的精神實質與時代意義。

這篇《摩羅詩力說》在內容與思想上，均深深顯示出文學與政治進程的內在聯繫。魯迅對解救中國危亡道路的深思，及其激情昂然的抗爭精神，時至今日透過文字，依然給讀者以強烈的感染。

作者爲河南大學新聞與傳播學院副教授

文化偏至論

迅　行

中國既以自尊大昭聞天下，善詆諆者，或謂之頑固；且將抱守殘闕，以底於滅亡。近世人士，稍稍耳新學之語，則亦引以為愧。翻然思變，言非同西方之理弗道，事非合西方之術弗行，掊擊舊物，惟恐不力，曰將以革前繆而圖富強也。間嘗論之：昔者帝軒轅氏之戡蚩尤而定居於華土也，典章文物，於以權輿。有苗裔之繁衍於茲，則更改張皇，益臻美大。其蠢蠢於四方者，胥蕞爾小蠻夷耳！厥種之所創成，無一足為中國法。是故化成發達，咸出於己而無取乎人。降及周秦，西方有希臘羅馬起，藝文思理，燦然可觀。顧以道路之艱，波濤之惡，交通梗塞，未能擇其善者以為師資。洎元明時，雖有一二景教父師，以教理暨曆算、質學於中國，而其道非盛。故迄於海禁既開，皙人踵至之頃，中國之在天下，見夫四夷之則效上國，革面來賓者有之；或野心怒發，狡焉思逞者有之；若其文化昭明，誠足以相上下者，蓋未之有也。屹然出中央而無校讎，則其益自尊大，寶自有而傲睨萬物，固人情所宜然，亦非甚背於理極者矣。雖然，惟無校讎故，則宴安長久，苓落以胎，迫拶不來，上徵亦輟，使人茶、使人屯，其極為見善而不思式。有新國林起於西，以其殊異之方術來向，一施吹拂，塊然踣傹，人心始自危，而輇才小慧之徒，於是競言武事。

後有學於殊域者，近不知中國之情，遠復不察歐美之實，以所拾塵芥，羅列人前，謂鉤爪鋸牙，為國家首事。又引文明之語，用以自文，徵印度波蘭，作之前鑒。夫以力角盈絀者，於文野亦何關？遠之則羅馬之於東西戈爾，邇之則中國之於蒙古女眞，此程度之離距為何如，決之不待智者。然其勝負之數，果奈何矣？苟曰是惟往古為然，今則機械其先，非以力取，故勝負所判，即文野之由分也。則曷弗啓人智而開發其性靈，使知罟獲戈矛，不過以禦豺虎，而喋喋譽白人肉攫之心，以爲極世界之文明者又何耶？且使如其言矣，而舉國猶孱，授之巨兵，奚能勝任，仍有僵死而已矣。嗟夫！夫子蓋以習兵事爲生，故不根本之圖，而僅提所學以干天下；雖兜牟深隱其面，威武若不可淩，而干祿之色，固灼然現於外矣！

計其次者，乃復有製造商估立憲國會之說。前二者素見重於中國青年間，縱不主張，治之者亦將不可縷數。蓋國若一日存，固足以假力圖富強之名，博志士之譽，即有不幸，宗社爲墟，而廣有金資，大能溫飽。即使怙恃既失，或被虐殺如猶太遺黎，然善自退藏，或不至於身受。縱大禍垂及矣，而幸免者非無人。其人又適爲己，則能得溫飽又如故也。若夫後二，可無論已。中較善者，或誠痛乎外侮迭來，不可終日，自既荒陋，則不得已。姑拾他人之緒餘，思鳩大群以抗禦。而又飛揚其性，善能攘擾，見異己者興，必藉眾以淩寡，託言眾治，壓制乃尤烈於暴君。此非獨於理至悖也，即緣救國是圖，不惜以個人爲供獻。而考索未用，思慮粗疏，茫未識其所以然。輒皈依於眾志，蓋無殊痼疾之人，去藥石攝衛之道弗講，而乞靈於不知之力，拜禱稽首於祝由之門者哉。至尤下而居多數者，乃無過假是空名，遂其私欲，不顧見諸實事，將事權言議，悉歸奔走干進之徒。或至愚屯之富人，否亦善壟斷之市儈，特以自長營搰，當列其班。況復掩自利之惡名，以福群之令譽，捷徑在目，斯不憚竭蹶以求之耳。

嗚呼！古之臨民者，一獨夫也；由今之道，且頓變而爲千萬無賴之尤，民不堪命矣！於興國究何與焉。顧若而人者，當其號召張皇，蓋蔑弗託近世文明爲後盾，有佛戾其說者起，輒謚之曰野人，辱國害群，罪或甚於流放。第不知彼所謂文明者，將已立準則，慎施去取，指善美而可行諸中國之文明乎？抑成事舊章，咸棄捐不顧，獨指西方文化而爲言乎？物質也，眾數也，十九世紀末葉文明之一面或在茲，而論者不以爲有當。蓋今所成就，無一不繩前時之遺跡，則文明必日有其遷流，又或抗往代之大潮，則文明亦不能無偏至。誠若爲今立計，所當稽求既往，相度方來，掊物質而張靈明，任個人而排眾數。人既發揚踔厲矣，則邦國亦以興起。奚事抱枝拾葉，徒金鐵國會立憲之云乎？夫勢利之念昌狂於中，則是非之辨爲之昧。措置張主，輒失其宜，況乎志行汙下，將借新文明之名，以大遂其私欲者乎？是故今所謂識時之彥，爲按其實，則少數常爲盲子，寶赤菽以爲玄珠；多數乃爲巨奸，垂微餌以冀鯨鯢。即不若是，中心皆中正無瑕玷矣。於是拮据辛苦，展其雄才，漸乃志遂事成，終致彼所謂新文明者，舉而納之中國，而此遷流偏至之物，已陳舊於殊方者，馨香頂禮，吾又何為若是其芒芒哉！是何也？曰：物質也、眾數也，其道偏至。根史實而見於西方者，不得已，橫取而施之中國則非也。藉曰非乎？請循其本。

夫世紀之元，肇於耶穌出世，歷年既百，是為一期。大故若興，斯即此世紀所有事，益從歷來之舊貫，而假是為區分，無奧義也。誠以人事連綿，深有本柢，如流水之必自原泉，卉木之茁於根茇，倏忽隱見，理之必無。故苟為尋繹其條貫本末，大都蟬聯而不可離，若所謂某世紀文明之特色何在者，特舉犖犖大者而為言耳。按之史實，乃如羅馬統一歐洲以來，始生大洲通有之歷史；已而教皇以其權力，制御全歐，使列國靡然受圈，如同社會，疆域之判，等於一區；益以梏亡人心，思想之自由幾絕，聰明英特之士，雖擿發新理，懷抱新見，而束於教令，胥緘口結舌而不敢言。雖然，民如大波，受沮益浩，則於是始思脫宗教之繫縛，英德二國，不平者多，法皇宮庭，實為怨府，又以居於意也，乃並意太利人而疾之。林林之民，咸致同情於不平者，凡有能阻泥教旨，抗拒法皇，無間是非，輒與贊和。時則有路德者起於德，謂宗教根元，在乎信仰，制度戒法，悉其榮華，力擊舊教而僕之。自所創建，在廢棄階級，黜法皇僧正諸號，而代以牧師，職宣神命，置身社會，弗殊常人；儀式禱祈，亦簡其法。至精神所注，則在牧師地位，無所勝於平人也。轉輪既始，烈栗遍於歐洲，受其改革者，蓋非獨宗教而已。且波及於其他人事，如邦國離合，爭戰原因，後茲大變，多基於是。加以束縛弛落，思索自由，社會蔑不有新色，則有爾後超形氣學上之發見，與形氣學上之發明。以是胚胎，又作新事，發隱地也，善機械也，展學藝而拓貿遷也，非去羈勒而縱人心，不有此也。顧世事之常，有動無定，宗教之改革已，自必益進而求政治之更張。溯厥由來，則以往者顛覆法皇，一假君主之權力，變革既畢，其力乃張。以一意孤臨萬民，在下者不能加之抑制，日夕孳孳，惟開拓封域是務，驅民納諸水火，絕無所動於心，生計絀，人力耗矣。而物反於窮，民意遂動，革命於是見於英，繼起於美，復次則大起於法朗西。掃蕩門第，平一尊卑，政治之權，主以百姓，平等自由之念，社會民主之思，彌漫於人心。流風至今，則凡社會政治經濟上一切權利，義必悉公諸眾人，而風俗、習慣、道德、宗教、趣味、好尚、言語暨其他為作，俱欲去上下賢不肖之閒，以大歸乎無差別。同是者是，獨是者非，以多數臨天下而暴獨特者，實十九世紀大潮之一派，且曼衍入今而未有既者也。更舉其他，則物質文明之進步是已。當舊教盛時，威力絕世，學者有見，大率默然，其有毅然表白於眾者，每每獲囚戮之禍。遞教力隳地，思想自由，凡百學術之事，勃焉興起，學理爲用，實益遂生。故至十九世紀，而物質文明之盛，直傲睨前此二千餘年之業績。數其著者，乃有棉鐵石炭之屬，產生倍舊，應用多方，施之戰鬥，製造交通，無不功越於往日；爲汽爲電，咸聽指揮，世界之情狀頓更，人民之事業益利。久食其賜，信乃彌堅，漸而奉爲圭臬，視若一切存在之本根。且將以之範圍精神界所有事，現實生活，膠不可移，惟此是尊，惟此是向，此又十九世紀大潮之一派，且曼衍入今而未有既者也。雖然，教權龐大，則覆之假手於帝王，比大權盡集一人，則又顛之以眾庶。理若極於眾庶矣，而眾庶果足以極是非之端也耶？宴安逾法，則矯之以教宗，遞教宗淫用其權威，則又掊之以質力。事若盡於物質矣，而物質果品盡人生之本也耶？平意思之，必不然矣。然而大勢如是者，蓋如前言。文明無不根舊蹟而演來，亦以矯往事而生偏至，緣督校量，其頗灼然，猶孑與躄焉耳。特其見於歐洲也，爲不得已，且亦不可去，去孑與躄，斯失孑與躄之德，而留者爲空無。不安受寶重之者奈何？顧橫被之不相繫之中國而膜拜，又寧見其有當也？明者微睇，察逾眾凡，大士哲人，乃蚤識其弊而生憤歎，此十九世紀末葉思潮之所以變矣。德人尼佉氏，則假察羅圖斯德羅之言曰，吾行太遠，孑然失其侶。返而觀夫今之世，文明之邦國會，斑斕之社會矣。特其爲社會也，無確固之崇信；眾庶之於知識也，無作始之性質。邦國如是，奚能淹留？吾見放於父母之邦矣！聊可望者，獨苗裔耳。此其深思遐矚，見近世文明之僞與偏，又無望於今之人，不得已而念來葉者也。

然則十九世紀末，思想之爲變也，其原安在？其實若何？其力之及於將來也又奚若？曰：言其本質，即以矯十九世紀文明而起者耳。蓋五十年來，人智彌進。漸乃返觀前此，得其通弊，察其黮暗，於是浡焉興作，會爲大潮。以反動破壞充其精神，以獲新生爲其希望，專向舊有之文明，而加之掊擊掃蕩焉。全歐人士爲之栗然震驚者有之，芒然自失者有之，其力之烈，蓋深入於人之靈府矣。然其根柢，乃遠在十九世紀初葉神思一派。遞夫後葉，受感化於其時現實之精神，已而更立新形，起以抗前時之現實，即所謂神思宗之至新者也。若夫影響，則眇眇來世，肊測殊難。特知此派之興，決非突見而靡人心，亦不至猝滅而歸烏有，據地極固，函義甚深。以是爲二十世紀文化始基，雖云早計，然其爲將來新思想之朕兆，亦新生活之先驅，則按諸史實所昭垂，可不俟繁言而解者已。顧新者雖作，舊亦未僵，方遍滿歐洲，冥通其地人民之呼吸，餘力流衍，乃擾遠東。使中國之人，由舊夢而入於新夢，沖決囂叫，狀猶狂酲。夫方賤古尊新，而所得既非新，又至偏而至僞，且復橫決，浩乎難收，則一國之悲哀亦大矣。今爲此篇，非云已盡西方最近思想之全，亦不爲中國將來立則，惟疾其已甚，施之抨彈，猶神思新宗之意焉耳。故所述止於二事：曰非物質，曰重個人。

個人一語，入中國未三四年，號稱識時之士，多引以爲大詬。苟被其謚，與民賊同。意者未遑深知明察，而迷誤爲害人利己之義也歟？夷考其實，至不然矣。而十九世紀末之重個人，則弔詭殊恒，尤不能與往者比論。試案爾時人性，莫不絕異其前人。於自識趣，於我執剛愎主己，於庸俗無所顧忌。如詩歌說部之所記述，每以驕蹇不遜者爲全域之主人。此非操觚之士，獨憑神思構架而然也。社會思潮，先發其朕，則移之載籍而已矣。蓋自法朗西大革命以來，平等自由，爲凡事首，繼而普通教育及國民教育，無不基是以遍施。久浴文化，則漸悟人類之尊嚴；既知自我，則頓識個性之價值。加以往之習慣墜地，崇信蕩搖，則其自覺之精神，自一轉而之極端之主我。且社會民主之傾向，勢亦大張。凡個人者，即社會之一分子，夷隆實陷，是爲指歸。使天下人人歸於一致，社會之內，蕩無高卑，此其爲理想誠美矣。顧於個人殊特之性，視之蔑如，既不加之別分，且欲致之滅絕，更舉黮暗。則流弊所至，將使文化之純粹者，精神益趨於固陋，頹波日逝，纖屑靡存焉。蓋所謂平社會者，大都夷峻而不湮卑，若信至程度大同，必在前此進步水平以下。況人群之內，明哲非多，傖俗橫行，浩不可禦，風潮剝蝕，全體以淪於凡庸。非超越塵埃，解脫人事，或愚屯罔識，惟眾是從者，其能緘口而無言乎？物反於極，則先覺善鬥之士出矣：德人斯契納爾乃先以極端之個人主義現於世，謂真之進步，在夫己之足下。人必發揮自性，而脫觀念世界之執持。惟此自性，即造物主。惟有此我，本屬自由。既本有矣，而更外求也，是曰矛盾。自由之得以力，而力即在乎個人，亦即資財，亦即權利。故苟有外力來被，則無間出於寡人，或出於眾庶，皆專制也。國家謂吾當與國民合其意志，亦一專制也。眾意表現爲法律，吾即受其束縛，雖曰爲我之輿臺，顧同是輿臺耳。去之奈何？曰：在絕義務。義務廢絕，而法律與偕亡矣。意蓋謂凡一個人，其思想行爲，必以己爲中樞，亦以己爲終極：即立我性爲絕對之自由者也。至勖賓霍爾，則自既以兀傲剛愎有名，言行奇觚，爲世希有；又見夫盲瞽鄙倍之眾，充塞兩間，乃視之與至劣之動物並等，益主我揚己而尊天才也。至丹麥哲人契開迦德，則憤發疾呼，謂惟發揮個性爲至高之道德，而顧瞻他事，胥無益焉。其後有顯理伊勃生見於文界，瑰才卓識，以契開迦德之詮解者稱。其所著書，往往反社會民主之傾向，精力旁注，則無間習慣信仰道德，苟有拘於虛而偏至者，無不加之抵排。更睹近世人生，每託平等之名，實乃愈趨於惡濁，庸凡涼薄，日益以深。頑愚之道行，僞詐之勢逞。而氣宇品性卓爾不群之士，乃反窮於草莽，辱於泥塗，個性之尊嚴，人類之價值，將咸歸於無有，則常爲慷慨激昂而不能自己也。如其《民敵》一書，謂有人寶守眞理，不阿世媚俗，而不見容於人群；狡獪之徒，乃巍然獨爲眾愚領袖，借多陵寡，植黨自私，於是戰鬥以興，而其書亦止。社會之象，宛然具於是焉。若夫尼佉，斯個人主義之至雄傑者矣，希望所寄，惟在大士天才。而以愚民爲本位，則惡之不殊蛇蠍。意蓋謂治任多數，則社會元氣，一旦可隳，不若用庸眾爲犧牲。以冀一二天才之出世，遞天才出而社會之活動亦以萌，即所謂超人之說，嘗震驚歐洲之思想界者也。

由是觀之，彼之謳歌眾數，奉若神明者。蓋僅見光明一端，他未遍知。因加讚頌，使反而觀諸黑暗，當立悟其不然矣。一梭格拉第也，而眾希臘人鴆之；一耶穌基督也，而眾猶太人磔之。後世論者，孰不云繆，顧其時則從眾志耳。設留今之眾志，移諸載籍，以俟評騭於來哲，則其是非倒置。或正如今人之視往古，未可知也。故多數相朋而仁義之途、是非之端，樊然淆亂，惟常言之是解，於奧義也漠然。常言奧義，孰近正矣？是故布魯多既殺該撒，昭告市人，其詞秩然有條，名分大義，炳如觀火。而眾之受感，乃不如安多尼指血衣之數言。於是方群推爲愛國之偉人，忽見逐於域外，夫譽之者眾數也，逐之者又眾數也。一瞬息中，變易反覆，其無特操不俟言，即觀現象已，足知不祥之消息矣。故是非不可公於眾，公之則果不誠；政事不可公於眾，公之則治不郅。惟超人出，世乃太平。苟不能然，則在英哲。嗟夫！彼持無政府主義者，其顛覆滿盈，剷除階級，亦已至矣。而建說創業諸雄，大都以導師自命。夫一導眾從，智愚之別即在斯。與其抑英哲以就凡庸，曷若置眾人而希英哲？則多數之說，繆不中經，個性之尊，所當張大。蓋揆之是非利害，已不待繁言深慮而可知矣。雖然，此亦賴夫勇猛無畏之人，獨立自強，去離塵垢，排輿言而弗淪於俗囿者也。

若夫非物質主義者，猶個人主義然，亦興起於抗俗。蓋唯物之傾向，固以現實爲權輿，浸潤人心，久而不止。故在十九世紀，爰爲大潮，據地極堅，且被來葉，一若生活本根，捨此將莫有在者。不知縱令物質文明，即現實生活之大本，而崇奉逾度，傾向偏趨，外此諸端，悉棄置而不顧。則按其究竟，必將緣偏頗之惡因，失文明之神旨，先以消耗，終以滅亡，歷世精神，不百年而具盡矣。遞夫十九世紀後葉，而其弊果益昭。諸凡事物，無不質化，靈明日以虧蝕，旨趣流於平庸，人惟客觀之物質世界是趨，而主觀之內面精神，乃捨置不之一省。重其外，放其內；取其質，遺其神；林林眾生，物欲來蔽；社會憔悴，進步以停。於是一切詐僞罪惡蔑弗乘間以萌生，使性靈之光，愈益就於黯淡，十九世紀文明一面之通弊，蓋如此矣。時乃有新神思宗徒出，或崇奉主觀，或張皇意力，匡糾流俗，厲如電霆，使天下群倫，爲聞聲而搖盪。即其他評騭之士，以至學者文家，雖意主和平，不與世迕。而見此唯物極端，且殺精神生活，則亦悲觀憤歎，知主觀與意力主義之興，功有偉於洪水之有方舟者焉。主觀主義者，其趣凡二：一謂惟以主觀爲準則，用律諸物；一謂視主觀之心靈界，當較客觀之物質界爲尤尊。前者爲主觀傾向之極端，力特著於十九世紀末葉。然其趨勢，頗與主我及我執殊途，僅於客觀之習慣，無所盲從；或弗置重，而以自有之主觀世界爲至高之標準而已。以是之故，則思慮動作，咸離外物，獨往來於自心之天地。確信在是，滿足亦在是，謂之漸自省其內曜之成果可也。若夫興起之由，則原於外者，爲大勢所向，胥在平庸之客觀習慣。動不由己，發如機緘，識者不能堪，斯生反動；其原於內者，乃實以近世人心，日進於自覺，知物質萬能之說。且逸個人之情意，使獨創之力，歸於槁枯。故不得不以自悟者悟人，冀挽狂瀾於方倒耳。如尼佉、伊勃生諸人，皆據其所信，力抗時俗，示主觀傾向之極致；而契開迦德則謂眞理準則，獨在主觀，惟主觀性，即爲眞理。至凡有道德行爲，亦可弗問客觀之結果若何，而一任主觀之善惡爲判斷焉。其說出世，和者日多，於是思潮爲之更張。騖外者漸轉而趣內，淵思冥想之風作，自省抒情之意蘇，去現實物質與自然之樊，以就其本有心靈之域。知精神現象實人類生活之極顚，非發揮其輝光，於人生爲無當。而張大個人之人格，又人生之第一義也。然爾時所要求之人格，有至異於前者往所理想。在知見情操，兩皆調整，若主智一派，則在聰明睿智，能移客觀之大世界於主觀之中者。如是思惟，迨黑格爾出而達其極。若羅曼暨尙古一派，則息孚支培黎承盧騷之後，尙容情感之要求，特必與情操相統一調和，始合其理想之人格。而希籟氏者，乃謂必知感兩性圓滿無間，然後謂之全人。顧至十九世紀垂終，則理想爲之一變。明哲之士，反省於內面者深，因以知古人所設具足調協之人，決不能得之今世。惟有意力軼眾，所當希求能於情意一端，處現實之世，而有勇猛奮鬥之才。雖屢踣屢僵，終得現其理想：其爲人格，如是焉耳。故如勖賓霍爾所張主，則以內省諸己，豁然貫通，因曰意力爲世界之本體也；尼佉之所希冀，則意力絕世，幾近神明之超人也；伊勃生之所描寫，則以更革爲生命，多力善鬥，即迕萬眾不慴之強者也。夫諸凡理想，大致如斯者。誠以人丁轉輪之時，處現實之世，使不若是，每至捨己從人，沉溺逝波，莫知所屆，文明眞髓，頃刻蕩然。惟有剛毅不撓，雖遇外物而弗爲移，始足作社會楨幹。排斥萬難，黽勉上徵，人類尊嚴，於此攸賴，則具有絕大意力之士貴耳。雖然，此又特其一端而已。試察其他，乃亦以見末葉人民之弱點，蓋往之文明流弊，浸灌性靈，眾庶率纖弱頹靡，日益以甚。漸乃反觀諸己，爲之欿然。於是刻意求意力之人，冀倚爲將來之柱石。此正猶洪水橫流，自將滅頂；乃神馳彼岸，出全力以呼善沒者爾，悲夫！

由是觀之，歐洲十九世紀之文明，其度越前古，凌駕亞東，誠不俟明察而見矣。然既以改革而胎，反抗爲本，則偏於一極，固理勢所必然。洎夫末流，弊乃自顯。於是新宗蹶起，特反其初，復以熱烈之情，勇猛之行，起大波而加之滌蕩。直至今日，益復浩然。其將來之結果若何，蓋未可以率測。然作舊弊之藥石，造新生之津梁，流衍方長。曼不遽已，則相其本質，察其精神，有可得而徵信者。意者文化常進於幽深，人心不安於固定，二十世紀之文明，當必沉邃莊嚴，至與十九世紀之文明異趣。新生一作，虛僞道消，內部之生活，其將愈深且強歟？精神生活之光耀，將愈興起而發揚歟？成然以覺，出客觀夢幻之世界，而主觀與自覺之生活，將由是而益張歟？內部之生活強，則人生之意義亦愈邃，個人尊嚴之旨趣亦愈明。二十世紀之新精神，殆將立狂風怒浪之間，恃意力以闢生路者也。中國在今，內密既發，四鄰競集而迫拶，情狀自不能無所變遷。夫安弱守雌，篤於舊習，固無以爭存於天下。第所以匡救之者，繆而失正，則雖日易故常，哭泣叫號之不已，於憂患又何補矣？此所爲明哲之士，必憭世界之大勢，權衡校量，去其偏頗，得其神明，施之國中，翕然合而無間。外之既無後於世界之思潮，內之而仍弗失固有之血脈。取今復古，別立新宗，人生意義，致之深邃。則國人之自覺至、個性張，沙聚之邦，由是轉爲人國。人國既建，乃始雄厲無前，屹然獨見於天下，更何有於膚淺凡庸之事物哉？顧今者翻然思變，歷歲已多。青年之所思惟，大都歸罪惡於古之文物，甚或斥言文爲蠻野、鄙思想爲簡陋，風發浡起，皇皇焉欲進歐西之物而代之，而於適所言十九世紀末之思潮，乃漠然不一措意。凡所張主，惟質爲多，取其質猶可也。更按其實，則又質之至僞而偏，無所可用。雖不爲將來立計，僅圖救今日之阽危，而其術其心，違戾亦已甚矣。況乎凡造言任事者，又復有假改革公名而陰以遂其私欲者哉？今敢問號稱志士者曰，將以富有爲文明歟？則猶太遺黎，性長居積，歐人之善賈者，莫與比倫，然其民之遭遇何如矣？將以路礦爲文明歟？則五十年來非澳二洲，莫不興鐵路礦事，顧此二洲土著之文化何如矣？將以眾治爲文明歟？則西班牙波陀牙二國，立憲且久，顧其國之情狀又何如矣？若曰惟物質爲文化之基也，則列機括、陳糧食，遂足以雄長天下歟？曰惟多數得是非之正也，則以一人與眾禺處，其亦將木居而茅食歟？此雖婦豎，必否之矣。然歐美之強，莫不以是炫天下者，則根柢在人，而此特見象之末。本原深而難見，榮華昭而易識也。是故將生存兩間，角逐列國是務，其首在立人，人立而後凡事舉；若其道術，乃必尊個性而張精神。假不如是，槁喪且不俟夫一世。夫中國在昔，本尚物質而疾天才矣！先王之澤，日以殄絕。逮蒙外力，乃退然不可自存。而輇才小慧之徒，則又號召張皇，重殺之以物質而囿之以多數，個人之性，剝奪無餘。往者爲本體自發之偏枯，今則得由交通以傳來之新疫，二患交伐，而中國之沉淪遂以益速矣。嗚呼！眷顧方來，亦已焉哉！

此文載《河南》第七期，作者魯迅

由立人到立國的探索之路
——評《文化偏至論》

莫　凡

《文化偏至論》是魯迅在日本東京時期所作的一篇論文，刊載於《河南》雜誌第七期中，是同時期所作《摩羅詩力說》、《破惡聲論》的姊妹篇。全文共分爲六段，洋洋萬言，立足於民族文明發展的制高點，談古論今，旁徵博引。需要指出的是，文中所言的「文明」是「文化」的同義詞，並且取代了「文化」，該文討論的其實是「文明偏至論」。

文中以評論中國「以自尊大朝聞天下」開篇，探討了關於近代中國落後、陷入危亡的原因，其言：「屹然出中央而無校讎，則其益自尊大，寶自有而傲睨萬物，固人情所宜然，亦非甚背於理極者矣。雖然，惟無校讎故，則宴安日久，苓落以胎，迫拶不來，上徵亦輟，使人茶，使人屯，其極爲見善而不思式。」回顧中國以往所處世界之林的鼎盛位置，進而造成驕傲自大的心理，加之進入近代以來，閉關鎖國的國策，使之不與外界世界交流，久處安逸狀態，社會風氣也變得頹靡遲鈍，這使中國逐步衰落，直至陷入水深火熱的情景中。

隨後，魯迅評價了當時社會中學習西方的一些觀念，並提出文化偏至論的主要論點：「蓋今所成就，無一不繩前時之遺跡，則文明必日有其遷流，又或抗往代之大潮，則文明亦不能無偏至。」通過回顧歐洲宗教改革的歷史淵源，以此說明西方十九世紀物質文明的發展，是由文明的不斷演進與碰撞得來，與所處的社會及歷史淵源緊密相關。因此，文明的進步不是突然而至，而是在不斷演變的動態過程之中，與上一時代的大勢潮流相抵抗逐漸偏至而成。

該文認爲在文明演進的過程中，最重要的便是個人的力量，此處引出了又一重要論點，即立人思想。「今爲此篇，非云已盡西方最近思想之全，亦不爲中國將來立則，惟疾其已甚，施之抨彈，猶神思新宗之意焉耳。故所述止於二事：曰非物質，曰重個人。」在立人的層面，魯迅引用了尼采、斯蒂納、克爾凱郭爾、亨利・易卜生等不少大家的觀點來論述，並對 19 世紀西方工業文明進行了審視與批判，進一步提出了由「立人」到「立國」的觀點：「人生意義，致之深邃，則國人之自覺至，個性張，沙聚之邦，由是轉爲人國。」通過立人使得個性得到張揚，形同散沙的國家才能重新崛起，走向立國的轉變，成爲由自覺、自主的人組成的「人國」。這一思想充分反映出魯迅對於民族救亡圖存道路的思考與探索。

本著啓蒙國民思想的初衷，魯迅先後討論了當時流行的代表性西方思潮，如「謂鉤爪鋸牙，爲國家首事」、「計其次者，乃復有製造商估立憲國會之說」等論點層次分明地展開。他認爲盲目地去接受外來的文明，而不顧及這種文明是否適應自己的民族道路，不考慮其偏至問題是不可取的。對於解救國家困境的道路層面，應該注意到只有個人的自立，才能使國家自立，只有個人的發展，才能帶來國家的發展。「精神生活之光耀，將愈興起而發揚歟？成然以覺，出客觀夢幻之世界，而主觀與自覺之生活，將由是而益張歟？內部之生活強，則人生之意義亦愈邃，個人尊嚴之旨趣亦愈明。」今日亟需用人的意志與尊嚴去建立新文明。

在這篇文章中，魯迅不僅提出了文化偏至論的論點，同時也從重個人、反傳統、啓蒙國民覺醒、探索救國救民的眞理出發，闡述「立人」到「立國」的自強道路。最後，魯迅大聲疾呼，呼籲國民覺醒：「是故將生存兩間，角逐列國是務，其首在立人，人立而後凡事舉。若其道術，乃必尊個性而張精神。假不如是，槁喪且不俟夫一世。夫中國在昔，本尙物質而疾天才矣，先王之澤，日以殄絕。逮蒙外力，乃退然不可自存。而輇才小慧之徒，則又號召張皇，重殺之以物質而囿之以多數，個人之性，剝奪無餘。往者爲本體自發之偏枯，今則得由交通傳來之新疫，二患交伐，而中國之沉淪遂以益速矣。嗚呼！眷念方來，亦已焉哉！」

《文化偏至論》的字裏行間流露著魯迅愛國憂民，期望國家崛起的殷切情懷。有如《河南》雜誌第一期中的《發刊詞》所言：「因睹外患之迫於燃眉，遂不能不赴湯蹈火、摩頂斷脰以謀於將死未死之時。」而這篇《文化偏至論》無疑契合著《河南》雜誌宣傳愛國思想的辦刊宗旨，並體現出魯迅留日時期的文明觀。

作者爲河南大學新聞與傳播學院副教授